laughing out loud

12

Claudia de Lillo

Nonsolodue

Viaggi, avventure e stress quotidiano della mamma elastica più famosa d'Italia, con due hobbit (+1) e un marito sempre part-time

TEA

www.InfiniteStorie.it
il grande portale del romanzo

TEA – Tascabili degli Editori Associati S.p.A., Milano
Gruppo editoriale Mauri Spagnol

www.tealibri.it

Prima edizione TEA Laughing Out Loud settembre 2010

NONSOLODUE

A Francesco che mi incanta,
ad Andrea che mi disarma,
a Luca che mi somiglia.
E a Roberto che mi ha insegnato che a volte
le parole non servono, o non bastano.

INTRODUZIONE

Un ménage strampalato

Un giorno lui le disse: « Vado a Londra. Voglio diventare un economista marxista ».
« Potrei venire con te », propose lei.
« No, non ne vale la pena. Tra un anno sarò di ritorno. »
Da allora di anni ne sono passati dodici, alcune cose sono rimaste uguali, altre no.
Lui è diventato un economista marxista e da Londra non è mai ritornato.
Lei è diventata una giornalista finanziaria e da Milano non si è mai spostata.
Tra un modello matematico per l'abbattimento del sistema capitalistico e una conferenza stampa sul crollo delle borse mondiali, si sono sposati.
Lei sospetta tuttavia che lui sia bigamo e che a Londra viva con Janet, inglese procace e slavata, bevitrice di birra e divoratrice di patatine gusto *garlic&vinegar*. Ma ci sono dubbi che è meglio non esprimere, dettagli che è preferibile ignorare, porte che è sconsigliabile aprire.
Lei lavora in una redazione di un giornale economico, al centro di un open space che, come spesso succede agli open space, è una quotidiana seduta di autocoscienza, uno scambio compulsivo di pensieri senza censura, una bomba a orologeria pronta a esplodere.
Sei anni fa è nato lo hobbit grande, gaudente e seduttore. Capelli come un casco di banane, occhi blu, come Olaf, l'idraulico nor-

vegese, una passione per *Il Signore degli Anelli* e le donne, in quest'ordine.
Tre anni dopo è arrivato lo hobbit piccolo, torvo e diffidente. Occhi tondi e neri come tunnel che chiude soltanto per ballare da solo, davanti allo specchio.
Lei è una elasti-mamma, senza trucco, senza crema idratante e con i capelli a carciofo, che si barcamena, tra i bambini, il marito part-time, il lavoro a tempo pieno e il senso di colpa.
Lui è Mister Wonder che torna a casa il fine settimana con Ryan Air, legge *Marxism and Democracy*, mangia cicorie e cime di rapa e dice *ce uè?*, *nôve* e *séi*, perché, prima che economista, prima che bigamo, prima che padre, lui è barese. E con le radici non si scherza.

CAPITOLO 1

Benefici marginali

Se durante una piacevole serata con piacevoli amici qualcuno dicesse:
«Il costo marginale di un terzo figlio è superiore al suo beneficio marginale», la gamma di reazioni possibili sarebbe piuttosto ampia:

1. Dargli una sberla.
2. Accendere un bel fuoco nel mezzo della stanza e buttarci dentro il volume *Rational Choice Theory*, trovato casualmente nella libreria di casa.
3. Scoppiare in singhiozzi isterici.
4. Chiudersi in un torvo e vendicativo mutismo.
5. Coprire di insulti lui e la squallida categoria degli economisti a cui appartiene.
6. Dimostrare ai presenti, con una magistrale eloquenza e una logica inconfutabile, l'idiozia della dichiarazione.

Se poi quel qualcuno fosse vostro marito, il padre dei vostri due hobbit, l'uomo con cui avete deciso di dividere RC auto, mutuo e talamo, be', il costruttivo confronto potrebbe anche protrarsi fino all'alba del mattino dopo.

Quèla

«Come si chiama il tuo papà?» chiede la dottoressa Tic Tic, pediatra dei nani, in occasione del tagliando semestrale dello hobbit piccolo.

«Uondel» (= Mister Wonder), risponde lui baldanzoso, lanciando occhiate languide al gongolante padre che ricambia.
«E la tua mamma?» chiede la Tic Tic, legittimamente convinta di fare una domanda banale.
Lo hobbit piccolo si ricompone, l'occhio languido si trasforma in punto interrogativo.
«Dai, è facile. Qual è il nome della tua mamma?» lo incoraggia l'incauta dottoressa.
Mister Wonder ridacchia sotto i baffi, lo hobbit grande suggerisce invano, da dietro le spalle della pediatra, Elasti-mamma guarda il soffitto.
«Io cantzone: manzano sette nani gnam gnam gnam, bevono sette nani glu glu glu» (= Adesso tiro fuori l'asso dalla manica e vi canto una bella canzone così magari voi vi dimenticate di quella stupida domanda e io esco da questa imbarazzante impasse con onore: mangiano i sette nani, gnam gnam gnam, bevono i sette nani, glu glu glu), canta l'ingrato hobbit accennando un passo di danza.
«Molto bravo. Ma la tua mamma come si chiama?» insiste l'implacabile Tic Tic.
Lui si interrompe, alza un sopracciglio e punta il dito verso Elasti-mamma: «Quèla», dichiara, prima di proseguire la sua performance.

Lo allatti un anno intero, gli pulisci quintali di cacca, gli fai i grattini, il massaggio rilassante e le pernacchie sulla pancia a comando, come fossi la sua geisha, gli prepari la torta di carote biologiche perché sai che ne va pazzo, gli leggi la Pimpa e gli canti a ripetizione volevo un gatto nero-nero-nero anche se la odi, gli cuci i cappiolini agli asciugamani, pur non essendone capace, perché la maestra del nido ti ha detto che un bambino senza cappiolini è un bambino infelice, gli fai fare gol in corridoio e giochi con lui a Barbapapà, facendo le vocine di nove diversi mostri gommosi, gli sorridi, lo rassicuri, lo incoraggi e passi ore seduta sulle piastrelle gelide del bagno di fronte a lui, seduto sul trono con le gambe penzoloni, recitando la formula magica per fare la pipì.
E dopo quasi tre anni di tutto questo e anche di più, lui ti presenta alla sua pediatra come Quèla.

Non c'è che dire, poche cose nella vita danno soddisfazione come la maternità.

Un anno ben speso

I baresi sono un popolo versatile, aperto ed estremamente adattabile.
Hanno un attaccamento viscerale alla cultura d'origine e un amore sconfinato per il loro dialetto che ritengono il più nobile tra gli idiomi. Dotati di un animo curioso e inquieto, sono stati per tradizione commercianti e per necessità migranti.
Una volta lasciata la terra d'origine, hanno una straordinaria capacità di mettere radici, di assorbire usi e costumi altrui preservando tuttavia la loro integrità etnica.
I baresi sono un po' come Zelig e Mister Wonder, rappresentativo esemplare del suo popolo, dopo dodici anni di duro lavoro a Londra come economista marxista, parla inglese come un tassista dell'East End.
Forte di questo pregevole bagaglio linguistico, circa un anno fa decise di abbandonare l'amato dialetto barese tra le mura domestiche e di cominciare a parlare in inglese con gli hobbit affinché imparassero senza sforzo la lingua della perfida Albione.
Mister Wonder è uomo ostinato e pervicace e dopo dodici mesi di esperimento linguistico i risultati sono visibili a occhio nudo.

Listening and Comprehension
Lo hobbit piccolo, all'imperativo « Put your shoes on! » (« Mettiti le scarpe! »), si dirige con passo sicuro verso la scarpiera, afferra un paio di calzature a caso e le scaglia rabbiosamente contro l'interlocutore.
Lo hobbit grande, alla richiesta « Would you like an orange juice? » (« Gradisci un succo d'arancia? »), risponde, in impeccabile barese: « *Ce uè?* »

Conversation
Gli hobbit emettono alcuni suoni vagamente riconducibili alla lingua inglese soltanto se immersi nell'acqua della vasca da bagno e lasciati soli. Segue l'elenco di suddetti suoni:

- *Siddàu propli* (= Sit down properly = Siediti composto).
- *Gunnài baid baid* (= Good night, bye bye = Buona notte, arrivederci).
- *Seioraims* (= Say your rhymes = Recita le tue rime), a questa richiesta dello hobbit grande lo hobbit piccolo risponde, rigorosamente in questo ordine: «Cacca-cacca, pipì-pipì, putza-putza, mela-mela, pela-pela».
- *Sadàt* (= Shut up = Taci).

Prima regola

Mister Wonder è a Londra ed è notte.
Ore 1.30.
«Mamma, eccomi. Lo so che mi aspettavi.»
Lui si infila sotto il piumone, come fosse casa sua, come fosse un suo diritto, come l'uomo che non deve chiedere mai.
Ore 2.45.
L'altro arriva barcollando, lo sbrindellato coniglio Pippo in una mano, due fazzolettini di carta perfettamente piegati nell'altra. Ha occhi enormi da civetta che interrogano il buio, muti.
Lei solleva un lembo del piumone. Lui si arrampica sul letto e si rannicchia, trasformandosi in un enorme gomitolo sudato.
Ore 3.15.
Lei è in mezzo, tra quei due uomini che, insieme, non arrivano a otto anni. In mezzo tra due forze centripete che lente e inesorabili la schiacciano, la soffocano, la stritolano.
Ore 3.45.
Lei ha un'illuminazione. Meglio tardi che mai. «Questi due sono fastidiosi ma corti!» La nera notte insonne assume contorni verde speranza. Lei striscia ai piedi del letto e si sdraia là in fondo, perpendicolarmente a loro. Fa un po' freddo ma si addormenta.
Ore 4.00.
«Mamma, vè sei? Cuzzino pù comodo che là, veni qui. Su dai!» (= Mamma, dove diavolo ti sei cacciata? Cosa fai lì giù come una derelitta? Al mio fianco, con la testa sul cuscino saresti molto più comoda. Non fare la timida e torna qui).

Lei vorrebbe rispondere ma le esce un grugnito molto poco materno.
Mattina, ore 9.00, in redazione.
«Ciao Elasti, hai una faccia terribile.»
«Ho passato la notte con i due mostri accanto.»
«Elasti, prima regola: mai dormire con i figli!»
«La teoria la so anch'io. Il problema è che...»
«I figli viziati diventano uomini stronzi e gli uomini stronzi sono fidanzati bastardi e i fidanzati bastardi...»

La mollacchiona

Elasti-bambina è stata allevata al suono dell'imperativo *Hop hop!* di sua madre, nonna K, con inarrivabili modelli di eccellenza, con l'etica calvinista dello «stai solo facendo il tuo dovere», con l'ipercinetica inquietudine meneghina, con il «togli subito quei gomiti dal tavolo e stai composta!»
Elasti-mamma, grazie al metodo di nonna K, liberamente ispirato all'addestramento militare di Federico II di Prussia, detto Il Grande, ha introiettato, oltre a qualche buco nero, un sano modello di rigore e disciplina da trasmettere agli hobbit. O almeno così pensava, fino a stamattina.
Ore 7.30.
Lo hobbit piccolo, approfittando di un momento di distrazione materna, ha versato nella sua tazza di latte una quantità di cereali sufficiente a sfamare l'intero corpo degli ufficiali del sopra menzionato Re di Prussia.
«Ehi, nano. Adesso li mangi tutti quei cereali!» intima Elasti-mamma.
«Sì, io manzo tutto», risponde beffardo lui.
«Ehi, signorino! Togliti quell'aria da furbetto perché con me non funziona», lo incalza lo hobbit grande in modalità «grillo parlante».
«Mamma, pozzo sendele? Gaze!» (= Mamma, posso scendere? Grazie del permesso non ancora accordatomi ma che, ne sono certo, mi accorderai a breve).
«No caro mio! Adesso stai lì. E se non mangi tutti i tuoi cereali

ora a colazione, li mangerai a merenda questo pomeriggio, e se non li vorrai a merenda li ritroverai domani mattina e se non li... » dice lo hobbit con la voce di Mister Wonder.
« Nano grande, basta così! Ci penso io. L'educazione del piccolo non è un problema tuo. »
« Certo che è un problema mio. Soprattutto quando non c'è papà... »
« Ma che stai dicendo? Sono qui io: la mamma! »
« Va be'... non è la stessa cosa. »
« Come non è la stessa cosa? Spiegami. »
« Be', il papà è... lui è molto più bravo in educazione. Lui è severo e punisce i suoi figli, soprattutto il piccolo. Tu invece... »
« Io invece... »
« Tu sei tanto carina... ma sei una mollacchiona. »
Ore 7.45.
Senza proferire parola gli hobbit si alzano, lanciano un'occhiata di compatimento alla mollacchiona e si allontanano, in pigiama, per mano, scuotendo la testa.
Evidentemente del metodo di nonna K, liberamente ispirato alla disciplina militare prussiana, a Elasti-mamma è rimasto solo qualche buco nero.

Tagliandi e androidi

« Ueh, com'è che ti chiami? »
« Elasti. »
« Ueh, Elastichètta! Io sono il Marco. Ho iniziato facendo il modèllo. Del resto... »
« Del resto cosa? »
« Del resto... basta guardarmi per capirlo, no? Poi mi sono specializzato in medicina dello spòrt e adèsso faccio il pt delle veline, che poi sarebbe il *personal-tréner* di quelle gran gnocche. Ogni tanto però mi chiamano qui, al témpio del benèssere, e faccio i controllini. Facciamo il controllino, Cicci? Come hai dètto che ti chiamavi? Ah già, Elastichètta! »
Elasti-mamma ha fatto il tagliando annuale nella palestra dove, da anni, si ostina a iscriversi per ordine del suo super-io.

Marco, un androide ipertrofico, abbronzato, calvo e coperto di tatuaggi, con l'accento del protagonista di un film dei Vanzina, l'ha sottoposta all'umiliante rito del controllo dell'adipe: l'ha pizzicata ovunque con il cicciometro e le ha impietosamente misurato, con un metro da sarta, la circonferenza di braccia, cosce, vita e fianchi.

Nel frattempo lei pensava:

1. all'adipe delle veline,
2. al senso di questa deprimente pagliacciata,
3. all'ultima volta che si era depilata (circa due mesi e mezzo or sono),
4. alla probabilità di trovare in natura bicipiti come quelli di Marco,
5. all'RC auto in scadenza.

« La cicciometria ha registrato variazioni trascurabili rispetto all'anno scorso, mentre la misurazione delle circonferenze mostra una generalizzata riduzione dei volumi », ha sentenziato l'androide con voce metallica.

« Vuol dire che mi sono ristretta? Che mi sto rimpicciolendo? Che è iniziato il processo di rattrappimento senile? »

« Vuol dire tutto e niente, Elastichètta. Ma siccome sei molto simpa ti regalo una seduta col pt. Bèlla lì! Sei contenta? »

Amore materno e buchi neri

L'amore materno non è assoluto, totale, incondizionato.

L'amore materno è viscerale. Ma sono viscerali anche la stanchezza, la rabbia, l'istinto di sopravvivenza.

L'amore materno ha dei buchi neri.

L'amore materno può vacillare alla terza notte insonne per colpa di un nano che a intervalli regolari esprime il suo disappunto in una lingua oscura.

L'amore materno può frantumarsi contro la furia cieca di uno hobbit che urla perché la rigorosa e maniacale armonia del suo universo nelle tenebre si è sfilacciata.

Mister Wonder è a Dublino per un convegno su *Marxism and De-*

mocracy, lo hobbit grande russava nel lettone ed Elasti-mamma, china sul piccolo mostro inquieto, si è rotta.
Si è rotta, come un piatto che cade per terra, come una penna Bic che perde inchiostro.
Si è rotta e ha avuto paura.
Perché avrebbe regalato il suo regno per un minuto di silenzio, perché non le importava niente, perché voleva solo singhiozzare fino a liquefarsi.
Ha avuto paura perché la rabbia l'ha travolta e avrebbe voluto scuotere quel minuscolo tiranno e chiedergli: «Perché? Perché non parli la mia lingua? Perché mi tormenti? Perché non taci? Perché non mi lasci in pace?»
Ha avuto paura perché di notte le ombre, dentro e fuori, sono gigantesche e terribili.
Poi, improvvisamente, il piccolo mostro ha smesso di urlare, ha spalancato i suoi enormi occhi e ha puntato uno sguardo nero e senza fondo su di lei.
Ha allungato una mano grassoccia verso gli elasti-capelli a carciofo e ha spostato una ciocca che le copriva il viso.
Ha sorriso, di un sorriso esitante e interrogativo, si è sdraiato ed è scomparso sotto le coperte.
Erano le tre della scorsa notte.
Elasti-mamma si è infilata nella vasca e ha fatto un bagno bollente con i sali del Mar Morto, al buio.

Marìotereso

Lo hobbit piccolo ha un amico.
Si chiama Marìotereso, con l'accento tonico sulla «i», vive nel muro della cucina, accanto al tavolo, è un po' taciturno e ama le olive.
Marìotereso sta lì e non si muove, a meno che non sia assolutamente necessario. Aspetta lo hobbit piccolo che, all'ora di colazione, di merenda e di cena, gli si avvicina e conversa.
«Ekkomi, Malìoteleso. Sono livato» (= Eccomi Marìotereso, sono arrivato finalmente), ha annunciato stamane lo hobbit guardando il bianco del muro.

«...» taceva Marìotereso.
«Ke fatica, pelò, amico» (= Coltivare il nostro rapporto mi costa una gran fatica, sappilo. Purtuttavia mi rendo conto del dono prezioso dell'amicizia e non mi sottraggo a questo quotidiano appuntamento teco).
«...» assentiva il muro.
«Ài manzato oìve ozzi? Io fatto pazel babbapapà, zocato dum dum gande e fatto patzo» (= Hai mangiato la tua razione giornaliera di olive, dove per olive intendo olive, uvette, uva e caramelle gommose? Io ho fatto il puzzle di Barbapapà 40 volte nelle ultime 24 ore, ho giocato con il camion grande e ho fatto il pazzo).
«...»
«Babè. Vuoi sentile mie lime?» (= Vabbè, potrei colmare questo tuo silenzio recitando per te qualcuna delle mie poesie. Le invento io, modestamente).
«...»
«Z'ela una vonta... cakka-cakka, pipì-pipì, putza-putza. Ekko fatto» (= C'era una volta... cacca-cacca, pipì-pipì, puzza-puzza. Ho terminato. L'hai gradita? È un mio cavallo di battaglia e riscuote sempre un certo successo tra parenti e amici).
«...»
«Malìoteleso... capizzi lo ke diko?» (= Amico mio, ho la netta impressione che ci sia un muro di incomunicabilità tra noi...)
«...»
«Sai, Malìoteleso... tu fozze non capizzi me pekké io sono mòtto pastizzòne con le palole» (= Sai, Marìotereso. Devo farti una confessione perché tra amici l'onestà e la sincerità sono importanti. Non è colpa tua se non mi capisci, Marìotereso, e nemmeno del fatto che vivi dentro questo muro bianco e chissà che vita difficile e tremendamente noiosa conduci. Tu non mi capisci perché io non ho una grande dimestichezza con la lingua italiana, perché io, nonostante sia alle soglie dei tre anni, sono molto pasticcione con le parole. Devi avere pazienza e fare un piccolo sforzo ma sono certo che questa mia, ehm, caratteristica non ostacolerà la nostra preziosa relazione amicale).
«...»
«Malìoteleso? Malìoteleso? Malìotelezo!!! Mannazza!»
Tunf tunf tunf.

«Nano! Piantala di dare i calci al muro!»
«Ma mamma! Quetto non capizze me...» (= Ma mamma! Questo idiota non mi capisce!)

Ma tu ce l'hai il figlio preferito?

Drin.
«Pronto, Elasti?»
«Sì? Sono io.»
«Sono la voce della coscienza, disturbo?»

Sono al centro della redazione, i mercati stanno crollando, il direttore del Fondo Monetario ha detto che la crisi finanziaria ci costerà 1.300 miliardi di dollari, la collega Zeta si sta bruciando i capelli con un accendino e la collega Cecilia è in preda al panico perché sostiene che sua figlia, in questo mondo in declino, non troverà mai lavoro e vivrà in una Smart con tutta la famiglia. Fai un po' tu.

«No, non mi disturbi affatto. Dimmi.»
«Una madre su sei dice di avere un figlio preferito. E tu, ce l'hai il figlio preferito?»
«Il figlio preferito? Ma che scemenza stai dicendo?»
«Tu hai due figli, no? Ce l'hai il preferito?»

Ho un nano grande che ha i capelli come un casco di banane e gli occhi blu, talmente blu che Mister Wonder è convinto che sia figlio di Olaf, l'idraulico norvegese. In lui riconosco le mie fragilità e la mia impazienza. Riconosco l'indecisione e l'amore per il caos intorno. Riconosco quell'ansia bruciante di essere accettato e quell'insicurezza che attorciglia la pancia. Di lui ammiro la generosità e l'amore per il prossimo, la cialtroneria, lo spirito gaudente, la risata grassa e sfrenata. Lui mi somiglia ma ha spalle più larghe delle mie e occhi blu, che nella vita servono sempre. E poi ho un nano piccolo, con gli occhi grandi e tondi che sa esattamente cosa vuole. Che ti guarda di sghembo e se gli piaci ti dà la mano e ti dice che hai dei bei capelli, anche se di capelli non ne hai. Che non ha bisogno dell'approvazione di nessuno perché lui cammina da solo e non perde mai la strada. Ho un nano piccolo che canta le canzoni di Caparezza bal-

lando sul tappeto a occhi chiusi. In lui riconosco Mister Wonder. Riconosco la sua testardaggine, la determinazione e la diffidenza, riconosco lo sguardo torvo e l'acutezza. Di lui ammiro l'indipendenza e la solidità. Il grande mi è affine, il piccolo assomiglia all'uomo che ho scelto.
Qual è il preferito?
È una domanda difficile e crudele che non si dovrebbe fare a nessuno.

«Ho da fare, scusa, il Dow Jones perde il 3 per cento e a me manca l'aria in questo open space soffocante.»
«Vigliacca.»
Click.

Aspettando il tramonto

Alle 6.20 lascia Felicity Place in bicicletta con James Blunt nelle orecchie. Insieme a lui canta in falsetto «I saw your face in a cloudy place... you're beautiful!»
Alle 6.45 sfreccia in via Manzoni gridando a squarciagola «Se il vento fischiava ora fischia più forte, le idee di rivolta non sono mai morte».
Alle 6.53 arranca in piazza Duomo sulle note di «Acido-Acida, mi sento scossa un po' nervosa-a».
Alle 7.00 entra in redazione, si siede al centro e ripone l'iPod.
Alle 7.15 si allarma perché l'indice Nikkei della borsa di Tokyo ha perso il 3 per cento; alle 7.30 tira il fiato perché nella quarta trimestrale la banca Flip ha ridotto le svalutazioni sui crediti in sofferenza; alle 7.45 impreca contro un gruppo elettrico romano che ha riunito i giornalisti a Londra per dare brio alla mattinata.
Alle 8.00 vorrebbe litigare ma reprime l'aggressività; alle 8.10 vorrebbe piangere ma reprime l'isteria; alle 8.20 vorrebbe dormire e prende un caffè alla macchinetta.
Alle 9.00 arrivano i capi che leggono i giornali e vanno in riunione per le successive due ore.
Alle 9.30 riceve la telefonata della baby sitter Valentina Diolabenedica, colonna portante dell'elasti-vita che si occupa degli hobbit ormai da tre anni.
«Elasti, abbiamo deciso la destinazione!»

«Valentina, la destinazione di cosa?»
«Ma come di cosa? Del viaggio di nozze, no? Mattia e io andremo prima in crociera nei fiordi norvegesi, poi una settimana a New York e dopo in Polinesia dieci giorni. Partiamo a fine maggio, qualche giorno dopo il matrimonio. Sono così felice...»
«Fantastico Valentina, ma scusa... quanto starete via per questo giro intorno al mondo?»
«Un mese.»
«Un mese?! Te ne vai per un mese? Trenta giorni? Ci lasci per così tanto tempo? Ma Vale...»
«Eddai Elasti, ci si sposa una volta sola, si spera. E poi in qualche modo tu ti organizzi con gli hobbit, no?»
«Ehm, be', non so, spero...»
«Vabbè, ora vado, ho il piastrellista sull'altra linea. Sta posando il pavimento del bagno nella casa nuova e non vorrei ci fossero problemi. Sai i piastrellisti come sono, no?»
Alle 10.00 c'è la visita del medico del lavoro aziendale.
«Elasti, ha mal di schiena? Elasti, questo lavoro in redazione le compromette l'equilibrio psichico? Elasti, perché suo marito la lascia sola con i bambini così tanto? Elasti, cosa ne pensa del telelavoro? Elasti, dica trentatré. Elasti, la sua pressione è perfetta. Vada pure ci vediamo tra un anno.»
Alle 11.00 telefona a una ventina di analisti per un sondaggio sull'utile netto del gruppo G, quello con l'amministratore delegato bello. Gli analisti la maltrattano e lei si avvilisce.
Alle 12.00, nella pausa pranzo, va a correre in salita su un tapis roulant al tempio del benessere e si avvilisce ancor di più.
Alle 15.59 ha finito il sondaggio.
Alle 16.30 va a fare la ceretta. «Ciao, Elasti! ti vedo parecchio sciupata, forse sei pure un po' ingrassata», dice l'estetista Loretta. Lei vorrebbe picchiare Loretta e poi suicidarsi.
Alle 18.00 è a casa, di pessimo umore ma priva di peli. Trova Mister Wonder di ritorno da Londra catatonico sul divano e due hobbit che vogliono la pizza per cena.
Alle 18.15 impasta la pizza e prepara il sugo.
Alle 18.30 si pone qualche interrogativo esistenziale: «Chi siamo? Dove andiamo? Chi ce lo fa fare?»
E non è ancora tramontato il sole.

Penicillina e lacrime

L'attenzione al bambino come soggetto degno di rispetto e considerazione risale agli anni '40, grazie alla scoperta della penicillina. Prima della penicillina la mortalità infantile era elevatissima e i bambini erano creature troppo fragili e precarie per meritare un investimento affettivo, educativo e sociale.
Per noi, qui, il bambino è centrale. Rilevante è l'essere più che il fare, il soggetto più che l'attività. Il bambino, come ogni essere umano, è relazionale e può crescere solo attraverso un percorso affettivo che gli consente di acquistare la percezione e la sicurezza di sé.
Il gioco è l'attività con cui il bambino scopre il mondo e noi vi invitiamo a giocare con i vostri bambini, a osservarli, a liberarvi dei vostri schemi mentali e a provare a entrare nei loro che sono destrutturati, aperti, creativi.
Noi offriamo noi stesse ai vostri figli. Li seguiremo, li incoraggeremo, li sosterremo, li coccoleremo ma metteremo intorno a loro anche dei no e dei paletti perché non perdano la strada e non siano colti da vertigine.

Alla riunione del nido dello hobbit piccolo l'educatrice Susanna ha fatto un discorso introduttivo.
Elasti-mamma, che si commuove con la pubblicità delle penne rigate, con le canzoni delle mondine, con i libri della Pimpa, con i film di Stanlio e Ollio e con il foglietto illustrativo dei Tampax, perché pensa a quando era incinta e non ne aveva bisogno, ha passato tutto il tempo a tirare su con il naso, nelle retrovie. Quando poi Susanna ha concluso dicendo «... perché una società che non ha un pensiero forte verso i bambini, gli anziani e i malati è una società che muore», Elasti-mamma ha pensato alle magnifiche sorti e progressive della scuola pubblica italiana e ha dovuto tirare fuori il fazzoletto e trattenere i singhiozzi.

Meglio 24 ore da leone...

«Elasti, dovresti andare alla conferenza stampa dell'amministratore delegato bello del gruppo G sulle polizze assicurative *third age*», dice l'elasti-capo della redazione.

Piuttosto mi sparo un colpo in testa.
« Okay. Ci vado. »
« Durerà un giorno intero. »
Un giorno intero a parlare di assicurazioni per la terza età? Ma siamo impazziti? Io stramazzo dopo mezz'ora.
« D'accordo, volentieri. »
« L'incontro non sarà però a Milano. »
Merda! come minimo sarà a Rho-Pero. Dopo una giornata sulle polizze a Rho-Pero avrò bisogno di un'ambulanza.
« E dove sarebbe? »
« A Praga. »
« Praga? »
« Già, Praga. »
« Praga con la Moldava, il Ponte Carlo, il cimitero ebraico, il castello? Quella Praga? »
« Proprio quella. Partirai domani, con un gruppo di giornalisti gaudenti e tornerai 24 ore dopo. Riesci a organizzarti con i bambini, vero? »
« Bambini? Quali bambini? Certo che riesco a organizzarmi. E poi le polizze *third age* sono la mia passione, nonché la chiave di volta del futuro della finanza globale. »
« Benissimo. Allora buon viaggio e buon lavoro. »
Elasti-mamma domani partirà per 24 ore. Avrebbe voluto che la sua prima volta a Praga fosse con Mister Wonder ma lui è a Londra e lei si accontenterà dell'amministratore delegato bello e dei colleghi gaudenti.

Chi si accontenta...

Un freddo cane, la cattedrale aperta la sera solo per te, la Moldava che scorre sotto il Ponte Carlo, una cena al Castello, un letto a quattro piazze, una vasca da bagno olimpionica, la città più romantica e struggente del sistema solare.
E nemmeno un marito, un fidanzato, un amante occasionale. Solo ventidue giornalisti gaudenti, un amministratore delegato bello e un ufficio stampa implacabile.

Ci hai creduto faccia di velluto

Ore 8.30.
Elasti-mamma è reduce da una notte indimenticabile di sonno ininterrotto in un letto sconfinato di un'enorme camera d'albergo. Ha trascorso l'ultima mezz'ora tra i vapori di una doccia bollente. Si è persino messa la crema idratante.
In compagnia di un gruppo di colleghi gaudenti è in procinto di strafocarsi al sontuoso buffet della colazione prima della conferenza stampa sulle polizze per la terza età.
Elasti-mamma è di ottimo umore e si sente una vera inviata.
Bip-bip.
Messaggio della collega Irene: «Cosa stai facendo? I giornali di oggi sono pieni di notizie e indiscrezioni sul gruppo G. Noi non abbiamo uno straccio di niente. I capi si stanno chiedendo perché ti hanno spedita a Praga se questo è il risultato».
Elasti-mamma smette di respirare e suda freddo. Intorno a lei colleghi sorridenti si abbuffano di pane, burro e marmellata.
Ma com'è possibile? Io e costoro siamo sempre stati insieme... insieme sul mini aereo con l'aviofobia, insieme a cena con l'amministratore bello, insieme a visitare la cattedrale, al buio, con un freddo gelido. Dov'ero io quando questi infidi individui raccoglievano notizie come segugi, facevano scoop, mi davano buchi abissali?
Elasti-mamma vorrebbe sprofondare in un gorgo di inadeguatezza. Non si merita Praga, non si merita questo luculliano buffet, non si meritava nemmeno il sonno ininterrotto, la doccia bollente e la crema idratante. Ora che ci pensa, le viene pure un po' di nausea.
Bip-bip.
Un altro messaggio. È ancora Irene: «Ci hai creduto, ci hai creduto! Faccia di velluto! Goditi Praga e rilassati».

Pulcini e galline

«Tu sei la mia puntzina» (= Tu sei la mia pulcina. Ebbene sì, anche io che sono un uomo duro, anzi durissimo, anche io che lancio sguardi torvi e obliqui, anche io che non devo chiedere mai e

se chiedo uso solo l'imperativo, be', anche io ogni tanto posso avere un piccolo cedimento. Anche io posso lasciarmi andare. Perché ci tengo a dirti che non mi sei totalmente indifferente. In fin dei conti sei mia madre, è anche normale no?)
Lei non crede alle sue orecchie, si emoziona, deglutisce.
«Nano! Ma che bella cosa hai detto. Anche tu sei il mio pulcino», gli sussurra in un orecchio così nessuno può sentire.
Lui sorride, allunga una mano sudaticcia e le accarezza la guancia.
Raramente con lo hobbit piccolo si raggiungono vette di intimità così alte.
«Macché pulcina e pulcina! La mamma è la gallina. La nostra bella gallinella!» dice lo hobbit grande, improvvisamente materializzatosi sul lettone per rompere la magia di un idillio.
«Zà! La mamma è la gallina che fa li uovi e poi li cozina!» (= Già! Che sciocco. Come ho fatto a sbagliarmi così? La mamma è la gallina che fa le uova e poi le cucina in mille modi fantasiosi).
«A proposito mamma, ci fai le uova sode?»
Qualcuno un giorno le disse che le madri di maschi sviluppano una maggiore autostima, un ego più solido, una femminilità più consapevole. Lei ci aveva pure creduto.

Poi tonni?

«Ciao nano piccolo. Adesso la mamma va a lavorare.»
«Poi tonni?» (= Poi torni? Che questa cosa che vai e vieni non mi piace per niente. Che io le donne lavoratrici emancipate proprio non le capisco. Che mi sei toccata in sorte tu che mi accompagni qui tutte le mattine e poi scompari fino a sera, mentre a me sarebbe tanto piaciuta la mamma di Nino, che è prosperosa, elegante e casalinga).
«Certo che torno. Dove vuoi che vada senza il mio nano minuscolo?»
«Poi un zonno tonni pù?» (= Non è che un giorno, a furia di vai e vieni, di emancipazione e di indipendenza, mi molli qui all'asilo e non ti fai più vedere? Che io lo so come sono le donne: infide. Tranne quella santa donna della mamma di Nino. Di lei sì

che mi fiderei. Devo parlare con mio padre, il mio genitore preferito. Perché tutta questa libertà che ti abbiamo concesso non può che nuocerci).
«Stai tranquillo. Torno sempre. Torno perché ti voglio bene e senza di te sono triste. Adesso ti posso dare un bacio?»
«No. Io ghiato» (= Scordatelo. Sono arrabbiato e poi tutte queste smancerie mi innervosiscono).

Parole normali

«Mamma, Alessandra mi ama!» dice trionfante lo hobbit grande, durante la cena.
«Mi fa piacere. Ma tu come lo sai?»
«Me lo ha detto lei oggi all'asilo.»
«E come te lo ha detto?»
«Con la bocca.»
«Questo lo immaginavo. Ma che parole ha usato?»
«Be', le parole normali che si usano quando ci si ama.»
«Che sarebbero?»
«Io ti amo.»
«Già, certo. E tu cos'hai risposto?»
«Anche io ti amo.»
«E poi?»
«Poi ognuno è tornato a fare i fatti suoi.»

Domande proibite

Elasti-mamma, in preda a un momentaneo delirio di autocelebrazione, fa allo hobbit piccolo una delle domande che una madre sana di mente non dovrebbe mai porre al proprio figlio.
Esistono quesiti proibiti, tipo: «Vuoi più bene alla mamma o al papà?», la cui risposta può aprire voragini oscure e senza fondo, difficili da richiudere.
Ci sono poi domande apparentemente più innocue, ad esempio: «Come mi sta questo vestito?», o: «Sei contento che stiamo un po' da soli?», o la più articolata: «Ti piacerebbe avere come

mamma quell'oca sciantosa della madre di Giovannino?» Anche questi candidi interrogativi possono nascondere insidie e veleni.

Pertanto una mamma che abbia a cuore l'autoconservazione e il proprio equilibrio interiore dovrebbe limitarsi a chiedere: «Preferisci il gelato al pistacchio o alla nocciola, amore mio?», «Hai visto che bel sole oggi, tesorino?», «Ti piace il colore turchese, cucciolo adorato?»

«Com'è la tua mamma?» ha domandato oggi Elasti-mamma allo hobbit piccolo, impegnato a smontare la caffettiera, seduto sul pavimento della cucina.

Lui ha alzato uno sguardo torvo e concentrato, l'ha scrutata dal basso in alto, ha spalancato gli occhi e la bocca e ha esclamato raggiante: «Anta e patsa!»

«Io per te sono alta e pazza???»

«Sì!» ha risposto lui senza esitazioni.

Ora legale e overshooting

L'elasti-famiglia decide di festeggiare l'arrivo dell'ora legale con una gita domenicale kamikaze all'acquario di Genova.

«Va bene. Però torniamo presto perché io stasera parto», ha detto Mister Wonder.

«Parti!? Ma sei appena tornato. Devi darti una calmata!»

«Ho un convegno su *Quantitative Marxism* a Bristol. È un appuntamento imperdibile.»

«I casi sono due: o Janet, quella slavata di tua moglie inglese, sta diventando più esigente o tu mi stai diventando *workaholic* come quel disperato del tuo collega giapponese Hiroshi che diceva che l'ufficio era il suo giardino e lavorava in tuta da ginnastica e pantofole. Mi chiedo quale delle due alternative sia peggiore.»

Ore 9.10 (che ieri erano le 8.10). L'elasti-famiglia, bardata come per una spedizione sull'Himalaya, prende l'Intercity per Genova Principe.

Dopo sette minuti dalla partenza lo hobbit grande inizia a chiedere: «Mamma, quando mangiamo i panini del picnic?», e ripeterà la domanda ossessivamente per le successive quattro ore.

Ore 9.30. Una voce all'altoparlante comunica che, a causa di uno sciopero dei manovratori liguri, il treno non fermerà a Genova.
Ore 10.15. L'elasti-famiglia, scesa alla stazione deserta di Arquata Scrivia, attende fiduciosa un mezzo che la porti a destinazione.
Ore 11.45. Dopo un avventuroso viaggio, l'elasti-famiglia approda a Genova.
Ore 12.00. All'acquario i giornalisti non pagano e non fanno la fila. Mister Wonder non perde l'occasione per insultare Elasti-mamma e la privilegiata categoria, gridando allo scandalo.
Ore 12.30. Mentre lo hobbit piccolo è ipnotizzato davanti alla vasca degli squali, il grande tenta di rubare i panini dall'enorme zaino di Elasti-mamma, che si infuria.
Ore 12.45. Lo hobbit piccolo decide che è un pinguino e tenta di tuffarsi nella vasca dei suoi presunti simili usando come trampolino le spalle di Mister Wonder. L'abbandono della vasca dei pinguini è un momento straziante, a tratti tragico. Lo hobbit piccolo chiama «papà» il maschio alfa della colonia ma Mister Wonder non ha pietà e lo trascina via.
Ore 12.55. Lo hobbit grande accarezza il ruvido ma gelatinoso dorso di una razza e finalmente dimentica il picnic. Peccato sia ora di pranzo.
Ore 13.10. L'elasti-famiglia, seduta al sole, guarda il mare e si ingozza di panini e succo di frutta.
Ore 13.50. «Corriamo o perdiamo il treno!» esclama Mister Wonder.
Ore 14.19. L'elasti-famiglia sale trafelata sull'unico Intercity per Milano che non sia stato soppresso per lo sciopero dei manovratori liguri.
Mister Wonder legge *Harry Potter* allo hobbit grande, lo hobbit piccolo tenta di conversare con gli altri passeggeri che purtroppo non parlano la sua lingua. Pertanto, quando non tormenta Elasti-mamma, chiacchiera con gli oggetti inanimati del treno, dai sedili ai tavolinetti.
Ore 16.30. L'elasti-famiglia è nuovamente a Felicity Place. Gli hobbit sono stremati e nervosi. Elasti-mamma è colta da sonno incoercibile e vorrebbe accasciarsi in un angolo. Mister Wonder,

in preda ai sensi di colpa per l'imminente partenza, scopa per terra, fa andare la lavatrice e piega la biancheria stesa.
Ore 17.30. Gli hobbit sono isterici, con qualche sintomo di possessione demoniaca. Elasti-mamma decide di infilarli nella vasca da bagno e di tenerli a mollo a oltranza.
Ore 18.15. Mister Wonder lascia Felicity Place ed Elasti-mamma stabilisce, nonostante ieri a quest'ora fossero solo le cinque e un quarto, che è giunto il momento di cenare.
Ore 19.00. Lo hobbit grande guarda catatonico lo schermo spento del televisore. Lo hobbit piccolo perde i sensi sulle piastrelle della cucina mentre lancia una macchinina sotto il frigorifero.
« È ora di andare a dormire! » esclama Elasti-mamma.
Alla fine di questa estenuante domenica, l'Italia si è sintonizzata sull'ora legale (GMT +2), Elasti-mamma e gli hobbit sull'ora del Bangladesh (GMT +5).

Lati oscuri

Lunedì mattina, ore 7.45.
Elasti-mamma è ipercinetica, vittima della quotidiana ansia isterica e molesta che precede l'uscita di casa. Lo hobbit piccolo si aggira serafico e sfaccendato, con le mani in tasca, come chi ha davanti a sé una vita di ozio. Lo hobbit grande giace riverso sul lettone in preda a narcolessia.
« Ragazzi, tra quindici minuti dobbiamo uscire: prima bisogna fare colazione, finire di vestirsi e lavarsi i denti. Sbrighiamoci. »
« Io fazzo pasel Babbapapà » (= Mi pare un ottimo momento per fare il puzzle dei Barbapapà).
« No, nano piccolo, tu adesso mi aiuti a mettere nel sacchetto le pedine della dama che avete lasciato per terra ieri sera. »
« Io pendo neli » (= Io ripongo le pedine nere, fingendo così di essere collaborativo e attuando invece il mio diabolico piano per minare il precario equilibrio di questa famiglia).
« Va bene. Io metto nel sacchetto le pedine bianche. »
Lo hobbit grande si alza di scatto, movimenti da zombie e pupille dilatate.

« Le-pedine-nere-sono-mie-e-le-posso-toccare-solo-io », dice scandendo le parole.
« Nano, non fare il pazzo. Ormai il piccolo e io abbiamo messo tutto in ordine. Vestiti e vieni a fare colazione. »
« Adesso voi mi tirate fuori tutte le pedine nere », prosegue con voce metallica e imperiosa.
« Piantala. »
« Voglio le mie pedine nere subito. »
« Cambia tono e calmati. »
« Rimettete tutto per terra com'era. Istantaneamente. »
Sono le 7.55, restano solo cinque minuti per fare colazione, finire di vestirsi, lavarsi i denti e uscire. Altrimenti gli hobbit arrivano tardi all'asilo ed Elasti-mamma arriva tardi in redazione. Altrimenti è tutto più difficile e la settimana inizia da schifo.
Ma lo hobbit grande ha un piglio da despota e una rabbia che inquieta, lo hobbit piccolo ha un guizzo sadico nello sguardo e il ghigno di chi aveva previsto tutto. Elasti-mamma ha un fremito e lascia che anche il suo lato oscuro spezzi le catene e si affacci su questo difficile lunedì mattina.
« L'avete voluto voi. »
Prende il sacchetto e rovescia tutte le pedine, bianche e nere indistintamente per terra, prende il secchio delle macchinine e fa lo stesso, ribalta la scatola del Lego e capovolge la cesta dei Gormiti. Ora è tutto per terra, in una montagna indistinta.
« Vado di là a leggere. Quando avete messo in ordine chiamatemi », sentenzia e si avvia verso il divano, con il suo libro.
Il lato oscuro altrui fa più paura del proprio.
Alle 9 è tutto a posto, grazie a una mezz'ora di lavoro minorile. Gli hobbit sono entrati dopo all'asilo, Elasti-mamma è arrivata tardi al lavoro. In compenso i rispettivi lati oscuri erano molto più leggeri.

Abbandoni e diversivi

« Ciao Elasti. Come stai? »
« Bene, anche se stanotte ho sognato che te ne andavi e lasciavi me e i tre bambini. »

« Come i tre bambini? Che io sappia ne abbiamo solo due... »
« Uffa, che pignolo! Nel sogno erano tre, maschi. E ci mollavi tutti, me e loro. »
« Come mai? »
« Che ne so? Era irrilevante. La cosa rilevante è che un giorno arrivavi e dicevi: me ne vado. È stato bello. Cià cià. »
« Bel bastardo. »
« Appunto. »
« E tu cosa facevi? »
« Io ero annichilita, devastata, spezzata... »
« Be', immagino... »
« Stavo malissimo, come non sono mai stata. Passavo tre o quattro giorni di puro inferno. »
« Tre o quattro giorni? Soltanto? »
« Al quinto giorno reagivo. »
« Reagivi? »
« Già. Pensavo: non posso vivere così, come una derelitta infelice. Non va bene per me e non va bene nemmeno per questi tre poveracci che hanno già la sventura di un padre in fuga. E quindi mi guardavo intorno. »
« In che senso? »
« Nel senso che cercavo un fidanzato, qualcuno con cui risollevarmi un po' il morale... mica potevo annegare nella mia disperazione. E poi non cercavo un papà-sostituto per gli hobbit. Cercavo solo un diversivo, qualcuno che mi facesse ridere. »
« Non ho parole! Quasi quindici anni insieme, quattro giorni un po' così e poi... alé... un diversivo! »
« Non erano quattro giorni un po' così. Erano quattro giorni di merdoso inferno. »
« Ma lo trovavi poi questo tizio con cui consolarti? »
« Certo che lo trovavo! »
« E chi era? »
« Uno, carino. Non lo conosci. »
« ... »
« Pronto? Pronto? Ti sei arrabbiato? Ma in fin dei conti eri tu che te ne andavi... e poi è solo un sogno! »
Click.

Spesso con gli uomini un dialogo schietto, limpido e aperto è pura utopia.

Orecchie come una spiaggia

Lui chiude gli occhi, inspira, espira, li riapre. La guarda impavido e ardente.
« La tua bocca è come il mare,
il tuo naso è come la punta di un pennarello,
i tuoi occhi...
Di che colore erano i tuoi occhi? azzurri? »
« Sì, sono azzurri. »
« I tuoi occhi sono come il cielo,
le tue orecchie sono come una spiaggia che si fa il bagno in acqua,
i tuoi capelli sono come spaghetti lisci
... oh, Valentina, sposa me e lascia Mattia! »

Valentina Diolabenedica ha annunciato allo hobbit grande che presto si sposerà con Mattia. L'opera di dissuasione è cominciata.

Gutta cavat lapidem

Per mesi, anzi per anni, lo ha sfinito.
Lo ha blandito dipingendo irreali quadretti di serena pace domestica e di perfetta felicità. Lo ha stordito di parole, promesse, eroiche dichiarazioni di amore e di intenti. Lo ha esasperato con piagnistei, ricatti, sceneggiate.
Gli ha teso agguati nel buio, lo ha interrotto nel bel mezzo della lettura di *Marxism against Capitalism*, lo ha colto alla sprovvista durante un'equazione differenziale di sesto grado.
Per mesi, anzi per anni, Elasti-mamma ha tormentato Mister Wonder, con l'implacabile costanza e la sfiancante determinazione proprie del gentil sesso.
Lui diceva « scordatelo », poi « lasciami stare », poi ancora « perché dobbiamo infelicitarci l'esistenza? », « non so », « non ne so-

no convinto», «ci penso», «forse ma non ti prometto niente», «lasciami stare», «fallo con il vicino che è pure un bel ragazzo». Poi qualche giorno fa si è fatto serio.
«Allora, cara Elasti. Ci ho riflettuto parecchio. Sono giunto alla conclusione che, se tu lo desideri così tanto, questo hobbit numero tre possiamo farlo. Che in fin dei conti se penso ai miei fratelli, la zia matta e lo zio con l'orecchino al naso, sono felice che ci siano entrambi e se mi chiedessero di rinunciare a uno dei due, piuttosto rinuncerei all'abbonamento al *manifesto* che, conoscendomi, è veramente una dichiarazione di amore sconfinato e assoluto. Poi lo so che sarò contento pure io, anche se la prospettiva di altre cacche, pappe e notti insonni mi agghiaccia. E sono certo che saranno contenti anche i due nani. Quindi va bene.»
«Hai... hai detto "va bene"? Vuoi dire che sei d'accordo? Vuoi dire che possiamo provare a fare un terzo hobbit?»
«Adesso, "essere d'accordo" è un'espressione un po' forte. Tuttavia...»
Elasti-mamma si è commossa, ha percorso in scivolata sulle ginocchia l'intero corridoio come Tony Manero nella *Febbre del sabato sera,* è stata colta da irrefrenabile euforia e si illude che la parte più difficile sia ormai alle spalle.

Finché non si perde il senno

«Le cose che mangiamo o ci danneggiano o ci giovano. Per questo mangio uno spicchio d'aglio ogni mattina, appena sveglio.»
«God works in mysterious ways.»
«Vorrei essere Neelie Kroes, la commissaria europea alla Concorrenza. Lei sì che è una donna potente.»
«I burocrati europei, nella mia classifica personale, stanno sullo stesso gradino dei partecipanti al *Grande Fratello.*»
«Tra due giorni dovrebbe nascere mio figlio. Mio padre vuole chiamarlo Vincenzo, come lui, mia moglie vuole chiamarlo Fausto perché è di buon auspicio. Mi sa che io, per evitare problemi, lo chiamo Pasqualino e vaffanculo a tutti quanti.»
«Sto male. Credo di avere la colite. Posso mangiare una fetta di Sacher?»

«Prima o poi quel televisore ti cade in testa.»
«Nessun problema, basta che mi uccida. Io, al contrario di Giuliano Ferrara, perferisco morire che vivere menomata.»
«Io dico un mucchio di cose, ma la maggior parte me le dimentico perché ascoltarmi mi annoia a morte.»
«Pronto buongiorno, volevo invitarla all'incontro *challenge brutale*, viene?»
Passare otto ore al centro della redazione, in un crocevia di conversazioni, riflessioni, monologhi, è istruttivo, divertente, esasperante, surreale.
Finché non si perde il senno.

Scontro tra titani

Da qualche settimana Mister Wonder e lo hobbit piccolo hanno introdotto un nuovo passatempo per trascorrere serenamente il sabato mattina. Si chiama «mangia-quella-maledetta-mela» ed è un gioco al massacro tra due creature parimenti superdotate di testardaggine, rigidità e idiozia.
Si comincia a colazione, davanti a latte, caffè e corn flakes. Si comincia sorridendo, in un clima festoso di armonia e idillio familiare. Si comincia sempre con la stessa domanda, in apparenza innocente, che apre una voragine di sfinimento in cui i partecipanti si lanciano senza remore, con l'ottuso integralismo dei kamikaze.
«Papà, dai meeeeeela?» (= Papà, mi dai una mela?), chiede lo hobbit piccolo, trascinando la «e» di mela in un belato supplicante e struggente.
È l'inizio della fine. Il belato è il colpo di grazia al sabato mattina appena iniziato.
«Va bene, nano. Ma se te la taglio poi la mangi, vero?» dice Mister Wonder, afferrando zelante la mela e minaccioso il coltello.
«Zelto papà», risponde sicura l'infida creatura, con lo sguardo angelicato di un putto e la falsità subdola di Satana.
La mela viene sbucciata, ridotta a spicchi e posata su un piattino. Lo hobbit le lancia un'occhiata obliqua e sgranocchia i suoi cereali.

«Io batta. Io vado a zocale» (= Io ho terminato. Essendo ormai sazio, andrei a giocare), dichiara.
«Mangia la tua mela e dopo potrai andare a giocare.»
«Mela no gazze. Io ho finito. Gazze. Io vado» (= La mela non la desidero, grazie. Ribadisco che ho finito. Grazie. Vado a giocare).
«Tu non ti muovi da qui finché non hai mangiato la mela.»
Per i successivi quindici minuti, padre e figlio tacciono guardandosi di tanto in tanto in cagnesco. Elasti-mamma e lo hobbit grande terminano la loro colazione, si alzano, sparecchiano e si smaterializzano.
«Io fotte. Zenti!» (= Io sono dotato di forza straordinaria. Tasta i miei muscoli!)
«Non mi interessano i tuoi muscoli. Adesso devi mangiare la tua mela. Hai detto che la volevi e ora la mangi.»
Lo hobbit piccolo fissa inespressivo un punto all'orizzonte, Mister Wonder legge *Intergenerational Equity and Sustainability*, in un crescendo di tensione.
Dopo un'ora circa, il piccolo tenta di scendere dalla sedia, il padre gli ricorda la mela, l'onore e l'importanza degli impegni presi.
Il nano canticchia «Zono un eloe, lotto tutte le ole, zono un eloe...» (= Sono un eroe, perché lotto tutte le ore, sono un eroe...), citando Caparezza.
Mister Wonder lo zittisce indicandogli gli spicchi ormai ingialliti.
La guerra di logoramento può durare un tempo infinito, al tavolo della cucina. I due non cedono, nella presuntuosa illusione che prima o poi l'altro capitolerà sfinito.
Sabato scorso ha vinto il padre. Dopo oltre tre ore il nano esasperato ha ingurgitato la sua mela, Mister Wonder è caduto in ginocchio per terra con le braccia levate al cielo, come se avesse segnato il rigore della finale dei mondiali.
Oggi si è ripetuta la stessa scena, ma lo hobbit, approfittando della distrazione del genitore esultante, ha aperto la pattumiera e ci ha sputato dentro il masticato oggetto del contendere.

Elastincontro 1
Il primo biondino non si scorda mai

Nell'estate tra la terza media e la quarta ginnasio Elasti conobbe il biondino.
Aveva un anno più di lei, conosceva le cinque declinazioni latine e le tre greche e non perdeva l'occasione di sottolinearlo. Aveva occhi blu, spalle larghe e una grande consapevolezza di sé. Lui era quello che non era lei e a quattordici anni questo basta per cadere in deliquio.
Si baciarono una sera di nascosto, dopocena, facendo finta che fosse notte, sulla spiaggia. Fu un bacio sperimentale, diffidente e ruvido. Ma fu il primo e, nel delirio romantico e un po' mitomane di un'elasti-adolescente, fu l'inequivocabile espressione di un amore assoluto e definitivo.
Elasti e il biondino fecero coppia, per i giorni che restavano prima della partenza. Goffi e acerbi, euforici e sognanti, troppo compresi nell'intima celebrazione del proprio traguardo amoroso per accorgersi l'uno dell'altra.
Tornarono nelle rispettive città. Lei scriveva lettere struggenti e interminabili che avrebbero fiaccato amanti ben più resistenti di un adolescente schiavo del testosterone e dell'aoristo greco. Lui rispondeva raccontandole in poche righe le sue vittorie nella pallavolo e nelle gare di verbi latini.
«Soffro troppo, tanto lontana da te. Domenica prendo il treno e vengo. Mi accompagna la mia mamma», annunciò lei un giorno.
Lui disse che forse aveva la piscina, o un compito in classe o un modellino di biplano della prima guerra mondiale da finire insieme a un cugino di secondo grado.
Lei, con la determinazione garibaldina e ottusa degli innamorati, si presentò a casa del biondino.

Lui la portò nella sua stanza, la baciò irruente e distratto.
« Be'? » chiese lei.
« Non ti amo più », rispose lui.
Lei vacillò, impallidì e vomitò.
Già. Vomitò la colazione, di fronte a lui, sul parquet, tra il biplano incompiuto della prima guerra mondiale e la scrivania.
Vomitò perché era delusa, triste, nervosa. Perché era stata rifiutata e aveva paura che potesse essere il primo « non ti amo più » di una lunga serie. Vomitò perché era un atto plateale ed efficace. Perché le donne prevedibili non le erano mai piaciute. Perché al cuore e allo stomaco non si comanda.
Accadde a Piacenza, nel settembre 1984.

CAPITOLO 2

Non ce l'ha ordinato il medico

«Ma è fantastico!»
«Abbastanza.»
«Solo abbastanza? Potremmo vivere per cinque settimane come gli americani dei film: tu lavori, io bevo brandy con ghiaccio, preparo *muffin* senza colesterolo e lancio occhiate lubriche al signore che porta il latte mentre gli hobbit giocano in giardino con il cappellino da baseball in testa. A me sembra un quadretto da sogno.»
«Veramente, Elasti, hanno invitato solo me.»
«Stai scherzando, vero?»
«No, l'università della città di A, ultima roccaforte degli economisti marxisti americani, ha fatto una proposta a me, Mister Wonder, e non alla mia famiglia.»
«Va bene, allora non puoi accettare.»
«Ma è una grossa opportunità professionale...»
«Organizzati. O tutti in America o nessuno.»
«Senti, mica ce lo ha ordinato il dottore di andare negli Stati Uniti.»
«No, non ce lo ha ordinato il dottore. Però tu organizzati.»
«Ma tu lo sai cosa c'è nella città di A?»
«No, perché?»
Nella città di A ci sono case di legno colorato con il tetto spiovente, un'università, il bosco, gli scoiattoli, quattro centri commerciali, gli americani e poco altro. Se lui si organizza, se lei si organizza, se gli hobbit non fanno troppa resistenza, l'elasti-famiglia passerà lì trentacinque giorni.

Strada in salita

L'esperimento linguistico prosegue.
Mister Wonder continua a parlare in inglese agli hobbit. Con discutibili risultati.
Dopo la massacrante gita all'acquario di Genova domenica scorsa, stamane l'elasti-famiglia ha ridimensionato le sue ambizioni, optando per la verde Brianza.
« Andiamo a vedere le mucche e le pecore alla fattoria del parco di Monza », ha annunciato elasti-baldanzosa stamane.
Lo hobbit piccolo, nonostante l'entusiasmante programma, era di pessimo umore e piangeva inspiegabilmente. Piangeva di fronte ai cereali della colazione, piagnucolava davanti alla scarpiera, frignava al cospetto del pantagruelico picnic amorevolmente preparato da Elasti-mamma.
« Stop crying! We are going to see the animals! » ha esclamato Mister Wonder con il suo impeccabile accento *eastender*.
Lo hobbit grande ha alzato un sopracciglio, con aria arguta.
« Ho capito papà. Gli hai detto di non piangere anche se è senza l'anima, vero? »

Nulla Osta

Okay, ora vado. Inspiro ed espiro, inspiro ed espiro. Sorrido e lo guardo negli occhi come chi sa il fatto suo. Anzi no, potrei irritarlo. Non sorrido affatto e tengo gli occhi bassi. Aria contrita e capo chino. Devo ispirargli empatia, comprensione e solidarietà. Devo ispirargli pure un po' di pena... No, pena no, sarebbe eccessivo.
Devo essere convincente, ferma ma interlocutoria, decisa ma umile. Anzi no, non posso affrontarlo, non oggi. Non me la sento. E poi ho la sindrome premestruale e una certa propensione alla polemica gratuita. Ho le occhiaie e mi devo lavare i capelli. No, oggi proprio no.
« Elasti, avevi detto che dovevi parlarmi? »
« Ehm, sì. Ma se non hai tempo ora possiamo anche... »
« No, no. Adesso va benissimo. Andiamo pure nel mio ufficio. »
Ecco. Non sono pronta. Cosa gli dico ora? Mi dirà di no. Mi dirà che sono un'ingrata, una fannullona, una profittatrice. Mi dirà che da me

non se lo sarebbe mai aspettato. Mi dirà che no, non se ne parla nemmeno. Mi dirà che sono senza pudore. Mi indicherà la porta, senza aggiungere altro.
« Ottimo. Arrivo. »
« Bene Elasti, cosa devi dirmi? »
Che ho lo stomaco chiuso e se mi concentro mi viene anche un po' di nausea...
« Volevo dire che... be', sai che Mister Wonder lavora lontano... »
« Da oltre dieci anni mi pare. »
Scoppio in singhiozzi ora o tra un po'?
« Già. Ma adesso... lo hanno invitato negli Stati Uniti, cinque settimane, in un'università del New England, dove ci sono moltissimi economisti marxisti marginali ed emarginati come lui e... insomma lui dice che vorrebbe andarci, che sarebbe un'ottima opportunità e... adesso negli Stati Uniti c'è pure Obama e se negli Stati Uniti non ci si va adesso quando ci si deve andare? »
« E quindi? »
E quindi io non voglio stare qui, al centro della redazione, sola per cinque settimane. Non voglio stare trentacinque giorni tanto lontana da lui. Non voglio sentire lo hobbit piccolo che chiede: « Mio bééélo papà v'è? », che poi significa: « Dov'è quello sciagurato del mio genitore preferito che sarà pure il mio preferito ma se continua a latitare così mi trasformerò in un deviante trasgressivo e quando compirò quattro anni comprerò la mia prima dose di crack e me la fumerò e la offrirò pure a mio fratello che se aspetto lui al massimo mi trovo adolescente a bere Coca-Cola di nascosto in bagno ». E non voglio nemmeno che lo hobbit grande pianti le sue tende nel nostro lettone e si trasformi definitivamente nel maschio alfa dell'elasti-famiglia. Insomma io...
« Io pensavo di partire con lui e con i bambini. In fin dei conti sono solo cinque settimane. Ho moltissimi giorni di ferie arretrate, potrei... »
« Quando partiresti? »
Adesso mi sputa in faccia e mi dice che sono licenziata.
« Tra due settimane. »
« Mi sembra un'occasione bellissima. »
C'è una candid camera da qualche parte.
« Scusa? »

«Dicevo che sarà un'esperienza meravigliosa. Per voi, per i piccoli. Sarà indimenticabile.»
Ma...
«Quindi io posso... be', spero di non creare problemi qui, in redazione.»
«Nessun problema. Non bisogna rinunciare alle cose belle.»
Vuoi dire che non vi mancherò nemmeno un po'? Che mi lasci andare così, senza colpevolizzarmi neanche poco poco?
«Grazie. Veramente grazie.»
«E di cosa? Vai e divertiti.»
Ho capito, non mi vuoi più bene.
«D'accordo... comunque se ci ripensi e vuoi che ne riparliamo... io sono qui.»
Ottenuto l'entusiastico via libera del capo della redazione, Elastimamma ha chiesto l'autorizzazione alla dirigente della scuola materna degli hobbit che le ha fatto mandare quattro fax di spiegazioni prima di garantirle che non avrebbe venduto al mercato nero i due posti temporaneamente vacanti all'asilo pubblico.
Ha comunicato la notizia a sua madre, nonna K, che ha detto: «Potremmo venire anche io e il mio fidanzato Artù, ho sempre sognato di passare la primavera nel New England», per poi ricordarsi di avere già prenotato tre settimane di crociera nello Yemen.
Towanda, la suocera barese e passionale, ha imprecato contro il crudele destino che allunga le distanze già per lei siderali tra lei e i suoi adorati nipoti.

A me no

Prima di cena. I due hobbit stanno facendo il bagno.
«Mamma, mamma! È cascato! È cascato! Vieni presto! Il dente si è staccato! Yeah! Finalmente.»
«Tesoro-puzzola-amore mio! Ma è fantastico! Sei diventato grande!»
«Babè babè babè» (= Vabbè, su dai. Non mettiamola giù così dura. Era solo una escrescenza ossea, per giunta malferma).

«Devo telefonare al papà, alla nonna, agli zii, alla maestra, al mio amico Matteo, alla mia fidanzata Alessandra.»
«Ma certo nano! Lo dobbiamo dire a tutti. Adesso insaponati così esci subito e annunciamo al mondo questa grandiosa notizia.»
«Babè babè babè» (= Vabbè, adesso non esageriamo. Mi sembrate due mitomani. Erano settimane che questo fanatico egocentrico ci tormentava. La caduta di un dente è un evento banale. Datevi una calmata tutti e due).
«Guarda mamma! Guarda! Nemmeno una goccia di sangue. Straordinario! Sono felice, mamma!»
«Anche io sono felice. Adesso mettiamo il dente sotto il cuscino così questa notte arriva il topolino! Che emozione!»
«Babè babè babè» (= Vabbè, mettiamo la parola fine a questo patetico siparietto e passiamo ad altro, per cortesia. Escludo di avere anche solo un ruolo minore in questa pantomima del topo che arriva di notte).
«Ehi, nano piccolo! Hai visto che il nano grande ha perso il suo primo dente?»
«Mpf. Dèzzo biamo complale dente uovo in gotzio» (= Alla buon'ora, voi due sciroccati vi siete ricordati che ci sono anche io in questa vasca da bagno. Comunque adesso ci tocca andare in un negozio a comprare un dente nuovo per quel fesso di mio fratello che non sa nemmeno badare alle sue cose. E in questa cupa fase di recessione globale ci mancava solo una spesa inaspettata).
«Ma no! Il dente nuovo è già lì, pronto a uscire. Anche a te succederà lo stesso quando sarai un po' più grande!»
«A me no.»

Prevenzione, brividi e furti

Ore 17.30.
«Elasti! Che piacere! Spogliati che ti guardo», dice lui affabile.
Lei si spoglia, ubbidiente.
Lui la esamina con una lente di ingrandimento.
Lui è un figo pazzesco e non capita tutti i giorni di avere un figo pazzesco, per giunta appartenente alla categoria professionale

più sexy nell'elasti-immaginario erotico, che scruta a distanza millimetrica ogni centimetro di superficie cutanea.
«Certo che ne hai tantissimi!» commenta lui gravemente. «Ma per tua fortuna sei nelle mie mani», aggiunge con un sorriso rassicurante e un guizzo trasgressivo che paralizza Elasti-mamma, che giace nuda e inebetita.
Ore 17.37.
«Va bene, è tutto a posto, puoi rivestirti. Ti aspetto tra un anno. Sono 250 euro», conclude congedandola, già distratto da altro.

Caro dottore dei nei, va bene che sei un figo pazzesco, va bene che scrutare le numerosissime elasti-imperfezioni può essere impegnativo, va bene che sei un luminare con il rarissimo optional della sensualità, va bene che averti a due centimetri di distanza è un enorme privilegio e regala pure qualche brivido, ma 250 euro per sette, dico sette, minuti di visita, che significano una tariffa di 35,7 euro ogni 60 secondi non valgono tutto questo.

Meno nôve

Elasti-mamma ha incautamente fatto una ricerca su Google. Sgomenta, telefona a Mister Wonder, a Londra.
«Pronto. Ciao sono io. Se ti dico meno nove cosa pensi?»
«Meno nôve? E ce sacc'?» risponde l'economista marxista barese.
«Prova a indovinare.»
«Senti Elasti, ora non posso. Sto facendo ricevimento studenti e in questo momento di fronte a me ho quattro disperati in preda al panico perché domani hanno l'esame.»
«Vabbè, te lo dico io. Meno nove, anzi *nôve* come dici tu, è la temperatura odierna alle ore 11 AM nella città di A, nel Massachusetts, dove trascorreremo le prossime cinque settimane tu, io e quelle due creature innocenti dei nostri figli.»
«Mô!»
«Non fare il barese che sei davanti ai tuoi studenti.»
«Tanto sono pakistani e non capiscono.»

Nell'ultimo periodo Elasti-mamma e Mister Wonder hanno trovato una casa con la veranda e la sedia a dondolo come nei film americani, hanno trovato la piscina comunale, il posto dove vendono la frutta e quello dove affittano le biciclette, la biblioteca pubblica e la stazione degli autobus. Hanno persino trovato la fabbrica di sciroppo d'acero.
E non si sono accorti che la città di A, oltre a essere una roccaforte dell'ossimoro «marxismo a stelle e strisce», è un avamposto dell'Alaska.

Elenchi

Da quando nulla osta alla partenza Elasti-mamma è in preda all'ansia da bagagli. E per combatterla passa il suo tempo a fare elenchi.
Le capita di svegliarsi all'una di notte, alzarsi di scatto, correre in cucina, afferrare il bloc notes e aggiungere a un elenco già interminabile: stracci per la cucina. Poi torna a letto e mezz'ora dopo, sguardo vitreo e volto terreo, sente nuovamente l'impellente necessità di andare in cucina e vergare sul bloc notes: Tampax e test di gravidanza, che non sono solitamente un binomio per ogni donna, ma al momento lo sono per lei.
Questa attività compulsiva si ripete ogni notte, dalle tre alle quattro volte, e la pagina del bloc notes si riempie di filo interdentale e colluttorio, calze antiscivolo, libro dei Barbapapà, lievito di birra e parmigiano, cioccolata spalmabile per gli economisti marxisti, mutande, quaderno a righe, passaporti, Tachipirina e mille altri articoli più o meno inutili.
Tutto questo può significare tre cose, non necessariamente autoescludentesi:
1. che l'elasti-sistema nervoso sta andando in pezzi,
2. che l'elasti-equilibrio psichico sta andando in pezzi,
3. che è arrivato il momento di prendere l'aereo.

Allora resto qui

«Sai, nano piccolo che in America dormirai in un letto senza le sbarre come i grandi?»
«Ma in Amelica zi sono li letti?» (= Mi stai dicendo che nel posto dove andiamo ci sono i letti come da noi? No, perché io voglio essere informato. Perché io sono un ragazzo diffidente e pure un po' conservatore. Perché l'America potrebbe essere qualunque cosa: una piattaforma petrolifera al largo dell'Iraq o una base spaziale della Nasa orbitante intorno a Marte o l'igloo dove vive il pinguino Pingu con sua sorella Pinga...).
«Certo che ci sono i letti. E tu dormirai in un letto grande.»
«Sentza pannolino?»
«Se vorrai, potrai dormire senza pannolino.»
«In Amelica non zi sono li pannolini?»
«Sì, in America ci sono anche i pannolini per chi li vuole.»
«E li libli? E li pasel di babbapapà? E li zoccolati?» (= E i libri, i puzzle di Barbapapà, la cioccolata? Ci sono quelli in America? Perché, ne converrai, sono tre variabili che misurano il grado civilità di una nazione).
«Penso di sì.»
«Allola io lesto qui» (= Allora grazie. Ma non vengo. Resto qui. Perché mai dovrei scomodarmi, affrontare un viaggio infinito, il jet lag, il controllo passaporti, l'alienazione del diverso in terra straniera, una dieta ricca di grassi polinsaturi e monodigliceridi? Perché mai dovrei subire tutto questo? Per cosa? Per trovare un letto, un pacco di pannolini, qualche libro e forse un puzzle di Barbapapà e della cioccolata? Andate voi, se ci tenete. Poi mi raccontate).

Il viaggio

Mister Wonder quando viaggia diventa inglese, vola rigorosamente con British Airways e transita da Londra, qualunque sia la sua destinazione finale.
L'elasti-famiglia è pertanto partita all'alba da Milano per l'aeroporto di Heathrow, dove ha bivaccato per qualche ora.

Durante l'odissea verso la città di A, lo hobbit grande è stato risucchiato dal televisorino dell'aereo e ha recuperato anni e anni di privazioni televisive e di cartoni animati negati. Alla settima ora di volo aveva lo sguardo spento e vuoto e l'uso della parola era un lontano ricordo.

Lo hobbit piccolo ha raggiunto invece il record mondiale di logorrea, parlando per venti ore consecutive. Quando non parlava cantava, quando nessuno gli dava retta discorreva con lo schienale del sedile dell'aeroplano.

«Scusa nano, ma con chi parli?»

«Con i miei amizi.»

«I tuoi amici?»

«Sì, li ke stanno nel mulo della cuzina e 'desso sono sull'aeleo con me» (= Certo, i miei amici immaginari che risiedono stabilmente dentro il muro della cucina di casa, con i quali ho un quotidiano e irrinunciabile scambio di opinioni ed esperienze. Viaggiano con noi sul volo British Airways, compressi dietro di me. Tanto sono abituati a stare scomodi).

«Ah. E come si chiamano questi amici?»

«Malìoteleso, il sinnore de la flutta, l'eloe Kivalà, Maliatelesa e li folmiki» (= Marìotereso, quello con cui periodicamente ho degli insanabili diverbi, il signore che ci porta la frutta biologica, che è la mia guida spirituale, l'eroe Chivalà, perché un eroe in viaggio può sempre tornare utile, Mariateresa, perché in questa bella compagnia si sente la mancanza di una presenza femminile, e le formiche, che sono animali piccoli e maneggevoli, facili da trasportare).

Mister Wonder si è calato nel ruolo del capo gita, ha divorato qualsiasi porcheria propinasse la compagnia di bandiera britannica, seguendo il motto barese «sta pagato» (è gentilmente offerto e pertanto si consuma, a prescindere da cosa sia) e si è preparato spiritualmente all'incontro con gli economisti marxisti americani.

Elasti-mamma ha visto il film di Clint Eastwood, si è identificata con una dolente Angelina Jolie, si è infuriata con la polizia di Los Angeles degli anni '30 e ha pianto tutte le sue lacrime perché un serial killer di bambini ha rapito Walter, il suo unico figlio e la sua unica ragione di vita.

Bella passeggiata

Atterrati a Boston, lo hobbit piccolo ha esclamato: « Bella pazzezzata! Bello potto l'Amelica. Mani diamo a Bolonia? » (= Niente male questa escursione transoceanica durata circa quindici ore. L'America è un posto grazioso. Ma non stiamo ora qui con le mani in mano. Cosa sono quelle occhiaie e quei musi lunghi? Non sarete mica stanchi? Proporrei una gita a Bologna domani. Che ne dite, amici?).
« Con i poliziotti americani non si scherza », ha risposto Mister Wonder, irrigidito dal controllo passaporti.
Elasti-mamma pensava di avere già ampiamente assolto i suoi doveri nei confronti del servizio di immigrazione americano. Prima di partire aveva infatti diligentemente compilato un modulo in cui dichiarava che lo hobbit piccolo non è stato mai arrestato o condannato per aver commesso un'infrazione o un reato di depravazione morale, che non è stato coinvolto in passato né ora in attività di spionaggio o genocidio e che non ha mai trattenuto o detenuto un minore, sottraendolo alla custodia di un cittadino statunitense al quale il bambino era stato affidato legalmente.
Evidentemente non era sufficiente.
Un energumeno con gli occhiali scuri ha preso le impronte delle cinque dita e dell'iride di Elasti-mamma e di Mister Wonder e li ha sottoposti a una raffica di domande sulla loro vita privata, professionale, scolastica, sui motivi della loro visita nella città di A, sull'uso di stupefacenti e psicofarmaci, sull'importazione di prodotti caseari, di insetti e di virus. Poi l'energumeno si è alzato in piedi e si è accorto degli hobbit.
« Welcome to United States of America, kids », benvenuti negli Stati Uniti, bambini, ha detto e ha lasciato passare l'elasti-famiglia e il Parmigiano Reggiano nella valigia.
Agli arrivi li ha accolti John, 200 chili per 180 centimetri, camicia a scacchi e jeans a vita bassa. Più che un economista marxista, un boscaiolo.
John viene dal Vermont e ha scelto di crescere i suoi figli nella città di A perché, dice, « è il paradiso per i bambini ».
Delle due ore di viaggio da Boston alla città di A nella macchina

a otto posti di John, Elasti-mamma ha ricordi confusi dello hobbit grande che russa, del piccolo e di John che parlano di Barbapapà e aerei, ognuno nella sua lingua madre.

Nella città di A

Il bosco circonda la piccola città di A, insinuandosi tra le case e portando con sé orde di minuscoli scoiattoli.
Tra i personaggi di spicco nati o vissuti nella città di A, figurano una poetessa che un giorno si vestì di bianco, decise che quello che vedeva dalla sua finestra le bastava e non uscì più dalla sua stanza, un ministro presbiteriano, crociato del cibo sano e sostenitore della dieta vegetariana e il cantore della vita rurale del New England.
Oggi ad A ci sono l'università, una biblioteca pubblica e una riserva di economisti marxisti, più emarginati degli indiani Mohawk, più marginali degli entomologi forensi.
Non lontano da qui Stephen King ha ambientato romanzi come *Insomnia, Le notti di Salem, Pet Sematary* e *La zona morta*. E non sarà un caso.
C'è un gran silenzio ad A e le strade si chiamano *via Piacevole, via Principale, via Tranquilla, via del Pino, via della Ciliegia* e *via dello Sciroppo d'Acero*, come succede solo a Topolinia e forse in qualche gioco di società.
La casa dove l'elasti-famiglia trascorrerà le prossime cinque settimane è azzurra, di legno, con il tetto rosso, la veranda, una sedia a dondolo per congelarsi comodamente seduti e dei pendagli decorativi appesi all'ingresso che con il vento tintinnano.
All'arrivo dei quattro forestieri stravolti, non c'era anima viva, solo un sinistro tintinnio metallico.
Mister Wonder ha chiamato Doreen, la padrona di casa australiana.
« Pronto, siamo gli italiani. Siamo qui, sulla veranda di casa, reduci da venti ore di viaggio. »
Doreen era a fare una passeggiata sulle montagne, non sapeva quando sarebbe tornata ma ha detto: « Entrate, la porta è aperta, qui non chiudiamo mai a chiave. Qui siamo nella città di A ».

La casa ha il pavimento di legno che scricchiola, una grande credenza in cucina, letti in ferro battuto e tende ricamate alle finestre. Mancano le pentole e la lavatrice, in compenso i cassetti sono pieni di rotoli di scotch, sufficienti per impacchettare gli abitanti di tutto l'isolato.
Quando Elasti-mamma arriva in una casa dove abiterà più di ventiquattro ore, deve svuotare immediatamente i bagagli e sistemare tutto.
È una delle tante nevrosi ereditate da nonna K.
Deve riporre le mutande nel cassetto delle mutande, i pigiami in quello dei pigiami, le cremine sulla mensola delle cremine e così via, fino a quando anche la forbicina per le unghie e le calze antiscivolo hanno trovato una loro collocazione.

«How are you doing?»

Lei ha piccoli occhi vispi, i capelli corvini cortissimi, una cinquantina d'anni e la tuta da ginnastica. Lei è Brenda, la vicina di casa, è entrata senza bussare e sorprende Elasti-mamma con la testa dentro una cassapanca piena di rotoli di scotch.
Sorride e la travolge di parole.
Le offre un passaggio al supermercato, una fetta di torta con i fichi secchi, la sua macchina usata in vendita, un biglietto del cinema per un film di Muccino in italiano e una teglia (vuota) da forno.
Brenda, sei molto cara ma io sono sveglia da ventiquattro ore, ho sonno, mal di testa, mal di stomaco, un po' di colite e le nevrosi di mia madre. Per piacere, Brenda. Dammi altre ventiquattro ore e ti prometto che diventiamo amiche.
Lo hobbit piccolo capisce la gravità della situazione. Prende Brenda per mano, la accompagna alla porta, le dice «in bocca al lupo a casa» e la congeda, senza ulteriori spiegazioni.
La prima notte nella città di A è fatta di pioggia che picchietta sul tetto rosso sopra l'elasti-testa, di scricchiolii sinistri, di piccoli passi hobbit sul pavimento di legno, di fame improvvisa, di lucidità e nebbia, di freddo e caldo, di euforia e paura. La prima notte ad A sembra non finire mai.

Shopping con Brenda

« We are in the middle of nowhere », dicono gli abitanti della città di A. E se lo dicono loro vuol dire che è vero.
Nel mezzo del nulla, tra scoiattoli, boschi e strade lunghe e strette su cui sfrecciano camion gialli e neri, l'automobile è un bene di prima necessità.
Tuttavia, nel mezzo del nulla, non funziona come nel resto del mondo e se non possiedi una patente internazionale non puoi affittare una macchina. Pertanto prendi l'autobus. Ma l'autobus non passa e ti ritrovi a camminare sul ciglio della strada, tra il bosco e i camion, sotto la pioggia, con due nani ciondolanti e a pensare a Mister Wonder che diceva « nella città di A sono tutti marxisti e ci sono autobus gratuiti, guidati dagli studenti, che ti portano ovunque », sovrastimando enormemente il servizio di trasporto pubblico locale.
Se non hai la macchina non puoi nemmeno comprare il latte, o il pane o i cereali senza colesterolo per la prima colazione, se non hai la macchina, Brenda smette di essere la vicina in tuta da ginnastica e diventa la luce in fondo al tunnel americano.
Oggi è sabato, piove, gli hobbit esplorano la casa di Doreen che ancora non sembra essere tornata dalla sua passeggiata, o forse per motivi religiosi non vuole incontrare italiani, o magari è solo una voce registrata al telefono e non esiste.
Mister Wonder legge *Egalitarian Principles in Marxist Models* ed Elasti-mamma va a bussare alla porta di Brenda.
« I supermercati sono disumani », dichiara. « So io dove portarti. »
Elasti-mamma è nelle mani di Brenda che guida e le racconta che vive insieme a sei studenti, come in una comune, in una delle tante case di proprietà di Doreen.
« Eccoci arrivate. Qui è tutto biologico, biodinamico ed equo-solidale », spiega, mentre parcheggia di fronte a un capannone fatiscente.
Elasti-mamma aveva sognato una spesa bulimica in un tempio del consumismo americano, con pacchi di cereali alti quanto un bambino, bistecche giganti, zucchine e carote ipertrofiche e bottiglie da cinque litri di latte. Aveva sognato l'America del se-

condo millennio e si ritrova in un negozio dell'Unione Sovietica degli anni '50.
«Bene, adesso che abbiamo fatto il nostro dovere, possiamo dedicarci al piacere!» dichiara Brenda ammiccante, mentre Elasti-mamma carica in macchina le buste di juta ecologica colme di una deprimente spesa a impatto zero.
«Veramente dovrei tornare a casa, dalla mia famiglia...» balbetta.

«La tua famiglia può aspettare», dice Brenda. «Ora è il momento del *conversation circle.*»
Un brivido corre lungo l'elasti-schiena.
«Si tratta di un'occasione di incontro per donne migranti. È un momento di confronto per conoscersi, scambiare opinioni, aprire i rispettivi cuori, sentirsi meno sole e parlare inglese. Io sono una delle animatrici volontarie e ti consiglio caldamente di venire.»
«Grazie, Brenda. Ma sono qui solo da un giorno e sono un po' stanca...»
«Lo vedi? Hai bisogno delle ragazze del *circle.* Hai bisogno del loro calore e della loro sorellanza.»
Elasti-mamma è strutturalmente incapace di dire di no e si ritrova così al primo piano della biblioteca pubblica della città di A, seduta intorno a un tavolo tondo con Kyung, Lin, Ji, Tatiana, Martha, Yu, Bean, Svetlana, Pedra, Sun e Bageshri.
Kyung è il capo. «Siete qui per credere in voi stesse», spiega. «Adesso, su una scala da uno a dieci, votate la vostra fiducia in voi stesse e date una definizione di primavera.»
Ji dice che la primavera è verde, Martha che è fiorita, Bean che è allergogena e Bageshri che è la prova dell'esistenza di Dio.
Kyung, turbata dalla piega mistica della conversazione, chiede quali sono gli sport primaverili preferiti.
Tatiana dichiara che lei gioca a *frisbee.* «Cos'è un *frisbee*?» chiede Kyung.
Yu, Bean e Svetlana non ne hanno la più pallida idea.
Kyung chiede a Tatiana di spiegare la *filosofia del frisbee.*
Tatiana conosce il *frisbee* ma non la sua filosofia e si chiude in un torvo mutismo.

La verve del circolo sembra spegnersi. Tutta colpa di uno stupido disco volante.
Brenda ripone il giornale e si alza dal suo angolo in fondo alla stanza.
«Yeah. *Time to musical chairs*», dice accennando un passo di danza.
Parte una musica folk e tutte iniziano a girare a tempo di musica intorno al tavolo.
Il gioco delle sedie è decisamente troppo.
Elasti-mamma fugge, di nascosto.

Non toccate quelle uova

John, il boscaiolo marxista, ha invitato a cena l'elasti-famiglia, domenica alle cinque del pomeriggio.
John, sua moglie Emily e i loro figli Zac, Mat e Pat vivono in una casa verde di tre piani affacciata su una piccola strada tranquilla. Sul retro ci sono un garage pieno di biciclette e giocattoli, un piccolo campo di pallacanestro e un grande giardino con uno stagno, una casa sull'albero, un coniglio e un cane.
«Mamma, ma è tutto vero?» chiede lo hobbit grande sgranando gli occhi.
«Mamma, io dommo qua. Zi sono li pizami?» (= Mamma io mi fermo qui e cambio famiglia. Questa sera dormirò qui. In una casa con uno stagno, una casa sull'albero, un coniglio e un cane, non può non esserci un pigiama taglia hobbit, no?), rincara il nano piccolo.
«In giardino potete fare tutto quello che volete: salire sugli alberi, scavare buche, cercare serpenti, giocare a palla o andare in bicicletta. L'unica cosa che non potete fare è...»
«È...?»
«Toccare le uova di rana nello stagno. Altrimenti i girini non escono.»
Mentre gli hobbit si interrogano su come avviare le pratiche per l'adozione e diventare membri permanenti della famiglia di John, Emily mi dice che ha tanto tempo libero perché è insegnante di *kickboxing* femminile ma non lavora quanto vorrebbe per-

ché le abitanti della pacifica città di A preferiscono lo yoga e il pilates.
«Se vuoi possiamo diventare amiche.»
È piccoletta e muscolosa, ha lentiggini, occhi blu e un sorriso da ragazzina.
«Certo che possiamo diventare amiche.»
«Io vado a correre tutte le mattine nel bosco e il pomeriggio porto i bambini a camminare nei boschi. Se ti va ogni tanto ti chiamo e andiamo insieme.» Questa donna corre ogni mattina e cammina tutti i pomeriggi, nel mezzo insegna *kickboxing*. Non stupisce che abbia gambe e braccia d'acciaio e il sorriso metallico della donna bionica.
Sono arrivati gli altri ospiti, tutti economisti, tutti liberal, tutti radical, tutti americani. Sembra di essere in un film di Woody Allen. Manca solo New York.
Ci sono George e Catherine, lui insegna Macroeconomia in Colorado, lei è psicoterapeuta nella città di A. Hanno adottato un bambino vietnamita che adesso ha diciotto anni ed è partito da sei mesi alla ricerca delle sue origini nel Sudest asiatico.
«Amiamo molto volare e George ha il brevetto da pilota. Amiamo la Provenza per i suoi profumi e la Camargue per i suoi cavalli. Girare la Francia con un jet privato è estremamente pratico», dice Catherine, sorseggiando prosecco.
«Piacere, mi chiamo Alex e sono un economista post-keynesiano. Insegno ad Harvard e vorrei leggervi le mie ultime opere.»
Alex, spiega Mister Wonder, potrebbe vincere il Nobel per l'economia un giorno. Forse è per questo che si sente legittimato a sfinire il suo pubblico per i successivi trentasette minuti declamando sonetti ermetici di sua produzione.
Gli hobbit sono ancora in giardino con Zac, Mat e Pat.
«Posso togliermi la maglietta? Posso stare nudo come Zac? Posso sputare per terra come Pat? Posso assaggiare la birra? Posso accendere il fuoco? Cos'è quella roba verde? Gelatina? Se la mangia Mat la mangio pure io», dice il grande, paonazzo e felice.
Il piccolo, deviante per indole, è accovacciato sul bordo dello stagno e guarda con smodato interesse quei grappoli di uova trasparenti che galleggiano.
«Si manzano, mamma?»

La baby sitter americana

Elasti-mamma e Mister Wonder hanno deciso di trascorrere la primavera sotto la pioggia del New England anche per dare la possibilità agli hobbit di esprimere in loco il loro indubbio talento per l'inglese, dimostrato nel corso dell'esperimento linguistico che per mesi ha sottoposto le due innocenti creature a surreali conversazioni anglofone con un padre barese.
«Sono piccoli, indifesi e stanno solo cinque settimane. Una baby sitter americana farà al caso nostro», si dissero.
Dall'Italia si misero in contatto con Avanti, una studentessa indiana che aveva accudito Zac, Mat e Pat, segnalata da John.
«Con un nome così sarà perfetta. Avanti! Come *Avanti popolo alla riscossa bandiera rossa bandiera rossa!*» disse Mister Wonder.
Scoprire inoltre che sta lavorando a una tesi dal titolo *The Socialist Movement of Women Workers in Different Countries*, spazzò via ogni residua riserva sulla sua capacità di accudire i loro figli.
Qualche giorno prima dell'arrivo dell'elasti-famiglia nella città di A, Avanti scrisse un messaggio, dal rivoluzionario incipit, *Dear comrades*, che fece venire le lacrime agli occhi a Mister Wonder.
«Desidero comunicarvi che ho vinto una borsa di studio per una ricerca sui conflitti di genere e di classe nella città di A e mi aspetta un periodo di lavoro intenso. Non sarò pertanto in grado di occuparmi degli hobbit. Tuttavia, Juanita, moglie del mio compagno di corso nonché amico fraterno Gonzalo, potrebbe prendere il mio posto. È una ragazza meravigliosa e sono certa che accudirebbe i vostri figli con grande passione. Juanita e Gonzalo sono colombiani e lei parla solo spagnolo. Immagino non sarebbe per voi un problema se Juanita venisse a fare baby sitting insieme a Gonzalito, il suo adorabile bambino di tredici mesi.»

E se li mandassimo all'asilo?

«E se invece li mandassimo all'asilo?»
«Per cinque settimane?»
«Perché no?»
«Perché magari non è possibile.»

«In America tutto è possibile, ricordatelo.»
Archiviato, per causa di forza maggiore, il dossier Avanti, l'elasti-famiglia si è imbattuta nell'asilo di Sue.
Sue è una signora antroposofica, vegana e newyorkese che, per quel nomadismo tanto frequente tra gli americani, si è ritrovata nel mezzo del nulla, a dirigere una scuola materna steineriana. Sue ha accettato di accogliere due hobbit qualche ora la mattina, il minimo indispensabile per imparare a pronunciare correttamente i fondamentali binomi *biodynamic agriculture* e *holistic developement*.
«Ma tu credi che due hobbit italiani, positivisti e carnivori andranno d'accordo con Sue e con il suo approccio olistico? Apprezzeranno segale e miglio per pranzo e cavolo farcito con tofu per merenda? Tu credi che saranno felici?»
Mentre Elasti-mamma si dibatteva in questi interrogativi è arrivata Brenda, fasciata in un completino rosa da ciclista.
«Brenda, fuori ci sono due gradi e piove. Che ci fai vestita così?»
«Vado a tonificarmi. Tu invece cosa fai?»
«Penso.»
Prima ancora di chiedersi se avesse senso parlare a una sciroccata in tuta rosa delle sue perplessità su Rudolf Steiner, Elasti-mamma ha informato Brenda su Avanti, Juanita e Gonzalito e Sue, le ha raccontato della baby sitter Valentina Diolabenedica, colonna portante dell'elasti-vita italiana. Le ha raccontato di Dominatrix, la maestra dello hobbit grande con i pantaloni in pelle e il tacco nove, e di Susanna, l'educatrice del piccolo, che un giorno disse «una società che non ha un pensiero forte verso i bambini, gli anziani e i malati è una società che muore» ed Elasti-mamma, commossa, avrebbe voluto abbracciarla.
«Do you know *Ridgio* approach?» (= Conosci l'approccio Ridgio?), ha chiesto Brenda improvvisamente.
«Ridgio? What is *Ridgio*?»
«Wow! Don't you know *Ridgio*? Italian town very famous for schools» (= Non conosci Ridgio? Città italiana molto famosa per le scuole).
«Reggio Emilia?»
«Yeah!»
Brenda ha un'amica che dirige un asilo in una frazione della città

di A, in cui hanno importato il metodo degli asili di Reggio Emilia, « che pone al centro di tutto il bambino, soggetto attivo e pensante e non destinatario di un sapere imposto dall'alto ». Gli asili di Reggio Emilia prevedono « una forte partecipazione delle famiglie, spazi studiati per favorire l'interazione tra bambini e tra bambini e adulti, atelier e laboratori ».
Grazie a Brenda, da domani gli hobbit andranno alla *Reggio Preschool* della città di A.

Sola, senza automobile né lavatrice

« Domani vado a Chicago. »
« A Chicago?! »
« Già, vado a un convegno. »
« Veniamo anche noi! »
« Lo escludo. Devo essere concentrato e voi mi deconcentrate. »
« Ma come, mi lasci qui, nel mezzo del nulla, con due hobbit che devono cominciare la *Reggio Preschool*, il supermercato più vicino a sei miglia e questa pioggia battente? Non puoi lasciarci qui senza automobili e senza lavatrice! »
« Te lo avevo detto che sarei partito. »
« Lo avevo rimosso. Lo sai che sono bravissima nelle rimozioni. »
« Vedrai, quando tornerò ti avranno fatta cittadina onoraria della città di A. »
Elasti-mamma aveva pensato che queste cinque settimane sarebbero state diverse.
Aveva pensato che sarebbero stati tutti insieme, come i normali, che la mattina escono di casa sorridendo e la sera sono di nuovo tutti lì, felici e contenti di ritrovarsi.
Aveva pensato che sarebbe stato tutto facile, tutto vicino, tutto a portata di mano. Del resto, avevano scelto apposta di venire nella piccola città di A, « è un posto a misura d'uomo », avevano detto.
Aveva pensato che ci sarebbe stato il sole, quasi tutti i giorni. Non questa pioggia battente e questi spifferi in questa casa che sembra la casa della nonna e mette pure un po' di angoscia con i mobili di legno scuro e l'enorme cucina a gas che avrà cin-

quanta anni e sembra una bomba a orologeria ed è probabilmente fuori legge.
Toc toc.
Ha una settantina d'anni, i capelli bianchissimi raccolti in una treccia, occhi come fessure, blu, e un'aria algida e severa.
Entra in cucina, scrutandoli senza salutare.
«Qui dovete mettere i rifiuti umidi, qui la carta, qui la plastica, qui il vetro, qui le lattine», dice come un generale che parla ai suoi soldati.
«Se sbagliate, sarete multati. Passerò io a ritirare la spazzatura e anche a cambiarvi le lenzuola e gli asciugamani ogni tanto. Se avete bisogno di qualcosa potete telefonarmi. Questi due ragazzetti sono i vostri figli, immagino. Graziosi, anche se piuttosto rumorosi. Ah, dimenticavo. Salve, sono Doreen. Benvenuti in casa mia.»
La padrona di casa. Ci ha messo qualche giorno a palesarsi ma alla fine eccola qui. Australiana e glaciale. Elasti-mamma sente che le sta venendo la colite.

Notte nella città di A

Elasti-mamma è una creatura razionale: non crede nel paranormale, nei flussi di energia, nelle esperienze extracorporee, nel triangolo delle Bermuda, nell'attivazione psicocinetica, nella bilocazione, nella fotografia spiritica, nell'impregnazione psichica, nei fantasmi.
Ci sono tuttavia due cose che le scuotono le viscere e la terrorizzano: i bambini che parlano nel sonno e i bambini che si alzano nel sonno.
Lo hobbit grande parla nel sonno ogni santa notte dall'età di quattro giorni ed Elasti-mamma ha dovuto ricorrere alle sue risorse più intime e nascoste, ha dovuto violentare il suo io più recondito e pavido per non morire di crepacuore allo scoccare di ogni mezzanotte negli ultimi sei anni. Ha combattuto la sua battaglia e l'ha vinta, non proprio con onore ma l'ha vinta.
Pensava potesse bastare.
Ore 3.00 AM.

La città di A è avvolta in un silenzio irreale.
Elasti-mamma giace riversa, incosciente e sola nel suo giaciglio, Mister Wonder è a Chicago.
Improvvisamente il parquet scricchiola.
La sua coscienza ha un fremito ma lei dorme.
Un fruscio, un sospiro, un tocco leggero come un volo di farfalle.
Lei si gira su un fianco, si rannicchia, affonda nel piumone, i capelli a carciofo scomposti sul cuscino.
Un profumo tiepido, sudaticcio e familiare, il calore di un piccolo respiro, la carezza lieve di uno sguardo rotondo.
Lei apre gli occhi.
Lui è lì, immobile, interrogativo, minuscolo, quasi incorporeo, i piedi nudi e il pigiama a righe.
« Io tòlo tòlo » (= Io ero di là, al buio, solo solo, fatta eccezione per il cadavere di mio fratello che è come non averlo, a parte quando russa), sussurra con un filo di voce.
Lo hobbit piccolo nella città di A dorme in un letto senza sbarre, da cui sale e scende a piacimento.
Il nemico è in agguato. Le elasti-notti non saranno più le stesse.
Lei non è sicura di farcela, questa volta.

L'asilo delle libertà

« Io vado in un asilo *amelicano,* con bimbi *amelicani* e *maettre amelicane* », dichiara lo hobbit piccolo mentre il grande canta una nenia fatta di suoni aspirati inframmezzati da un *altogether* qua e là.
Mister Wonder è a Chicago e da due giorni gli hobbit frequentano la *Reggio Preschool* della città di A, dalle 9 alle 13.
L'asilo è nel bosco, a qualche miglio da casa di Doreen. C'è un autobus che ci arriva ma passa solo una volta al giorno.
È una casa bianca, di legno, con un grande giardino dietro, pieno di giochi.
« Abbiamo studiato il metodo di Reggio Emilia e lo abbiamo importato qui. Vogliamo che i bambini siano liberi di esprimere se stessi e forniamo loro gli strumenti per farlo al meglio », ha spiegato la direttrice.
« Adottiamo l'educazione positiva e pertanto incoraggiamo sem-

pre i bambini, li premiamo quando si comportano bene e non li sgridiamo mai.»
«E quando si comportano male cosa fate?»
«Se si comportano male chiediamo loro di sedersi, di chiudere gli occhi e di ascoltare il loro respiro.»
«Funziona? Questa cosa del respiro, intendo.»
La domanda è rimasta inevasa e la direttrice ha preferito ascoltare il suo respiro.
Poiché la teoria spesso differisce dalla pratica e poiché gli americani sono un popolo estroso e iperbolico, l'asilo americano degli hobbit è probabilmente distante anni luce da quello che aveva in testa il signor Loris Malaguzzi che negli anni '60 elaborò il *Reggio approach*.
Alla *Reggio Preschool*, Tim, un bambino biondo con gli occhiali, vive stabilmente dietro una tenda e se qualcuno gli si avvicina lancia urla belluine e morde. Nessuno tenta di convincerlo a uscire, nessuno prova a capire perché lui viva lì dietro.
Sienna, una bambina con i capelli rossi, viene picchiata selvaggiamente da Elliott. Lei grida «Stop it!» ma nessuno la ascolta. Quando cade a terra tramortita dalle mazzate, arriva Rachel, la maestra, che prende per mano Duc, innocente bambino cinese, e gli dice: «Hai fatto tanto male a Sienna, adesso ti siedi qui e ascolti il tuo respiro», mentre il colpevole Elliott cerca un'altra vittima da vessare.
Julia arriva appesa alla gamba di sua madre. Entrata in classe Julia si avvinghia ancor più al polpaccio materno e inizia a ululare «Please don't leave me alone» (= per piacere non lasciarmi sola) e la madre si limita a scuotere violentemente la gamba fino a quando Julia non viene catapultata sul tappeto dell'ingresso. A quel punto la madre fa uno scatto felino e sparisce oltre la porta, Julia esprime la sua rabbia sbattendo la testa contro il muro, mentre le educatrici cantano «Benvenuta Julia, Julia benvenuta».
«We have two or three energetic children», dice sorridendo Rachel.
Elasti-mamma avrebbe fatto una diversa scelta lessicale per definire questi piccoli fenomeni allo sbando ma ricambia il sorriso.
Alla *Reggio Preschool* le aule sono enormi, con una sabbiera, una

vasca con un liquido verde e strani animalini dentro, un coniglio in una gabbia e un distributore per l'acqua.
C'è anche una stanza della musica con due tamburi, un pianoforte, le nacchere, una batteria, tre chitarre, un violino, una fisarmonica, un triangolo, una tromba e un'armonica a bocca. Ogni tanto i bambini si chiudono lì dentro e suonano, liberi e scatenati, un assordante tripudio di suoni o rumori.
A merenda danno uno snack ogni giorno diverso. Ieri c'erano le patatine fritte con una salsa arancione sopra, oggi pane, gelatina di lamponi e carote.
Alla *Reggio Preschool* c'è un giardino sterminato in cui i bambini sono liberi di correre e scatenarsi, con qualsiasi condizione meteorologica, e quando c'è il sole si denudano, che ci siano meno dieci o più trenta gradi, e si mangia all'aperto il pranzo preparato dalla mamma la sera prima. Chi vuole può mangiare lo yogurt con le mani, la pasta a morsi direttamente dal piatto o vendere il suo panino con burro di arachidi al miglior offerente.
Agli hobbit questo posto piace moltissimo.

Nebbia sulla città di A

Stamattina nella città di A è nuvoloso, c'è moltissima nebbia, fa freddo e l'umidità è al 97 per cento. Mister Wonder è a Chicago, probabilmente in compagnia di Janet.
Elasti-mamma e gli hobbit prendono l'autobus numero 32, guidato da una ragazza bionda che sbadiglia a ogni fermata. Qui il servizio di autobus è gestito dagli studenti universitari. Il 32 fa solo una corsa al giorno ma è gratis e se hai la fortuna di salirci, all'interno c'è una rete wireless con cui si può navigare su Internet.
Ieri lo hobbit grande ha perso il suo secondo dentino e stanotte una fata, versione americana del topo, ha prelevato la minuscola reliquia da sotto il cuscino e ha lasciato due sorprese, una per ogni hobbit perché, essendo lei americana, un po' stordita ma molto generosa, nel timore di fare il regalo al bambino sbagliato, ha preferito abbondare.
Lo hobbit piccolo, semisdraiato sul sedile del 32, tiene stretto il

piccolo trattore rosso, trovato stamane tra le lenzuola, porta i guanti verdi da cui non si separa mai e parla con Marìotereso, l'amico immaginario.
Lo hobbit grande è infagottato nel suo giubbotto, gli occhi spalancati nel vuoto e la lingua che tormenta la nuova finestra tra i denti. Apre e chiude il contenitore del pranzo per l'asilo.
«Cosa ci hai preparato, mamma?»
«Focaccia, formaggio, carote e yogurt.»
«Le carote mi fanno schifo.»
«Le puoi sempre scambiare con la gelatina alla menta di Duc o con l'hamburger di Elliott.»
Il cielo è grigio e lo hobbit piccolo oggi ha gli occhi particolarmente grandi e tondi e una massa di ricci spettinati che gli cascano sulla fronte, perché ha saltato la rasatura bimestrale.
Sono le 8.30.
«È una giornata tiepida e piacevole. Stiamo fuori in giardino, bambini!» grida la maestra Rachel, piedi scalzi e berretto da neve in testa.
Lo hobbit grande si spoglia e corre dal suo amico Jody, giamaicano che non sembra al momento dare segni di squilibrio.
Il papà di Sienna chiede a Elasti-mamma come si dice *I love you mummy* in italiano perché deve dirlo a sua moglie quando torna a casa.
Tim, il bambino che di solito vive dietro la tenda, è sdraiato sul prato bagnato, a occhi chiusi, gambe e braccia spalancate.
«La mamma va», dico.
Lo hobbit grande è lontano, abbracciato a Jody.
Il piccolo fa sì con la testa e ciao con la mano, lo sguardo serio, il trattore in tasca.

Avvicinati a lui, Rachel. Abbraccialo, almeno un po'. Si chiama inserimento e sono certa che Loris Malaguzzi sarebbe fiero di te se lo facessi. Su Rachel, non lasciare un nano con gli occhi tondi lì, da solo, in mezzo a questa nebbia. E soprattutto, pensa a me Rachel, che sono pur sempre una madre italiana.

Qui non si indugia in certe mollezze. Qui non si fa, sono dei duri.
Lo hobbit piccolo rimane così, i ricci al vento, i piccoli guanti che

salutano, gli occhi bui come tunnel, mentre Elasti-mamma si allontana, tira su con il naso e si ripete ossessivamente « staranno-bene-staranno-bene-staranno-bene ».
Vicino all'asilo, attraversati i binari della ferrovia, c'è un'altra casetta nel bosco. Sembra una baita di montagna, colorata di blu. Dentro ci sono dei tavolini, un bar, l'accesso a Internet, due vecchietti con lunghe barbe bianche e la tuta da ginnastica che giocano a scacchi, ragazzi che studiano e mangiano uova fritte e salsiccia, signore che prendono il tè. Elasti-mamma si siede e legge un po', aspettando che gli hobbit escano dall'asilo.

Buchi neri

Capita, quando meno te lo aspetti, quando tossisci e ti cola il naso, quando sei accoccolata sul divano, quando ti fai la doccia, quando ti guardi allo specchio o scoli la pasta, quando pensi ad altro o non pensi a niente. Capita persino nella città di A, tra il bosco e gli scoiattoli.
Capita di cadere giù, in un pozzo, in un buco, in uno stagno melmoso, in un posto da qualche parte, dentro di te, in un angolo così tetro e freddo che non lo riconosci, che non sapevi che ci fosse, che ti artiglia e ti inghiotte.
Capita di finirci dentro, mentre tu o i tuoi anticorpi siete distratti. E laggiù ti senti sola e incompresa e impaurita. E ti domandi dove mai troverai la forza per uscire, per sorridere come prima, per camminare dritta e andare in bicicletta, dopo che hai visto questo pozzo, questo buco, questo stagno melmoso.
E allora chiedi aiuto. Vorresti dire: « Scusa, sono qui sotto. E ho freddo e paura perché qui sotto la vita è un posto schifoso. Mi abbracci? »
Ma non ce la fai.
E allora farfugli che ti senti trascurata, che stai male e a nessuno importa, che non hai più fazzolettini di carta e nessuno te li va a comprare e che sei stropicciata e anche questa famiglia è stropicciata ma nessuno se ne preoccupa. E allora vaneggi e protesti e ti lamenti.
« Ma cos'hai? Sei impazzita? »

«Sì, lo so. Anche io non sono stato bene, però guardami ora che fiore, basta stringere i denti e passa tutto.»
«Mamma, ho fame.»
«Guarda che non sei mica l'unico essere umano un po' giù nell'universo.»
«Mamma, zochi dai?» (= Mamma giochi e la pianti di dire scemenze?).
E tu ti senti sempre peggio, laggiù nel buco.
E pensare che basterebbe solo una mano, un abbraccio, un sorriso per farti uscire.
Basterebbe qualcuno che capisse come ci si sente nel pozzo.
Ma forse i maschi quello stagno melmoso dentro non ce l'hanno e per loro è tutto più facile.
Forse bisogna imparare a tornare a galla da sole.

I've got a dream

Da quando Mister Wonder è andato a Chicago, lasciandola nella città di A, con gli scoiattoli, il bosco, gli hobbit e senza automobile, Elasti-mamma ha rotto gli indugi e ha telefonato all'unica compagnia di taxi del posto.
«Hey, qui parla Rudo, come posso aiutarti?»
«Hey, qui parla Elasti. Io ho bisogno di te, Rudo.»
«Sono al tuo servizio, baby.»
Rudo è ruandese, arrivato come rifugiato nel mezzo del nulla una decina di anni fa. Ha trent'anni e *the taxi business*, come lo chiama lui.
Quando l'autobus non arriva o non c'è, si materializza Rudo, rapidamente trasformatosi in supereroe agli occhi degli hobbit.
«You know, Elasti. I've got a dream», dice prelevando mamma e nani all'asilo per portarli a casa.
«Qual è il tuo sogno, Rudo?»
«Io voglio conoscere un romano.»
«Romano? R-o-m-a-n-o? Un abitante di Roma?»
«Oh yeah. Io amo la storia dell'antica Roma, dell'Impero romano e degli imperatori. Per me i romani sono *the best of the world*. Sono certo che se mai un giorno avessi il privilegio di incontrar-

ne uno, lo riconoscerei subito. E lo abbraccerei e lo inviterei a fare un giro gratis sul mio taxi.»
Rudo ha assistito, poco più che bambino, a un genicidio a colpi di pistola e machete nel suo paese e ora sogna di incontrare un romano.
Può succedere soltanto qui, nel mezzo del nulla.

Una lingua inutile

«Mamma, l'inglese è una lingua inutile», dice lo hobbit grande.
«Davvero?»
«Già. All'asilo io parlo in italiano, gli altri bambini in inglese e ci capiamo benissimo. Oggi abbiamo anche giocato al *Signore degli Anelli*. Io ero Aragorn, mio fratello Legolas. L'inglese è proprio inutile.»
«E per parlare con le maestre come fai?»
«Poveracce, le maestre.»
«Perché poveracce?»
«Pensa che oggi Rachel si è messa in testa di raccontarci una favola intera in italiano. Noi non capivamo niente e lei sudava tantissimo.»
«Ma avete capito almeno che favola era?»
«Boh. Comunque lei si sforzava talmente che a un certo punto io le ho detto: "Rachel, tenkiù, sei proprio brava e ti impegni molto. Ma per favore, adesso leggi in inglese che è meglio per tutti".»
«E lei?»
«Lei ci ha mandati a giocare un po' in giardino.»
«Ma pioveva...»
«Loro sono americani e non si accorgono se piove o non piove.»

Loro non si accorgono

Già. Loro non si accorgono se piove o non piove.
Stamane Elasti-mamma ha ricevuto una telefonata da Emily, la kickboxer, che proponeva una passeggiata nel bosco con i bambini nel pomeriggio.

« Mi sembra una bella idea, Emily, ma il tempo fa oggettivamente schifo e non so se... »
« *Hop hop!* » ha risposto lei, facendo affiorare nell'elasti-coscienza, intorpidita dal maltempo, l'imperativo educativo-esistenziale di nonna K, donna d'azione, ipercinetica, infaticabile, resistente e un po' intollerante.
Lei detesta i fronzoli, le mollezze, il lamento, l'ozio, l'autocompiacimento, l'indulgenza. È una donna tutta d'un pezzo, che non esita e non si rilassa mai.
« Mamma, sono stanca! » pigolava esausta elasti-bambina.
« *Hop hop!* » rispondeva nonna K allungando il passo.
« Mamma, sono malata! »
« *Hop hop!* Poi passa. »
« Mamma, non voglio andare alla festa di quella odiosa della Loretta Gustavoni. »
« *Hop hop!* Vedrai che dopo sarai contenta! » affermava baldanzosa nonna K trascinandola a casa Gustavoni.
La filosofia dell'*Hop hop!* non prevede cedimenti né debolezze e non ammette repliche.
Cresciuta al ritmo di questo esortativo, Elasti-mamma ha introiettato, suo malgrado, il modello materno e, pur avendole eliminate dal vocabolario, le due imperiose sillabe aspirate con il loro punto esclamativo toccano corde sensibili.
« Hai ragione Emily. Andiamo pure a fare questa passeggiata nel bosco, non ci faremo certo fermare da due gocce. »
« Brava Elasti, così mi piaci. Passo a prenderti più tardi. »
Alle tre e mezzo, quando Emily arriva con Zac, Mat e Pat, fa molto freddo, ci sono raffiche di vento e una pioggia battente.
Dopo avere guadato la strada statale numero nove, Emily parcheggia lungo la ferrovia e madri e figli si inoltrano nel bosco.
« La nostra meta è lo Stagno delle Rane. Coraggio ragazzi. »
La passeggiata non è ancora iniziata e loro sembrano già dei naufraghi.
Lo hobbit grande canta *Happy altogether*, la solita canzone imparata all'asilo che ogni tanto si arricchisce di una parola di senso compiuto.
« Ma zè il fango! » dice il piccolo, affondando fino alle ginocchia e rifiutandosi di procedere oltre.

Emily, Zac, Mat e Pat sono già avanti.
Elasti-mamma prende in spalla il piccolo, imbacucca il grande e affronta a testa alta le intemperie, arrancando dietro Emily. Quando arrivano allo stagno delle rane, il temporale si abbatte su di loro con una violenza rabbiosa e selvaggia.
Emily mostra i secchi, appesi ai tronchi d'acero per la raccolta dello sciroppo. «Siete venuti nel periodo migliore», dichiara grondante, sinceramente convinta della sua affermazione.
La sera gli hobbit sono felici, Elasti-mamma è l'ombra di se stessa.

Obama ama la rucola

Nella città di A può capitare che spunti il sole. E allora prendi gli hobbit e ti precipiti fuori perché il mezzo del nulla, quando spunta il sole, è proprio un bel posto. Camminando ti chiedi dove sono finiti tutti e perché non escono con il loro hobbit, approfittando di questo insperato ritaglio di primavera che chissà se poi ritorna.
Una signora sulla settantina cammina con le cuffie.
«Scusi, dove sono i giardini?»
Si toglie le cuffie e spegne l'iPod. «Sto ascoltando una storia d'amore e non sento niente.»
I giardini sono in fondo al bosco, sopra la collina, dove si estende uno spiazzo erboso grande quanto piazza del Duomo a Milano. Nei giardini c'è un castello di legno dove ci si può arrampicare e giocare.
«Mamma, io Bappaman, tu mollie di Bappaman, ba bene?» (= Mamma, io sono Batman, tu sei la moglie di Batman), dice lo hobbit piccolo.
Nei giardini c'è anche Jay, con il suo minuscolo bambino. Vivono in una casa, nel mezzo del cimitero, «nice and quiet place to live!» (= posto bello e tranquillo dove abitare).
Dice che per la prima volta in vita sua è contento del suo presidente.
«Insegno alimentazione nelle scuole e quando parlo con i miei alunni dico loro: "Barack Obama ama la rucola, anche voi dovete amarla", e penso al nostro presidente e mi si scalda il cuore».

Jay dice che la città di A è un luogo meraviglioso dove crescere un figlio e che la domenica mattina c'è un caffè dove fanno musica dal vivo e i bambini possono ballare e se si vuole ci si può andare adesso per ballare un po', o soltanto per mangiare un panino, magari con la rucola, che piace tanto a Obama.
E si va tutti insieme nel caffè, che si chiama Mucca pazza, e ci si siede a un tavolo e gli hobbit ballano e mangiano pane e tacchino arrostito.
Alla Mucca pazza ci sono tanti papà da soli con i loro bambini, compreso Frank che dice: «*Uau! Voi stahe phlando itelienou?*»
«Già, si dà il caso che siamo italiani.»
«*Yeah, uau, greeeet, uops, uashh, sgomm, plinn!*» grida Frank, improvvisamente trasformatosi in un fumetto.
Frank ha vissuto a Viterbo con le sue due bambine bionde, è nutrizionista e ha lavorato alla Fao e adesso ha tanta nostalgia dell'Italia.
E intanto la tromba suona e suonano pure la fisarmonica e la batteria e il sax e il violoncello.
E tutti ballano e mangiano tacchino arrosto e rucola, qui, nel mezzo del nulla, in una domenica mattina di primavera.
Mister Wonder tornerà questa sera, con un'automobile affittata e un grande debito da saldare verso Elasti-mamma che ha parecchia tosse ma oggi è più contenta.

Il tarlo perforante

C'è un tarlo che non tace mai. Che scava la coscienza, che insinua il dubbio, che fa lo sgambetto e non dà tregua.
C'è un tarlo che ti rosicchia da dentro, che ti consuma, che ti smonta pezzo dopo pezzo e che non ti lascia scampo.
Per colpa sua tu sei sempre fuori posto, sei sempre in bilico, sei sempre all'erta, sei sempre incerta.
Per colpa sua tu non chiudi mai gli occhi, non ti rilassi, non abbassi la guardia e non ti ascolti.
Per colpa sua tu, così come sei, non vai bene affatto.
E allora inventi un modello, un modello di perfezione assoluta, un modello che non inciampa, che non sbaglia, che non si ferma,

che non si piega e se si piega si raddrizza immediatamente, che non prende il raffreddore e che ha sempre i capelli in ordine.
Quel modello sei tu in potenza, quel modello è assolutamente inarrivabile, oltre che intollerabile, ma tu non te ne accorgi, quel modello è la perfezione a cui tendere.
Per inseguirlo ti metti a correre, furiosamente, preferibilmente in salita.
E non ti concedi più nulla. Non ti concedi una sosta, una merenda, un sonnellino, una mollezza qualsiasi.
Corri, sempre. E sei sempre in ritardo, al lavoro, a casa, in vacanza, con gli amici e con il mondo.
Corri perché devi dimostrare in ufficio che ce la fai, persino meglio degli altri, anche se la tua vita è incasinata il triplo.
Perché devi dimostrare al tuo compagno che tu balli da sola e non hai bisogno di nessuno, nemmeno di lui.
Perché devi dimostrare ai tuoi bambini che sei lì per loro, sempre, anche quando non ne hanno bisogno.
Perché devi dimostrare al mondo che fa bene a fidarsi di te.
Corri perché la sola idea di deludere qualcuno ti manda in pezzi.
Il tarlo è anche qui, nel mezzo del nulla. Anche qui dove tutto potrebbe essere più semplice.
Per colpa del tarlo, Elasti-mamma questa sera, quando Mister Wonder torna da Chicago, dopo avere affittato la macchina più pacchiana degli Stati Uniti, ha quaranta di febbre, un timpano perforato e la consapevolezza di essere lontana anni luce dal suo modello, anche qui ad A, dove sembrava più facile.

Any mental disorder?

Giunta al suo quarto giorno di sordità e di antibiotici nella città di A, Elasti-mamma ha deciso di consultare un medico e ha preso un appuntamento al centro sanitario dell'università.
« Alle 11.30 la dottoressa Christine Miller sarà felice di visitarla. Ce l'ha l'assicurazione? » chiede una signorina al telefono.
« Ho un'assicurazione italiana che mi rimborserà le spese. »
« Quindi lei anticipa i soldi? »
« Già. »

« Allora deve impegnarsi per iscritto a pagare la visita di Christine. È disposta a impegnarsi per iscritto? È disposta a scrivere che anticipa i soldi? »
Elasti-mamma si presenta al centro sanitario, dove i dipendenti, dall'usciere, all'infermiera al signore delle pulizie, salutano domandando: « Ce l'hai l'assicurazione? »
« Te lo chiedono perché Christine Miller e quelli come lei per guardarti in gola o in un orecchio vogliono dai sette agli ottomila dollari », dice Mister Wonder, aumentando l'elasti-stress.
Una signora di trecento chili chiede a Elasti-mamma come si chiama, quanti anni ha, dove abita, quanto dista Milano dalla Slovacchia e con che frequenza precipitano gli aerei di Ryan Air. Poi le indica una sala d'attesa.
Un'infermiera vestita di rosa la chiama, la accompagna in una stanzetta, le misura la pressione, il battito cardiaco e le dice: « I love your shoes and your T-shirt. Christine arriva subito ».
Christine entra, bionda, sorridente, rassicurante, americana.
Si siede e dice: « Raccontami ».
« Ho trascurato il raffreddore, la tosse, la febbre e alla fine mi si è perforato un timpano. Adesso sto meglio ma sono sorda. »
« Hai problemi di identità? Sei depressa? Fai uso di droghe? Soffri di disturbi di attenzione, di alimentazione, mentali? Bevi quando guidi? »
« No, non direi », balbetta Elasti-mamma travolta dal fuoco di fila di domande di Christine.
« Hai nostalgia di casa? Sei vittima di maltrattamenti domestici? Hai un'identità sessuale indefinita? Hai subito violenza negli ultimi sei mesi? »

Christine, grazie di preoccuparti così tanto. Ma sto bene. Ho solo un orecchio tappato e prima mi guardi, prima troviamo un rimedio, prima io tolgo il disturbo. Apprezzo molto il tuo interessamento ma, sinceramente, mi basta che tu ti occupi della mia sordità.

Christine si arrende, non senza una punta di delusione, all'elasti-normalità ed estrae uno strumento per esaminarle l'orecchio. Ma siccome in questo paese tutto è grande, persino le orecchie

delle persone, lo strumento è sovradimensionato per Elasti-mamma.
« Hai orecchie minuscole! » dice perplessa, cercando la versione mignon dell'otoscopio.
« Ancora sette giorni di antibiotici, quattro giorni di decongestionante nasale, fermenti lattici e sarai come nuova. Torna tra due settimane che voglio rivederti », conclude.
« Posso uscire di casa? »
« Certo, fai come se fossi già guarita. È stato un piacere passare un po' di tempo con te. Ah, dimenticavo: belle le tue scarpe. »
La visita costa quarantasette dollari, le medicine poco di meno. L'antibiotico viene venduto nella dose esatta prescritta, non una pastiglia di più.
Elasti-mamma è molto più tranquilla e per festeggiare si mette al volante della super pacchiana automobile affittata da Mister Wonder, con il cambio automatico e i sedili in simil pelle autoriscaldantisi, e va a prendere gli hobbit all'asilo, con la radio a tutto volume, per le strade deserte della città di A.

Elastincontro 2
Facebook

Avevano quattordici anni e frequentavano la quarta F di un liceo ginnasio milanese.

Lei faceva ginnastica aerobica con gli scaldamuscoli, leggeva *Jane Eyre* e aspettava il principe azzurro. Lui fumava Camel Filters inspirando a occhi chiusi, si definiva marxista-leninista e aveva qualche problema con il greco scritto.

Un giorno la professoressa di lettere disse: «Oggi fate un tema libero».

Lei lo intitolò *La mia famiglia,* lui *Frattura tra bolscevichi e menscevichi al congresso socialdemocratico russo del 1903.*

Lei nel fine settimana studiava latino, guardava *Superclassifica Show* e imparava a suonare alla chitarra ninne nanne in patois dalla sua amica valdostana. Lui organizzava feste baccanaliche nella sua grande casa, quasi sempre libera, leggeva Rosa Luxemburg e coltivava marijuana sul balcone.

«Dove stai andando?» le chiese un giorno.

A lei non uscì la voce.

«Allora ti accompagno.»

Lei deglutì.

«Hai già avuto rapporti completi?» domandò lui.

Lei non capì.

«Semicompleti?» la incalzò lui con la disinvoltura di un consumato viveur.

A lei vennero in mente il semifreddo, il seminterrato e il costume a due pezzi e rispose: «Be', certo!»

Lui le prese la mano, lei pensò che si sarebbe liquefatta sul marciapiede.

Poi arrivò la filovia e lei ci saltò sopra, senza nemmeno salutarlo.

Il giorno dopo non si parlarono e nemmeno quello successivo né quello dopo ancora.
Lui cambiò scuola.
Oggi Elasti-mamma ha scoperto su Facebook che lui vive non lontano dalla città di A, in un minuscolo paese con un buffo nome, un acquario e poco altro. È sposato con una cantante lirica e lavora in una compagnia di assicurazioni.

CAPITOLO 3

Tre anni e non sentirli

«Io alla ccuola amelicana de li gandi puto Zulia. Calina Zulia!» (= Io alla scuola americana - che, badate bene, non è un asilo bensì una scuola poiché ci sono solo ragazzi grandi oltre a me che sono il più piccolo ma non ho niente da invidiare a nessuno - sputo addosso a Julia. Julia è una figliola molto carina ed è proprio per questo motivo che la degno delle mie cavalleresche attenzioni).
«Nano, ma che schifo! Non si sputa!»
«Io tilo anke li pomodoli alla ccuola amelicana» (= Se è per questo sappi che io sono solito utilizzare i pomodori che tu la mattina riponi amorevolmente nel cestino del pranzo come oggetti contundenti, laddove lo sputo si dimostra un'arma inefficace. Del resto siete stati voi a mandarci alla Reggio Preschool, che, nella fantasiosa interpretazione americana, altro non è che un asilo delle libertà dove ognuno fa un po' quello gli pare e l'educazione è un concetto astratto e lontano).
«Sei un selvaggio. La mamma non è affatto orgogliosa di te.»
«Sai come si kiama quetta, mamma? Ze zèèèèhr!» (= Orsù non esageriamo! Sai mamma come si chiama questa suppellettile su cui sono seduto? *The chair*! Niente male la mia pronuncia americana, nevvero?)
Domani sarà il compleanno dello hobbit piccolo. Tre anni e non sentirli.

Al diner

Il diner è un ristorante, di solito prefabbricato, con i divani colorati in simil pelle, come i sedili della macchina in affitto, e un bancone con gli sgabelli cromati. Nel diner c'è una cameriera procace e provocante, sulla quarantina, con i ricci e il sorriso un po' stropicciato, un grembiule e, sotto, una vertiginosa gonna di jeans.

«Hi honey, would you like some coffee?» (= Ciao tesoro, gradisci del caffè?), chiede con una cantilena, ancheggiando e brandendo un thermos. Come nei film, ogni volta che la tazza non è più colma fino all'orlo, lei torna e ripete la stessa domanda, piegandosi generosamente verso il cliente, con morbida complicità.

Nel diner servono *pancakes* alle fragole, con la panna e le noccioline e la marmellata e qualche pistacchio e del burro, che non guasta mai. Servono anche uova fritte in bilico su un toast imburrato e muffin ai mirtilli, ripassati in padella nella margarina senza grassi.

Nel diner, se si accorgono che uno hobbit piccolo compie gli anni, il cuoco con il cappello in testa, il lavapiatti con le mani ancora insaponate e la cameriera, arrivano al tavolo con una grande fetta di torta ricoperta di cioccolato e tre candeline accese sopra. Si abbracciano e cantano *Happy birthday to you* e i clienti intorno battono le mani e alla fine la cameriera si china verso il festeggiato e gli sussurra melliflua, sbattendo le ciglia: «May I give you a kiss, sweetie?», posso darti un bacio, dolcezza?

In un film il festeggiato arrossirebbe e si lascerebbe strapazzare dalla signorina, che resterebbe per sempre una pietra miliare dell'immaginario erotico del minuscolo cliente.

Nella realtà lo hobbit piccolo la guarda dritto negli occhi. E tace diffidente.

«May I give you a kiss, sweetie?» ripete lei.

«Iz taim tu clin ap» (= It's time to clean up, che vuol dire che è il momento di mettere in ordine, che poi è l'unica frase di senso compiuto che ho imparato in quell'asilo pieno di maestre e bambini americani dove mi mandano i miei genitori, convinti di farmi cosa gradita), risponde lui, lapidario.

Doreen

«Ho visto che mangiate carne.»
«Buongiorno Doreen. Non ti avevo sentito entrare.»

Doreen, cara, saremo pure nella città di A, dove la gente non conosce l'uso della serratura, dove le chiavi sono oggetti alieni e inutili, dove la proprietà privata è un retaggio di un capitalismo obsoleto e superato e la gente entra ed esce dalle case altrui senza bussare. Ma se tu mi piombi in cucina di soppiatto per comunicarmi che siamo carnivori, io mi spavento.

«Sono venuta a cambiare le lenzuola e a portare via la spazzatura quando non c'eravate. E ho notato avanzi di carne.»
«Abbiamo fatto errori nella raccolta differenziata?»
«No, non avete fatto errori.»
Si siede al tavolo della cucina e tace. Sembra affaticata.
«Tutto a posto Doreen?»
Chiude gli occhi per un attimo e si tiene la testa tra le mani.
E inizia a raccontare.
«Il mio vero nome è Esther, ma qui, nella città di A tutti mi chiamano Doreen, non chiedermi perché. Sono lesbica e vegana. Trovare resti di animale morto nella mia spazzatura mi dà i brividi. Ma è un mio problema, non vostro, mi rendo conto. Ho sessant'anni e quando ne avevo diciotto sono arrivata qui da sola, da Melbourne. Sono atea, ebrea e comunista. Sono tante minoranze insieme. Sono una diversa ma non qui, nella città di A. Questa città è un contenitore di popoli, di diversità e di estremi. Siamo nel mezzo del nulla ma è un nulla accogliente e tollerante. Un nulla generoso e ospitale.
«Qui ci sono una grande comunità ebraica, una vivace comunità di lesbiche, moltissimi vegani e il più alto numero al mondo di insegnanti di yoga per abitante. Io insegno yoga.
«Avevo un figlio, tanto tempo fa. L'ho perso. Questa città mi ha aiutata a rialzarmi.»
Solleva la testa, fa una smorfia, sospira e si alza.
«È stato un piacere», dice, scomparendo oltre la porta.

Siamo in troppi

«No mamma! No andale nella dozza, zè Malìoteleso!» (= Fermati, mamma. Non entrare nella doccia, non vedi che c'è Marìotereso? Non vorrai mica mostrare le tue nudità a un estraneo?)
«Felmati, non puoi plendele il fon. Il sinnole de la flutta sta assugando li capelli!» (= Fermati, non puoi prendere il phon. Non mi interessa se hai i capelli bagnati e sei reduce da un'otite perforante che ti ha lasciata un po' sorda. Il signore della frutta sta asciugando le sue lunghe chiome e soprattutto la sua folta barba. Devi aspettare che finisca).
«Guidi tu, mamma? Li folmichi voliono che guida papà» (= Hai intenzione di guidare la nostra automobile con i sedili in simil pelle e il cambio automatico che da quando ci ha vomitato dentro mio fratello si è trasformata in un girone infernale? Sei sicura? Le formiche preferirebbero guidasse papà. Lo sai come sono loro? Un po' tradizionaliste e ritengono che certi compiti siano esclusivamente maschili, perdonale, mamma).
«Ozzi alla ccuola amelicana l'eloe Chivalà ha mossicato Sienna e dato un bazo a Zulia. Io ho lovessato la patta pel tella e li folmichi l'hanno manzata» (= Oggi all'asilo delle libertà, dove regna l'anarchia e noi razzoliamo allo stato brado, l'eroe Chivalà ha dato un morso a Sienna, la biondina che guarda mio fratello con la coda dell'occhio. E poi ha dato un bacio a Julia, facendo quello che vorrei fare io tutti i giorni ma non ho mai fatto perché sono più ruspante e mi esprimo a suon di sputi e non di baci. Ho anche rovesciato la pasta al sugo che mi avevi preparato con tanto amore. Ma non preoccuparti, ci hanno pensato le formiche a divorarla al posto mio).
«Maliatelesa domme, Malìoteleso domme, il sinnole de la flutta domme. Nel mio letto non zè spatzo pemmè. Io lesto a zocare con l'eloe Chivalà» (= Mariateresa, Marìotereso e il signore della frutta dormono. Tutti nel mio letto, accampati come profughi. Non c'è spazio per me. Pertanto, se non ti spiace, questa notte resterei fuori a giocare con l'eroe Chivalà).
Quando Elasti-mamma scoprì che lo hobbit piccolo aveva portato con sé, sull'aereo per l'America, i suoi amici immaginari, ave-

va sottovalutato quanto potessero essere ingombranti e invadenti.

Books you don't need in a place you can't find

Nel mezzo del nulla c'è una strada nascosta, da cui non passa nessuno. Non ci passano i camion gialli e neri, né gli scuolabus, né le giardinette che sembrano pullmini né i pick-up verdi che somigliano a carri armati.
La strada attraversa il bosco, costeggia stagni in cui gracidano le rane, case disabitate nascoste tra gli alberi, prati in cui pascolano mucche e cavalli. Lungo la strada si incontrano strani cartelli gialli.
ATTRAVERSAMENTO ALCI, dice uno.
BAMBINO NON VEDENTE, dice un altro.
SCUOLA, si legge a una curva dove scorre un fiumiciattolo.
ATTENZIONE, PICCOLI ANIMALI IN TRANSITO.
RALLENTARE, BAMBINI CHE GIOCANO.
Nel mezzo del nulla ti chiedi che effetto faccia abitare qui, come i sette nani di Biancaneve. O come la vittima sacrificale di un film del terrore, quella che viene uccisa a colpi di crocefisso da una setta satanica e non poteva essere altrimenti visto che ha scelto di vivere qui, nelle oscure profondità silvestri, in una stamberga di legno tra gli scoiattoli e le alci, dimenticando l'uso delle serrature, dei chiavistelli, dei lucchetti e del buon senso.
Il bosco si infittisce, la strada prosegue ancora un po' e poi finisce in un vecchio mulino rosso e in una cascata.
« Books you don't need in a place you can't find », libri che non ti servono in un posto che non riesci a trovare.
È una libreria, nel mezzo del nulla. Un dedalo di corridoi e stanze di legno piene di libri improbabili. In ogni stanza ci sono una finestra che si affaccia sulla cascata e una poltrona in cui affondare leggendo un libro e sbirciando fuori.
Puoi toglierti le scarpe, allungare le gambe, chiudere gli occhi e ascoltare il rumore dell'acqua che rimbalza sulle rocce, o bere un tè o decidere che vuoi vivere qui per sempre, sprofondata in

questa poltrona della nonna con i braccioli consunti e il poggiatesta ricamato.
« Vè mio flatello? » (= Dove si è cacciato mio fratello maggiore mentre voi state qui a perdere tempo guardando inebetiti fuori dalla finestra? Se non ci fossi io a vigilare, questa famiglia andrebbe a rotoli, ne sono convinto).
« Già, dov'è lo hobbit grande? »
« Era qui fino a un minuto fa... »
« Hobbit! Hobbit grande! Vieni fuori! »
Silenzio.
« Vè mio flatello? »
Mister Wonder guarda di sopra, Elasti-mamma guarda di sotto, lo hobbit piccolo guarda dietro le poltrone.
Lo cercano tra gli scaffali, nel camino, in un corridoio pieno di vecchie macchine da scrivere impolverate. Tra i libri di cucina, tra quelli per bambini, tra i gialli e i romanzi d'amore. Tra i libri di storia e di psicologia, di economia e sociologia. Lo cercano anche nella sezione *Women's studies*.
C'è solo il rumore dell'acqua che scorre, dello hobbit nessuna traccia.
« Ha visto uno hobbit con gli occhi blu e i capelli come un casco di banane? » chiedono alla cassiera, alla signora che legge *Cime tempestose*, sdraiata su un divano, al barista, al ragazzo che lavora al computer.
Nessuno si è accorto di lui.
Vieni fuori. Vieni fuori subito se non vuoi che il mondo mi crolli addosso. Vieni fuori immediatamente se non vuoi che questo posto si trasformi nell'antro della strega, se non vuoi che si materializzino i miei fantasmi, se non vuoi che io vada in pezzi. Esci adesso che ho ancora la forza di cercarti. Esci adesso prima che urli, prima che nulla abbia più senso, prima che la tua mamma si rompa.
« Hobbit grande, se non vieni subito qui la mia ira sarà implacabile, la mia furia spaccherà i muri e tu non mangerai cioccolato per le prossime due settimane », esclama Mister Wonder, con un impercettibile tremolio nella voce.
« No, aspetta. Sono qua sotto. »
Lo hobbit grande spunta dallo scaffale ESOTERIC LITERATURE.

Sei anni

Caro hobbit grande,
che dormi al mio fianco con il respiro come le fusa di un gatto e i capelli come un casco di banane, che chiedi senza guardarmi se mai un giorno potrei decidere di separarmi dal tuo papà come ha fatto la mamma del tuo amico Filippo, se mai un giorno diventerò vecchia, se mai un giorno pulirò la cacca dei tuoi bambini.
Caro hobbit grande, che da grande vuoi fare il carabiniere, che sei andato al planetario e hai deciso che andrai sulla luna anche tu, come quel signore in tuta bianca che faceva dei salti altissimi ed era felice.
Caro hobbit grande, che oggi compi sei anni, e aspettavi questo giorno da settimane e stamane ti sei svegliato all'alba urlando: oh yeah! Che sei stonato come una campana ma canti a squarciagola, che inventi poesie di cavalieri, arcieri e bicchieri. Che sei grande e protettivo, melodrammatico e istrionico, seduttore e gaudente. Che esiti e rifletti, che taci e osservi, che ti svegli di notte e chiedi l'abbraccio magico per riaddormentarti. Fragile e spavaldo, timido e sottile, virile, come un piccolo uomo.
Caro hobbit grande, che vuoi prendere il volo tenendomi in tasca, io vorrei proteggerti.
Vorrei proteggerti come un ombrello colorato, come un abbraccio morbido, come una fortezza inespugnabile. Vorrei proteggerti dai brutti sogni, dal mostro sotto il letto, dai pensieri tetri e dai fantasmi. Vorrei proteggerti dalle delusioni, dalle illusioni, dallo sconforto e dai buchi neri. Vorrei proteggerti dalle sofferenze, dai pericoli, dalle insidie.
A volte vorrei proteggerti da me, che sono la tua mamma e che, come tutte le mamme, rischio di fare pasticci e disastri che ti rimangono appiccicati tutta la vita.

La crostata delle libertà

Nella Reggio Preschool quando un bambino compie gli anni, i genitori hanno quattro possibilità:

1. Andare all'asilo, mettersi in piedi tra i nani e cantare una canzone.
2. Andare all'asilo, mettersi seduti tra i nani e raccontare una storia.

3. Andare all'asilo e preparare un manufatto insieme ai nani, commestibile o meno.
4. Non andare all'asilo e fare finta di non esistere, per un giorno.

« Nano, cosa vorresti che facessi per il tuo compleanno? Vorresti che mi esponessi al pubblico ludibrio cantando una canzone di fronte a tutti i tuoi amici americani o preferiresti che preparassi insieme a loro qualcosa, magari una torta o una focaccia o un piatto di pasta al sugo, o saresti più contento se optassi per un basso profilo e mi dimenticassi che è la tua festa? »
« Vorrei che preparassi una crostata con la marmellata di mirtilli e una candelina sopra e che tutti i miei amici americani cantassero *Tanti auguri a te* in italiano e battessero le mani. »

Alla Reggio Preschool si possono portare la farina, le uova, il burro e lo zucchero, tutti chiusi e impacchettati.
« I nostri bambini sono abituati a cucinare. Tu sei il capocuoco e loro sono i tuoi aiutanti. Tu ordina e loro eseguono », dice Rachel, la maestra.
Prima di cucinare non ci si lavano le mani, al massimo di strofinano un po' sui pantaloni per togliere la terra del giardino. Poi si buttano alla rinfusa gli ingredienti in una grande ciotola e tutti i bambini danno il loro contributo, scoprendo, manipolando e assaggiando.
Quando la pasta è pronta, a turno, si dispone nella tortiera schiacciandola con le dita e ci si versa sopra la marmellata, un po' con un cucchiaino ma soprattutto con le mani e nel frattempo si assaggia e si leccano le dita.
Quindi si preparano dei serpenti di pasta e si appoggiano sopra la marmellata, con disegni astratti.
Poi si informa e mentre si aspetta che la torta cuocia si cantano tutti insieme canzoni sul tempo, sulla pioggia, sui pirati e sulla cacca.
Quando la crostata è pronta la si divora, alla velocità della luce, e se non si sta attenti qualcuno si mangia pure la candelina. E poi tutti cantano *Tanti auguri a te,* in italiano, con una pronuncia perfetta, perché i nani hanno parecchie risorse e parecchi talenti, non solo come cuochi.

Cogli il fruscìo

Quando una donna, o almeno io, cerca uno hobbit, che sia il numero uno, due, tre o dieci, vive in uno stato di alterazione.
Quando decide di avere un bambino, cerca di non pensarci, simula disinvoltura, finge noncuranza. In realtà passa il tempo ad auscultarsi.
Quando una donna, o almeno io, vuole un figlio, tace e aspetta il richiamo della propria ovulazione.
«Ssshhh! Zitto! Non senti?»
«Sì, è la lavatrice. Ti dimentichi sempre di chiudere la porta della cucina...»
«Ma no! Taci e ascolta.»
«Il nano grande che russa?»
«Uffa. Sei sordo? È il fruscìo dell'ovulazione!»
«Ma sei impazzita? Mi fai paura quando fai così. Sappi che se mi dicessi che stai sentendo le voci dei morti sarei più sereno.»
«Presto! Non abbiamo tempo da perdere!»
«Così, no! In versione mantide religiosa a scopo riproduttivo no!»
«Ma dai! Non dire scemenze. Dai che il fruscìo è sempre più forte!»
«Lasciami stare! Mi rifiuto di fare il fuco a comando!»
«Ecco. Ha smesso. Il fruscìo non c'è più. Abbiamo perso l'attimo per colpa delle tue paranoie.»
«Le mie paranoie?»
Nelle due settimane successive lei è convinta di essere incinta, anche se durante il fruscìo lui si stava imbarcando sull'aereo per Londra, o leggeva *Die Akkumulation das Kapitals* senza conoscere il tedesco.
Nelle due settimane successive Elasti ha la nausea, il vomito, i dolori al basso ventre, l'acidità di stomaco e le tette più grandi. Ha pertanto tutti gli inequivocabili sintomi di una gravidanza. Isterica.
Nelle due settimane successive dilapida buona parte del suo stipendio in test di gravidanza, su cui fa pipì in modo compulsivo e scriteriato per poi gettarli rabbiosamente nella spazzatura.
Quando finalmente scopre che si era sbagliata, che forse ha il vi-

rus gastrointestinale o magari ha mangiato peperoni o si è auscultata troppo, ha sette minuti di sconforto apocalittico. Poi passa e si ricomincia, con rinnovato entusiasmo.
Saranno il bosco, gli scoiattoli, i pensionati con i trampoli o lo studente ventenne che lavora a maglia. Sarà la diversa prospettiva sul genere umano che si gode dalla città di A.
Ma qui il fruscio dell'ovulazione è assordante.

Why not?

«Mi hanno chiesto di restare.»
«Restare dove?»
«Qui, all'università della città di A, tra gli economisti marxisti.»
«Restare per sempre?»
«Già, per sempre.»
«E tu cos'hai risposto?»
«Nulla.»

Restare qui, per sempre nella città di A.
Niente più pendolarismo tra Milano e Londra, niente più Janet, niente più marito part-time.
Niente più corse in bicicletta la mattina all'alba, niente più equilibrismi, niente più centro della redazione, niente più finanza, niente più conference call, niente più domande a cui nessuno risponde, niente più routine.
Niente più polveri sottili, domeniche mattina ai giardini pubblici, cappuccio e brioche al bar sotto l'ufficio, orecchiette e cime di rapa per Mister Wonder.
Niente più visi familiari e rassicuranti, amici dell'infanzia, strade battute, linea tre della metropolitana.
Cosa mi mancherebbe?
Poco. Mi scopro impermeabile e sradicata.
Forse mi mancherebbe un lavoro vero, ma magari potrei trovarlo.
La città di A è avvolgente e protettiva, piccola e accogliente. Ci faremmo inghiottire dai suoi silenzi e dai suoi boschi, ci abitueremmo ai suoi inverni gelidi e ci sembrerebbero normali i sorrisi degli estranei per strada. Avremmo un'assicurazione sanitaria per pagare una psicoterapeuta ve-

gana che ci liberi per sempre dalla sindrome dell'immigrato e dalla nostalgia di casa.
Gli hobbit crescerebbero americani ma progressisti. E farebbero barbecue a base di marshmallows *biologici, giocherebbero a baseball e pasteggerebbero con latte e Coca-Cola.*
Restare qui per sempre sarebbe un po' fuggire. O ricominciare.

Ecce Marìotereso

È figlio di un ebreo russo da cui ha ereditato i capelli rossi, ora radi e imbiancati.
È stato un geniale allenatore di pallacanestro e in vent'anni ha vinto oltre novecento partite. È stato anche dirigente della National Basketball Association.
È quello che si dice un uomo di successo.
Sta fumando un sigaro, seduto su una panchina, come faceva quando la sua squadra vinceva una partita. Guarda nel vuoto, rapito e un po' perplesso.
Lo hobbit piccolo gli si avvicina, gli sfiora la gamba e gli fa un timido, complice sorriso. Poi si siede accanto a lui, posandogli la testa sul braccio, con insolita confidenza.
« Ekko Malìoteleso » (= Ho il piacere di presentarvi Marìotereso, il preferito tra i miei numerosi amici immaginari. L'interlocutore più arguto, il compagno più fidato. Certo, ha un pessimo carattere, come me del resto, e spesso ci troviamo in disaccordo. Talvolta litighiamo e non ci parliamo per giorni. Ma gli voglio bene, come a un fratello).
Marìotereso, che vive nel muro della cucina ed è venuto in America insieme all'elasti-famiglia, ha finalmente un volto, un corpo e un sigaro.
Il mondo lo conosce come Red Auerbach, morto nel 2006 e oggi statua di bronzo, al Quincy Market di Boston. Dare un volto a Marìotereso valeva bene una gita nella capitale.

Giulio e Nadia

Giulio dice «questo paese mi fa schifo» e «sono qui per un destino infame», dilapida lo stipendio in dollari per una mozzarella di bufala casertana e si taglia i capelli da Pasquale, che parla italiano con impeccabile accento ciociaro anche se non sa nemmeno dove sia Frosinone.
Giulio vive qui per sbaglio da quindici anni e ascolta Sanremo con le lacrime agli occhi. Dice «se potessi tornerei a casa domani» e impreca contro il clima infame, il colesterolo e i barbecue. Ha Repubblica.it tra i siti preferiti e ascolta il TG1 in podcast perché come mamma Rai non c'è nessuno.
Giulio sostiene che «gli americani sono una banda di rincoglioniti» e cancellerebbe dalla faccia della terra, con una fiamma ossidrica, il burro di arachidi, lo sciroppo d'acero e il ketchup. Frequenta solo italo-americani rimasti all'Italia degli anni Cinquanta e si immalinconisce sradicandosi, giorno dopo giorno, «perché questo è un posto infame ma non ho scelta».
Nadia si è innamorata ed è diventata amerikana con il kappa. Gesticola come loro, beve acqua e ghiaccio, birra e ghiaccio e Coca-Cola e ghiaccio, dice «yeah» buttando la testa all'indietro. Perde le parole e ne trova altre, in un'altra lingua, ha imparato a parlare come Paolino Paperino e si confonde tra la folla.
Di questo posto ama le regole, la libertà vigilata, le opportunità, l'apertura e i valori.
«Questo paese apre le sue grandi braccia e le richiude su di te. Ti accoglie senza chiederti da dove vieni. Ti regala un'opportunità, sta a te coglierla», dice Nadia, felice e integrata.
«Sono donna e fisica quantistica, in Italia non mi darebbero nemmeno una scrivania, qui ho un laboratorio a mia disposizione.»
Nadia è un cervello in fuga, felice di essere altrove, grata di essere qui.
Dell'Italia le manca la mamma e forse nient'altro.
Vista da Boston l'integrazione è un processo complesso, la solitudine sempre in agguato, l'America un po' più difficile.

Qualcosa che mi turba

Tornando alla città di A da Boston.
«Oggi dentro di me c'è qualcosa che non va, che proprio mi turba e mi fa stare un po' male», dice lo hobbit grande, guardando la corsia di sinistra fuori dal finestrino.
«Devi gomitale?» chiede il piccolo, piedi scalzi e mani coperte dai guanti di lana verdi, guardando la corsia di destra, fuori dal finestrino.
«Non fare domande stupide.»
«Vuoi sentile le mie lime?»
«No, non me ne importa nulla delle tue rime. Ti ho detto che oggi sono turbato.»
«Mi paze-non mi paze!»
«Mi piace-non mi piace non è una rima.»
«È una sonantza?»
«No, non è nemmeno un'assonanza. È una scemenza.»
«Vuoi sentile un'antla lima?»
«Dimmela.»
«Ambeli-fioli.»
«Alberi-fiori non è una rima.»
«Allola senti: cacca-cacca, pipì-pipì, putza putza. Quette sono belle lime.»
«Mamma, mio fratello nel cervello non ha le rotelle, come noi. Ha dei pezzi di legno che girano al contrario. Poveretto.»

Quando rinasco

Quando rinasco avrò capelli rossi lunghissimi e a forma di fusilli.
Avrò la pelle di porcellana e gli occhi verdi. Avrò caviglie sottili, ginocchia ossute e gambe da fenicottero, estranee ai concetti di ritenzione idrica e cellulite.
Avrò la terza di reggiseno perché la terza è la misura perfetta e sarò afflitta dal problema della pancia rientrante.
Avrò fianchi morbidi e vita sottile ma nemmeno un pelo superfluo.
Quando rinasco saprò dipingere, ricamare a punto croce e farmi l'orlo ai pantaloni. Sarò talentuosa e suonerò il pianoforte con gli occhi chiusi.

Avrò l'orecchio assoluto e saprò riconoscere le note dei capricci di mio figlio e trasformarle in sonate per archi.
Saprò fare la spaccata e pattinare sul ghiaccio. Farò yoga all'alba perché quando rinasco sarò mattiniera. Avrò una passione per il farro, il miglio, il radicchio biologico e i biscotti alla crusca, mentre salame e cioccolato mi lasceranno indifferente.
Quando rinasco farò l'Erasmus a Barcellona.
Quando rinasco sarò un'intellettuale e leggerò Eschilo in greco antico, Proust in francese e Dostoevskij in russo.
Non avrò paura della solitudine, dei no, delle porte chiuse, di disturbare.
Saprò sedurre e abbandonare, sarò algida e magnetica.
Quando rinasco sarò una donna fantastica e non avrò nemmeno la colite e il senso di colpa.

L'elasti-famiglia festeggia tre compleanni su quattro nella città di A e oggi Elasti-mamma compie trentanove anni.
Qualcuno le aveva spiegato che con il passare del tempo una donna acquista consapevolezza e autostima. Qualcuno l'aveva illusa che l'età aiuta ad accettarsi, per quello che si è.
Sarà, ma l'elasti-alter ego con i capelli rossi a fusillo continua a perseguitarla, anche quest'anno, anche oltreoceano.

Ce so' streus'

- Mettono lo zucchero dappertutto,
- adottano le autostrade,
- in automobile sembrano greggi di pecore,
- fanno jogging in modo compulsivo,
- hanno frigoriferi come stanze degli ospiti e non possono fare a meno del ghiaccio,
- piantano bandiere a stelle e strisce nel giardino di casa,
- sono curiosi, aperti e ospitali, come bambini,
- cenano alle sei di pomeriggio,
- a volte tengono una pistola carica nello sgabuzzino,
- vanno in pensione in Florida,
- mangiano gelati in cui hanno sbriciolato biscotti, tritato noccioline e nascosto caramelle gommose a forma di orso,

- comprano il latte in bottiglie da quattro litri, anche se sono single,
- con meno di 20 dollari fanno il pieno di benzina,
- misurano in pinte, once, cucchiaini e tazze,
- quando dici «grazie», rispondono «no sweat», come dire che essere gentili con te non li ha fatti sudare,
- sorseggiano costantemente immondi beveroni preferibilmente gassati,
- fanno barbecue a base di *marshmallows*,
- usano l'olio di palma e la margarina biologica per friggere,
- non conoscono le cime di rapa.

«Mo' ce so' streus' 'sti americani» (= Accidenti, sono oltremodo bizzarri questi americani), afferma Mister Wonder. «Effettivamente, se fossero normali, sarebbero italiani», conclude.
Del resto gli economisti marxisti baresi non sono famosi per la loro apertura mentale.

I am home, honey

Ci sono cose insolite nella città di A, a cui Elasti-mamma non è abituata.
Nella vita vera, lontano da A, Elasti-mamma non ha tempo per aspettare, per sognare, per fantasticare. Nella vita vera lei corre a perdifiato dalla mattina alla sera.
Qui no, qui indugia, sorride e traccheggia. Si concede il lusso di una colazione senza affanni, di una vestizione senza urla, di un accompagnamento alla Reggio Preschool degli hobbit in automobile, con la radio accesa e il bosco intorno.
Qui, dopo averli salutati con calma, chiacchierato con la maestra Rachel, osservato Tim che si inabissa dietro la tenda ed Elliott che scaraventa il suo pranzo addosso a Sienna, si avvia a piedi oltre la ferrovia, verso il caffè con il soffitto verde e i vecchietti che giocano a scacchi in tuta da ginnastica. E beve un tè, mangia un muffin con i mirtilli, accende il suo computer e fa solo cose che le piacciono.
Il pomeriggio lo passa con gli hobbit, nella sala per i bambini

della biblioteca della città di A se piove, o ai giardini se c'è il sole. A volte incontra un ragazzo padre che le parla dell'orto di Michelle Obama, a volte chiacchiera con una mamma di sei figli, ebrea ortodossa, altre con un pensionato sui trampoli.
Ma l'esperienza veramente unica, eccitante e masochistica insieme, è l'attesa.
L'attesa di Mister Wonder che torna dall'università di economisti marxisti è per Elasti-mamma una novità assoluta.
Lontano dalla città di A, Mister Wonder non si aspetta, Mister Wonder non c'è, perso tra le brume londinesi. È una presenza incorporea che non appartiene all'Elasti-routine.
« A che ora torni stasera? » è una domanda elettrizzante, qui nella città di A.
Sentire i passi sulle scale ha un sapore antico e dolciastro.
La chiave che gira nella toppa è un brivido, l'urlo festoso degli hobbit, un rassicurante punto fermo nella giornata.
L'elasti-vita nella città di A è tiepida e morbida, ripetitiva e leggera, alla lunga forse un po' alienante ma non priva di suggestioni.
Se nonna K avesse sentore della perversa attrazione che la routine da casalinga americana d'antan esercita su Elasti-mamma, forse non se ne starebbe tanto tranquilla con il suo fidanzato Artù a veleggiare nei mari dello Yemen.

Come Hanno Buddenbrook

Questa settimana è *spring break* che significa che le scuole sono chiuse, compresa la Reggio Preschool degli hobbit, e il vento ha ricominciato a soffiare e la pioggia a cadere dopo giorni di illusoria tregua.
Elasti-mamma trascorre gelide mattinate con gli hobbit ai giardini.
Gli hobbit sono creature duttili e si sono rapidamente abituati ai rigori della primavera nel New England. « Basta avere le mani coperte e non c'è problema », sostiene lo hobbit grande affrontando seminudo le intemperie.
« Voio i miei guanti veddi peffavole » (= Datemi per cortesia i miei guanti verdi, irrinunciabile accessorio che qui in America

ha sostituito il coniglio Pippo. In inglese *gloves*, pronuncia *glafs*), esclama il piccolo con le guance livide e i ricci al vento, mentre Elasti-mamma, coperta come un palombaro, rabbrividisce spingendo l'altalena.

« Ciao. Da dove vieni? » chiede una signora in calzoncini corti.

« Dall'Italia. »

« Wow », risponde sbadigliando. Si chiama Tracy ed è la mamma di Simon.

« Sono cinque anni che non dormo. Simon soffre di *pavor nocturnus* e si sveglia fino a venti volte a notte. »

« *Pavor nocturnus*? »

« Esattamente. Hai letto Thomas Mann? Simon è come Hanno Buddenbrook, l'ultimo discendente della dinastia. Quello gay, che muore di tifo. »

Abituarsi agli abitanti della città di A è ancora più arduo che abituarsi all'assenza della primavera.

Happy Dan, the Music Man

È martedì mattina e fuori piove a dirotto.

Lui porta un cappello di paglia poggiato su un'incontenibile chioma, una camicia a fiori e un gilet a righe. Siede, silenzioso e inespressivo, su una piccola sedia di legno, al centro di una grande sala, con le luci soffuse e una soffice moquette bordeaux. Si alza, scompare dietro una tenda bordeaux, come la moquette, e torna con una chitarra. Si riaccomoda sulla sedia e ripete per dieci minuti il giro di do, accompagnando con la testa l'ossessiva tiritera.

Intorno a lui un cerchio, di mamme, papà e bambini, da zero a sei anni, che si sono infilati in questo malsano sottoscala ad ascoltare un giro di do, pur di sfuggire alla umida primavera.

« I am Happy Dan, the Music Man. Let's sing a song together », annuncia l'uomo con il cappello di paglia.

Nei successivi quarantacinque minuti, il Felice Dan canta, balla, suona a uso e consumo dei nani. Fa il girotondo, batte le mani, fischia, salta, strimpella, si esibisce nel flauto, nell'armonica a bocca e nella fisarmonica.

Lui è il pifferaio magico: lui canta, loro cantano; lui gesticola, loro gesticolano; lui ondeggia scompostamente, loro anche.
Quando ha finito, torna dietro la tenda e ne esce con una valigia, di cartone, una valigia da emigrante anni Cinquanta, da cui estrae un numero imprecisato di oggetti, il cui comune denominatore è l'estrema rumorosità.
I nani si tuffano nella valigia e scelgono il loro rumore preferito. Lui si risiede, afferra la chitarra e ricomincia con il giro di do. Ha l'inferno intorno e una fissità estatica nel sorriso.
«Dovete cantare ai vostri figli. Cantate loro qualsiasi cosa, ma cantate, anche se siete stonati, anche se non conoscete nessuna canzone, anche se vi sentite ridicoli», dice Dan.
«Belle quette cantzoni. Bello quetto sinnole. Belli quetti cosi. Anke Malìoteleso è motto contento» (= Ho molto apprezzato le canzoni. Ho gradito anche il signore, per non parlare degli innumerevoli strumenti musicali non ortodossi che ci ha messo a disposizione. Anche Marìotereso è stato molto contento di questa esperienza nel sottoscala), ha dichiarato lo hobbit piccolo.
Elasti-mamma e gli hobbit hanno scoperto stamane che la biblioteca della città di A offre:

- letture di storie per bambini in età prescolare,
- workshop di padri e figli mirati alla preparazione di un manufatto artistico in vista della Festa della mamma,
- *Sahaja Yoga Meditation*,
- laboratori per la costruzione nel giardino di casa di nidi, case, rifugi per uccelli, pipistrelli, farfalle e altri simpatici amici selvatici,
- lezioni di informatica per principianti,
- seminari su Emily Dickinson *for beginners, intermediate and advanced*,

oltre naturalmente all'imperdibile *Conversation Circle* e all'ipnotico Music Man.

Glafs

«Carini i tuoi bambini.»
«Grazie.»

«Che lingua parlano?»
«Italiano.»
«Come si chiamano?»
«Hobbit grande e hobbit piccolo.»
«Ah.»
«Già.»
«Sei una madre ansiosa?»
«Boh, un po', come tutte le madri italiane. Ma non patologica, direi.»
«In Italia siete ossessionati dai germi?»
«No, non particolarmente.»
«Soffrite di dermatite atopica?»
«Qualcuno, ma non tutti.»
«Siete ossessivi?»
«No, non più di altri.»
«E allora perché i tuoi figli non si tolgono mai i guanti?»
Gli hobbit stanno giocando con un trenino nella sala dei bambini della biblioteca. Il piccolo porta i soliti guanti verdi, il grande un paio di guanti da sci, azzurro cielo.

Cara signora, che mi chiedi a cuor leggero se sono ansiosa o ossessiva, perché voi americani siete così, diretti come treni e curiosi come scimmie. Sappi che no, non sono una germ freak *come dite voi. E nemmeno i miei figli lo sono.*
È che gli hobbit sono qui da nemmeno un mese e sono stati catapultati in un asilo delle libertà in cui si mangia lo yogurt con le mani e si ascolta il proprio respiro. Non parlano inglese, fatta eccezione per qualche espressione inutile come «time to clean up» e «I like chocolate ice cream». Sono finiti nel mezzo del nulla, perché il loro papà è un economista marxista, e qui ce ne sono tanti, e la loro mamma ha pensato che passare un po' di tempo tra gli scoiattoli statunitensi potesse essere una buona idea e poi, per eccesso di entusiasmo, si è perforata un timpano sotto l'implacabile pioggia di questo paese. Sono circondati da persone che fanno loro domande a cui non sanno rispondere. Giocano con bambini sconosciuti e hanno festeggiato i loro compleanni lontani dal loro mondo, in un aprile che sembra novembre.
Non sono diventati devianti, come avrebbero potuto frequentando l'asilo

delle libertà, non si svegliano di notte, non si lamentano, non sbattono la testa contro il muro, non chiedono di tornare a casa.
Hanno solo sviluppato una maniacale dipendenza dai guanti, che chiamano glafs *così potete capirli pure voi che spesso li guardate interrogativi. I guanti sono la loro coperta di Linus, li proteggono e li rassicurano. I guanti sono innocui e un po' antiestetici, soprattutto quelli da sci, ma certamente non li riparano dai germi, nei confronti dei quali, al contrario, provano una certa attrazione.*

Scoiattoli

«Elasti, non capisco proprio perché i tuoi sgorbietti, ehm, volevo dire figli, siano tanto attratti dagli scoiattoli», dice Doreen, guardando sconcertata l'incontrollabile eccitazione degli hobbit alla vista dei roditori.
«Probabilmente perché in Italia non sono così comuni e a Milano sono inesistenti», risponde Elasti-mamma.
«Qui sono infestanti come cavallette. Com'è possibile che da voi non ci siano?»
«Non so proprio.»
Doreen medita, perplessa. Poi un guizzo le accende lo sguardo.
«Ho capito: in Italia gli scoiattoli li mangiate. Del resto non c'è più da stupirsi di niente.»

Tipi da biblioteca

Piove a dirotto da tre giorni, i giardini sono impraticabili, la *Reggio Preschool* è chiusa, e gli hobbit a casa di Doreen si esasperano e fanno disastri.
Dopo il folgorante incontro con Happy Dan, the Music Man, Elasti-mamma ha deciso di sfruttare senza remore le strutture pubbliche della città di A.
Nella libreria, oltre ai corsi di informatica e alla meditazione yoga, c'è una grande sala dedicata ai bambini, piena di libri e di giochi.
Lo hobbit piccolo si posiziona al trenino di legno o alla casa di

bambole e gioca con Marìotereso e l'eroe Chivalà. Lo hobbit grande affonda nel divano e guarda le figure di *Spiderman*.

Elasti-mamma si siede in un angolo, sul tappeto, e osserva rapita, per ore, il variegato panorama antropologico della sala.

Nell'area bambini della biblioteca pubblica, in un uggioso giorno di *spring break*, un nonno con la barba bianca legge ai due nipoti gemelli con i capelli rossi una storia di pirati.

Una mamma ebrea ortodossa con il capo coperto e la gonna fino ai piedi sbuccia una mela kosher per i suoi quattro bambini vestiti di nero.

Una bambina mascherata da principessa fa le bolle di sapone e balla sulle note di una musica muta.

Quattro bimbe nere figlie di una mamma bianca con i dread nei capelli si rincorrono e fanno crollare uno scaffale e i suoi trecento libri, provocando un certo scompiglio.

Una ragazza con il corpo, la tuta e la mascella volitiva di Sigourney Weaver in *Alien*, doma i suoi tre riottosi figli maschi e biondi. Il più piccolo piange inconsolabile. « I have the cure », dice lei con un sorriso algido. Con la stessa espressione con cui Sigourney avrebbe imbracciato il bazooka, lei sfodera il seno e lo offre al nano urlante.

Una signora di Hong Kong spiega che lei non crede nel sistema scolastico e pertanto fa *home school*. « Seguo un programma inventato da me. Quale insegnante migliore di una madre? » dice a Elasti-mamma, informandola che, grazie all'istruzione casalinga, sua figlia, a cinque anni, sa tutto sulla Torre di Pisa. « Abbiamo ancora trecento anni per visitarla prima che crolli », commenta la bambina.

Un papà osserva estatico Maya e Igor. « Nella vita mi occupo di loro, faccio il padre a tempo pieno. Quando saranno più grandi ricomincerò a lavorare. Ora hanno bisogno di me. Mia moglie insegna *Economics of Sexual Identity* all'università di A. »

Cavalleresche tenzoni

Ha smesso di piovere, almeno per questa mattina. E bisogna approfittarne.

«Ragazzi, perché non facciamo una passeggiata di esplorazione?» chiede Elasti-mamma piena di entusiasmo e buona volontà.
«Sì, facciamo la gara a chi si mette prima le scarpe», dice lo hobbit grande, forte di una lunga serie storica di vittorie schiaccianti.
«Ho vinto», grida il piccolo.
Lo hobbit grande è incredulo. Strabuzza gli occhi e getta la scarpa destra contro il muro. Scoppia in singhiozzi. «Io odio queste scarpe. Sono delle schifose traditrici», urla come un demonio, mentre il piccolo festeggia il suo trionfo ballando nel corridoio e ripetendo ossessivamente «sono il vintzitole».
Il grande ha una crisi isterica e tenta di atterrare l'euforico fratello con la scarpa sinistra.
«Nano, cerca di calmarti. Devi imparare a perdere. Adesso siediti, chiudi gli occhi e respira», dice Elasti-mamma sperimentando il *Reggio approach* dell'asilo delle libertà.
Lo hobbit grande si dimena sulla moquette come un tarantato. Inveisce contro il piccolo e cerca di atterrarlo a pugni.
Elasti-mamma abbandona rapidamente l'approccio del dialogo e dell'educazione positiva. E urla, urla tanto che la sentono in tutta la città di A, che se lo sapesse nonna K, convinta che i figli siano tutti come Elasti-bambina, in bilico tra santa Maria Goretti e Pollyanna, aggrotterebbe le sopracciglia, esclamerebbe «che orrore!» e chiamerebbe l'assistente sociale.
Elasti urla esasperata e furiosa. Urla come una strega.
E si chiede cosa fanno le buone madri in questi casi, se riescono a tenere a bada il loro lato oscuro, se si fanno rispettare, se sanno incutere timore soltanto aggrottando un sopracciglio, se resistono alla tentazione di una sculacciata, se si chiudono in bagno a fare yoga.

A spasso

Elasti-mamma ha scaraventato per terra un Power Ranger, privandolo di un braccio, si è rimangiata la promessa di un gelato al gusto *ChocTherapy* e ha minacciato il divieto assoluto di dolci per l'intera settimana. L'ordine è pertanto stato ripristinato e la passeggiata di esplorazione della città di A ha avuto inizio.

Prima tappa è la cooperativa senza scopo di lucro *Food for thoughts*, specializzata, tra le altre cose, in *multicultural & progressive children's books*. Lo hobbit grande ha scambiato un poster di Che Guevara per una fotografia di Jack Sparrow, il protagonista di *Pirati dei Caraibi*, e i commessi hanno istantaneamente bollato gli hobbit e la loro madre come controrivoluzionari.
« Camminiamo lungo via Piacevole, potremmo arrivare fino alla stazione dei treni », ha detto Elasti-mamma cercando un'alternativa agli sguardi in cagnesco dei compagni di *Food for thoughts*.
Gli hobbit non camminano, pascolano. Si fermano a guardare le formiche, a inseguire uno scoiattolo, a saltare in una pozzanghera o semplicemente ad aspettare che qualcosa succeda. Obiettivi e mezzi per loro sono pari e interscambiabili. Il tempo non conta, la meta nemmeno e la stazione non è più interessante del fango al lato della strada.
Elasti è pur sempre una milanese un po' nevrotica e poco abituata a un'interazione intensiva con l'anarchia infantile. Inspira, espira e si concentra sul tanto decantato privilegio del passare molto tempo con i nani, sull'importanza del condividere i loro entusiasmi e le loro ombre, di rispettare i loro ritmi, di vedere il mondo con i loro occhi, di inzaccherarsi i vestiti insieme a loro assaporando il torbido piacere di saltare per mano nella melma, nella serena consapevolezza di non avere la lavatrice a casa di Doreen.
La stazione della città di A è un piccolo edificio verde di legno, con la scritta AMTRAK, occupato per metà da una gelida e deserta sala d'aspetto con panche di legno scuro e una cartina del Massachusetts alla parete. L'altra metà invece è la sede di una scuola di Pilates, di cui si scorgono gli attrezzi sbirciando dalle finestre.
Nella stazione della città di A si ferma solo un treno al giorno che va a New York, poi prosegue per Philadelphia, Baltimora e Washington e torna indietro.
Elasti-mamma e gli hobbit, sfiniti da una passeggiata di un chilometro durata due ore, si siedono sull'unica panchina all'esterno, che guarda l'unico binario.
Aspettano un treno che non arriverà, sgranocchiano grissini sbriciolati e guardano lo squarcio azzurro di un cielo plumbeo.
« Bella pazzezzata », dice lo hobbit piccolo, accoccolandosi all'elasti-fianco.

«Questi grissini americani sono fenomenali, vero mamma?» dice il grande con le gambe incrociate e gli occhi socchiusi.
Poiché tuttavia con i nani non si può mai abbassare la guardia, lo hobbit piccolo, appena arrivato a casa, ha preso un asciugamano di Doreen e lo ha buttato nel WC e, ricordandosi che non c'è la lavatrice, si è fatto una grassa risata.

Madri

Nonna K è tornata oggi in Italia dallo Yemen.
«Pronto Elasti, sono qui, siamo tornati. È stato tutto fantastico. E tu come stai? Sei incinta?»

Sono incinta? Ecco, questa è una domanda troppo diretta. Potrebbe farla una signora americana ai giardini nella città di A. Ma non tu che sei mia madre.
Ci sono corde sensibili e nervi scoperti. E tu lo sai.
L'amore materno è poliedrico e intrusivo, ma ci sono domande come catenacci che chiudono ogni porta.
Sono incinta? Non so. Mi sento incinta? Certo, come negli ultimi quattro mesi. Soffro di narcolessia, ho mal di pancia, le tette grandi e mi commuovo guardando gli scoiattoli fuori dalla finestra. Ma ho imparato che la suggestione può fare miracoli e quindi cerco di non pensarci.

«Mmmh.»
«Ho capito tutto. Ti farebbe piacere essere incinta?»
Perché non mi chiedi che tempo fa?
«Mamma, devo andare. Lo hobbit piccolo sta lanciando la carta igienica nel gabinetto. Ci sentiamo.»
Click.

From 9 to 11

«Ciao Elasti, mi stai simpatica. Perché tu e i tuoi hobbit non venite a trovarci a casa durante lo *spring break*?» aveva detto la

mamma di Billy, la scorsa settimana, nel giardino della Reggio Preschool.
«Grazie, sarebbe bellissimo venire da voi.»
«Ottimo. Allora vi aspettiamo giovedì, dalle 9 alle 11 AM.»
In questo paese quando qualcuno fa un invito non si limita a stabilire l'orario in cui bisogna presentarsi a casa sua, ma si premura di definire anche il momento esatto in cui l'ospite comincerà a puzzare ed è quindi opportuno che tolga il disturbo.
Sentirsi dire «mi piacerebbe che tu venissi a casa mia domani ma per cortesia dopo due ore esatte tornatene da dove sei venuto perché io ho altro da fare», rischia di demotivare un po' l'ospite e di smorzarne gli entusiasmi ma presenta anche indiscutibili vantaggi, soprattutto quando si tratta di incontri tra nani.
«Billy è il mio migliore amico e quando partiamo dobbiamo portarcelo in Italia», aveva dichiarato lo hobbit grande.
Elasti-mamma, in preda ad ansia da prestazione, si presenta con due hobbit e una crostata di marmellata, già testata con successo all'asilo delle libertà.
«Questo è cibo sporco e disgustoso. Non mangerò mai questo orrore!» esclama il piccolo Billy alla visione del manufatto italiano.
«Ehm, scusate. Billy è ossessionato dallo sporco e ha paura di tutti i cibi che possano lasciare traccia sulla sua pelle», spiega la sua mamma.
Il salotto della casa di Billy è occupato dal divano, da un enorme televisore al plasma e da giocattoli.
Gli hobbit prendono due robot, Billy li rimette a posto. Gli hobbit infilano le mani nella cesta delle macchinine, Billy urla. Gli hobbit prendono i pennarelli e i fogli, «Il piccolo si sta smerdando le mani con il blu. Fatelo smettere o sarò costretto a ucciderlo», dice Billy.
Gli hobbit si siedono per terra. Billy indica una complessa costruzione sul tavolo. «È la mia ultima invenzione. Una macchina indistruttibile che secerne un micidiale veleno paralizzante. Sappiate che la vostra vita è nelle mie mani.»
Billy è un inventore, ha cinque anni e il vocabolario di un adolescente, spiega la sua mamma. Passa ore a costruire complessi meccanismi semoventi e non ammette interruzioni mentre lavora.

La notte si sveglia con un'idea, un progetto, un'intuizione ma ha paura di dimenticarselo. Allora chiama la sua mamma e le chiede di scriverlo, «così domani ci lavoro su».
Il mondo, secondo Billy, ha un ordine preciso e tutto ha il suo posto. Invertire le caselle del suo universo di simmetrie e corrispondenze, violare le sue personali regole, rompere il precario equilibrio delle sue certezze lo manda in pezzi.
Billy è un bambino solo e fragile, aggressivo e impaurito.
«Ma all'asilo delle libertà come fa?» chiede Elasti-turbata.
«Lotta, tutto il tempo. Non capisce gli altri bambini che si distraggono, che si interrompono nel bel mezzo di un disegno, che fanno rumore e disordine. E gli altri bambini non capiscono lui.»
Billy non smette mai di pensare.
Un giorno la sua mamma ha detto: «Billy, devi farti degli amici».
«Non so come si fa», ha risposto.
Per qualche imperscrutabile motivo Billy ha scelto uno hobbit, ha chiesto alla sua mamma di invitarlo a casa, dalle 9 alle 11, e adesso è terrorizzato che questo nano con i capelli come un casco di banane, con il suo bizzarro fratello con gli occhi tondi, possa fare irrimediabili disastri.
«Se uscissimo in giardino?» propone Elasti-mamma.
Fuori si congela ma all'aperto l'ordine billyano ha maglie più larghe.
«Salve ragazze, sono la nonna di Billy e vi ho preparato la bevanda perfetta per la dieta a zona», dice un'atletica signora di mezza età, materializzandosi dalla cucina con due caraffe sopra un vassoio.
Ogni caraffa contiene yogurt, panna montata, fragole e mandorle.
«Siete madri e consumate molte calorie, con questa resisterete fino al pranzo senza morire di fame», aggiunge porgendo una caraffa a Elasti-mamma e una alla mamma di Billy.
Billy nel frattempo si avvicina alla crostata, la annusa, la tocca con la punta dell'indice e decide che è meno immonda delle apparenze.
I nani si rincorrono sul prato, Billy dirige il traffico e alle 11 in punto molla gli ormeggi e sorride.
«Time to say goodbye», dice la sua mamma.

Tempo scaduto.
« È stato bello. Bellissimo. Grazie per avere capito Billy. Rivediamoci un altro giorno, magari dalle 14 alle 16. »

C'è chi

C'è chi va a partorire in Europa, « perché da voi è molto meglio ed è gratis ».
C'è chi si è dimenticato di rinnovare l'assicurazione sanitaria e per farsi suturare un dito tagliato ha speso tremila dollari.
C'è chi l'assicurazione ce l'ha ma paga comunque una franchigia, settanta dollari per una visita specialistica, centocinquanta per un intervento al pronto soccorso.
C'è chi è venuto qui una settimana ed è stato operato d'urgenza per una peritonite. Per pagare il conto ha acceso un mutuo.
C'è chi non si può permettere di pagare l'assicurazione, e sono quarantasette milioni di persone, e non ha diritto a stare male.
E succede anche nella progressista città di A, perché in questo paese non si fanno eccezioni.
Certe cose bisogna tenerle a mente quando c'è il sole e gli hobbit corrono tra gli scoiattoli e a Mister Wonder propongono un contratto a vita tra gli economisti marxisti e intorno tutti sorridono e ti dicono: « It's great to have you here, please stay ».

Christine, la macchina infernale

Può capitare che guidando l'automobile in affitto con i sedili auto-riscaldantisi, in direzione supermercato sulla Route 9 della città di A, due hobbit sul sedile posteriore si diano mazzate.
Può capitare anche che gli hobbit siano angelici, ma tu provi l'improcrastinabile necessità di controllarti il sopracciglio destro o la punta del naso.
Può capitare di sfiorare lo specchietto retrovisore, o di orientarlo verso il basso. Può capitare di accorgerti troppo tardi che il suddetto specchietto è dotato di quattordici minuscoli pulsanti, corrispondenti a quattordici funzioni ignote.

Può capitare di premere inavvertitamente l'unico pulsante rosso, che una voce proveniente dallo specchietto ti informi che questa è una chiamata di emergenza, che devi mantenere la calma e che presto un operatore verrà in tuo soccorso.
Può capitare che ormai il processo sia irreversibile e che schiacciare gli altri pulsanti non serva a nulla se non ad aumentare la tua ansia.
Può capitare che ti si annebbi la vista, che gli hobbit ripetano ossessivamente « cosa succede mamma-cosa succede mamma? » e che tu abbia dimenticato non solo l'inglese ma anche la tua lingua madre.
Può capitare che in preda all'agitazione cerchi di cambiare le marce della macchina automatica provocando un infernale stridìo.
« Sono l'operatrice 2.742. Respiri normalmente e mi spieghi senza panico qual è la sua emergenza. »
E pensi che in questo momento un'automobile sta andando a fuoco, una betoniera sta perdendo il calcestruzzo lungo la Mass Pike e una signora incinta in travaglio avanzato sta disperatamente schiacciando il pulsante rosso per avere aiuto.
E l'operatrice 2.742 non può rispondere, per colpa tua che non riesci nemmeno a spiegarle che è stato un terribile errore che, lo prometti, non si ripeterà mai più.

Un barese nella città di A

Da: Mister Wonder
A: Elasti
Oggetto: Ecchitt'e murt'
Ho fatto proprio la figura del barese. È appena entrato nel mio ufficio il transessuale con le treccine che fa le pulizie nel dipartimento e l'ho salutato cordialmente con un « Hello sir! » E quello (o quella, vaffanculo) mi ha risposto gelido: « I'm not a sir ». Ma, porco cane, e io che ci posso fare se 'sti rimbambiti vanno in giro con le treccine ma poi parlano con la voce di un baritono? Ecchitt'emurt.

25 aprile

Gli anni scorsi l'elasti-famiglia andava in manifestazione. Elastimamma e Mister Wonder raccontavano la storia dei fascisti e dei partigiani e gli hobbit tornavano a casa delusi per non avere incontrato nemmeno un *parmigiano* in tutto il corteo.
Nella città di A il 25 aprile è soltanto arrivata la primavera.
John e Emily hanno organizzato un barbecue a casa loro a base di hamburger, salsicce e superalcolici.
I nani sono andati a caccia di salamandre nel bosco insieme a Zac, Mat e Pat che la scorsa notte hanno dormito in una tenda canadese montata nel giardino di casa, scatenando sfrenate fantasie hobbit.
«Gradite un Bloody Mary o preferite un Margarita o magari un whiskey? E i bambini? Una *cream soda*, una *cherry soda* o una *italian soda*? Con ghiaccio, naturalmente.»
Dopo due Bloody Mary, Emily aveva caldo e ha preso la mountain bike. «Vado alle cascate e torno. Qualcuno vuole venire con me? La bici la presto io», ha detto mollando i suoi ospiti con le salsicce e gli hamburger.
John ha bevuto tre Margarita e quattro bicchieri di vino rosso californiano, si è seduto sulla sedia a sdraio e non si è più alzato.
Zac, Mat e Pat hanno preso due galloni di gelato nel freezer, lo hanno portato nella loro tenda e lo hanno divorato, insieme agli hobbit e alle salamandre.

Elastincontro 3
Un popolo dicchiù

Qualche tempo fa Elasti-mamma ricevette un messaggio di posta elettronica che iniziava così: « Cara Elasti, mi chiamo Nicôla e manco a farlo apposta sono di Bari, come tuo marito... »
Lei lo lesse a Mister Wonder, per telefono, e lui commentò laconico: « Siamo proprio un popolo dicchiù » (= Noi baresi siamo superiori, fichissimi, ineguagliabili).
Questa è la storia di Nicôla:
Nicôla viene da Bari, ama le orecchiette, le cicorie, le cime di rapa, il caffè e una ragazza finlandese che chiameremo, per comodità, Tuulikki, ché in Finlandia hanno nomi agili e di facile pronuncia.
Nicôla, per motivi ignoti ai più, è iscritto all'università di Poznan, in Polonia, dove studia interlinguistica seguendo a distanza corsi in esperanto. Si definisce linguista marxista, ha imparato a ordinare la birra in polacco e, durante i rituali di socializzazione, rigorosamente alcolici, erudisce gli amici slavi con universali e indispensabili passepartout come la canzoncina: « C tu marì, vué ben a mmé u cor mé u dok a ttéé ».
Tuulikki studia islandese e italiano all'università di Reykjavík e Nicôla, passionale e impulsivo come ogni barese che si rispetti, si è trasferito lassù per stare accanto all'amata.
Nicôla e Tuulikki comunicano nella lingua dell'amore che, nella loro personale interpretazione, è l'esperanto.
Nicôla si mantiene in Islanda facendo il ragazzo alla pari e accudendo un vichingo di anni uno che emette suoni gutturali e incomprensibili. « Dopo aver cambiato da solo il pannolino al vichingo nano mi sono sentito invincibile e indistruttibile », rac-

conta, « e la lacerante nostalgia per le cime di rapa si è fatta sopportabile. »
Nel frattempo l'Islanda è andata in bancarotta, il governo è crollato e Nicôla si è iscritto a un corso accelerato di islandese, dove la maestra gli fa i complimenti per la pronuncia, « ma non c'è niente di più facile per un barese, le vocali sono come nel mio dialetto ».
Il sogno di Nicôla è una casetta in Islanda, in campagna con una serra in cui coltivare cime di rapa e cicorie, « e in un angolo delle rose rosa, che piacciono tanto a Tuulikki ».

CAPITOLO 4

Come Wolverine

«Nano, non puoi metterti i guanti da sci. Fa troppo caldo adesso.»
«Per favore mamma... con i guanti mi sento Wolverine.»
Wolverine, al secolo James Howlett, detto Logan, è un mutante e un X-Man, è dotato di poteri rigenerativi, fisici e mentali, di sensi e istinti animali acutissimi, di agilità felina e di tre artigli che può estrarre a comando dal dorso di ogni mano.
È nato in Canada da una relazione extraconiugale tra sua madre, la signora Howlett, poi finita in manicomio, e il giardiniere.
«Uffa, va bene. Mettiteli se ti senti Wolverine.»
«Grazie. Adesso sono Wolverine. Mamma...»
«Dimmi.»
«Sei incinta?»

Amori nella città di A

Arrivano, lei davanti, sicura e scattante, lui dietro, ciondolante e svogliato.
Lei scruta il prato circospetta alla ricerca del posto migliore, lui attende passivo la scelta della sua signora.
Lei individua uno spiazzo verde immacolato sotto una quercia e lancia un'occhiata complice a lui che annuisce.
Viene steso un lenzuolo bianco e lindo, su cui si siedono, composta e rigida lei, rilassato e disinibito lui.
Lei estrae da un sacchetto una bibita marroncina a testa, con

ghiaccio, forse cappuccino freddo o magari Baileys e una scatola piena di bocconcini di pollo fritti e ketchup.
Sono le sei di pomeriggio e, nella città di A, è ora di cena.
I due si preparano al picnic nel parco e sorseggiano con la cannuccia il loro beverone, occhi negli occhi.
Lei si lava le mani con uno di quegli spray disinfettanti, considerati qui un bene di prima necessità, che uccidono tutti i germi e ti rendono asettico come un bisturi di sala operatoria.
Poi tira fuori una forchetta di plastica dal sacchetto e infilza un bocconcino per volta. Uno a me, uno a te, uno a me, uno a te e adesso un sorso di sbobba marrone altrimenti i *chicken nuggets* si *inchiummano* a metà strada, come direbbe Mister Wonder il barese.
Ogni tanto lei gli sorride e gli sussurra « I love you honey » o « I am so happy to be here with you, sweetheart », mentre lo imbocca con la loro unica forchetta.
Lui la guarda, con i suoi grandi occhi liquidi e ottusi, inclinando la testa in segno di apprezzamento ed emettendo gemiti di piacere a ogni boccone di pollo e ketchup.
Quando hanno finito lei pulisce, getta i rifiuti in un cestino, ripiega il lenzuolo, lo ripone nella sua borsa rosa e si incammina verso la macchina, con lui, il suo bulldog, al guinzaglio.

Acquisti compulsivi

Elasti-mamma è al supermercato con gli hobbit. Sono ormai lontani i tempi della spesa sovietica nei sacchi di iuta, insieme a Brenda, la vicina di casa integralista ecologista.
Adesso l'elasti-famiglia si serve in un tempio del consumismo globalizzato, in cui si trovano olive ascolane e *burritos*, prosciutto di San Daniele e *tzatziki*, *chicken tandoori* e involtini primavera, sushi e *zighinì*.
Con il carrello pieno di spesa e di hobbit, Elasti-mamma si dirige con passo incerto verso il banco della farmacia.
« How can I help you? » come posso aiutarla?
Mi può aiutare spiegandomi perché ogni mese devo dilapidare le mie sostanze, da oggi anche in valuta estera, in stupide fonti di frustrazione?

Non potrei usare meglio i miei soldi comprando, che so?, scarpe, biscotti al cioccolato, mascara effetto extention?
« Dove trovo i test di gravidanza? »
« Corridoio 72, scaffale 19. »
Costano la metà che in Italia, impossibile non approfittarne.
« Cosa c'è dentro quella scatola rosa, mamma? Perché l'hai messa nel carrello? È per noi? È un gioco? Si mangia? Possiamo aprirla? »

Quella sottile linea rosa

Gli hobbit dormono. Elasti-mamma legge la biografia della poetessa vestita di bianco che preparava del pane allo zenzero molto più conosciuto e apprezzato dagli abitanti della città di A delle sue poesie.
La scatola rosa è sul tavolo, ancora sigillata.
Senza nemmeno rendersene conto si ritrova in bagno, sola con lo stupido bastoncino bianco di plastica tra le mani.

Meglio aspettare qualche giorno. Già, molto meglio aspettare. Ma qui c'è scritto « test precoce ». Precoce vorrà pur dire qualcosa, no? E poi è un test americano e sicuramente sarà più sensibile dei nostri. E probabilmente anche più spietato. Va bene, aspetto domani. No, domani è troppo lontano. E poi, mal che vada, ho buttato via quattro dollari. Va bene. Lo faccio.
Che schifo. Se questa cosa dovessero farla i maschi avrebbero certamente inventato un metodo più evoluto. Ci deve essere un sistema migliore per scoprire se sei incinta che non sia fare pipì su un minuscolo bastoncino di plastica.
Okay. Fatto. Adesso chiudo gli occhi e conto fino a dieci.
Dieci, nove, otto... tieni chiusi gli occhi e non guardare!
Sette, sei... piantala di sbirciare!
Cinque... una linea rosa non incinta, due linee rosa incinta... o era il contrario?
Quattro, tre, due...
Tanto lo so che non sono incinta. Lo so che è stata l'ennesima idiozia fare l'ennesimo inutile test. La verità è che devi smettere di pensarci, che devi

rilassarti, che devi sintonizzarti sulle fasi lunari, sui ritmi della natura e sul rumore del tuo respiro, come fanno i bambini alla Reggio Preschool.
Uno, zero...
Va be', aspetto ancora qualche secondo.
Uno-due-tre-quattro-cinque-sei-sette-otto-nove-dieci!
Oh oh.
Una... due linee rosa. Due, non ci sono dubbi. Cosa volevano dire due linee rosa? Dove sono le istruzioni? Eccole, per terra.
« Two pink lines in the result window indicate that you are pregnant. »
Due linee rosa nella finestrella del risultato indicano che sei pregnant.
Cosa voleva dire pregnant?

La cosa

Ecco, sono incinta. Incinta e felice? No, al momento incinta e terrorizzata.
Ho paura di innamorarmi troppo presto di te, che sei ancora solo due sottili linee rosa e poco più, che potresti abbandonarmi domani, prima ancora di iniziare il tuo viaggio.
Ho paura di non essere capace, perché quando dicevo che volevo tre figli tutti dicevano « sei pazza, ma lo sai cosa significa? » e io, veramente, no, non lo so cosa significa.
Ho paura che Mister Wonder fugga con Smilla, la studentessa siberiana, come aveva pronosticato mia madre all'eventualità di un terzo hobbit.
Ho paura che sia maschio perché temo che mi manchino le energie per affrontare altro testosterone.
Ho paura che sia femmina perché essere un modello è un'impresa titanica, perché non saprei cambiarle il pannolino, perché avrebbe anche lei il problema dei peli superflui e perché le adolescenti mi terrorizzano.
Ho paura di non entrare mai più nei miei jeans e di trasformarmi in una matrona di mezza età.
Ho paura del parto, delle notti insonni, della gelosia, della nostalgia di un marito latitante e dell'insostenibile peso di un lavoro a tempo pieno.
Ho paura.
Ma mancava qualcuno e so che se non fosse arrivato lo avrei rimpianto per tutta la vita.

Io parlo da solo

« Sai mamma, io alla scuola americana ho iniziato a parlare da solo. »
« Ah. E in che lingua parli? »
« In barese. »

Big Jim

Gli hobbit sono tornati alla Reggio Preschool dopo la settimana di vacanza ed Elasti-mamma è tornata a leggere al caffè con il soffitto verde vicino alla ferrovia. Oltre ai due vecchietti in tuta da ginnastica che giocano a scacchi e allo studente che lavora a maglia, oggi c'è un tizio con i bicipiti e la mascella di Schwarzenegger. È arrivato poco dopo Elasti-mamma e si è seduto sul tavolino dietro il suo.
« Excuse me, da dove vieni? »
« Excuse me, hai per caso una penna? »
« Excuse me, ti piace qui? »
« Excuse me, posso offrirti una birra? »
Erano secoli che qualcuno non la abbordava.
Lei ha appena compiuto trentanove anni, è incinta per la terza volta, indossa una maglietta color melanzana con la scritta UNIVERSITY OF MASSACHUSETTS - MOM, ed è infinitamente grata a questo giovanotto ipertrofico.

Comunicazione di servizio

« Ma quando imparerai, Elasti? »
« A fare cosa? »
« A piegare il bucato. Guarda! Guarda questa maglietta, sembra uno straccio! Per non parlare delle felpe. Ma come è possibile? Non sai piegare neppure i fazzoletti! »
« A me piegare non interessa. »
« Ma che discorsi sono? Nemmeno a me interessa ma basta un po' di impegno. Guarda ti faccio vedere. »

«No, non guardo.»
«Devi imparare.»
«A casa di precisino maniacale ci sei già tu. E poi a cosa servono i vestiti piegati?»
«Allora guarda me: prendi la maglietta, la appoggi per bene su un piano...»
«Sono incinta.»
«E la stendi un po' con le mani. Poi prendi la manica destra...»
«Ho fatto il test americano.»
«La rigiri...»
«Due lineette rosa significa *pregnant.*»
«E la stendi con le mani...»
«Ehi, ti sto dicendo che...»
«Poi prendi la manica sinistra.»
«Scusa? C'è nessuno lì dentro?»
«E fai quello che hai fatto con la destra. Ma cosa stai facendo? Perché butti tutto per terra? No! Quelle erano già perfettamente piegate.»
Gli uomini non hanno il multi-tasking, hanno una limitata capacità di attenzione, possono essere ossessivi e maniacali. A volte non ascoltano, altre non sentono, spesso rimuovono.
Raramente sono in grado di esprimere le emozioni, il più delle volte guardano nel vuoto, rigidi come baccalà.
«Allora! Avete capito, tu e il tuo stupido bucato perfettamente piegato? Sono incinta che, in linguaggio non tecnico, significa che noi due aspettiamo un altro bambino o magari, se saremo particolarmente fortunati, o sfortunati, non ho ancora deciso, una bambina. Chiaro? Devo disegnarlo? Mimarlo? Dirtelo in dialetto bitontino? *Incinta!*»
«Ho bisogno di telefonare a mio fratello, lo zio con l'orecchino al naso.»

Le mamme della Reggio Preschool

Le mamme dei bambini della Reggio Preschool, dopo avere accompagnato i loro figli all'asilo, si tolgono i jeans in macchina, restano in calzoncini corti e vanno a fare jogging nel bosco.

Poi forse vanno a casa o a fare la spesa o magari a lavorare, anche se qui molte mamme decidono di smettere per qualche anno, finché i figli non crescono un po'. Vantaggi e svantaggi di una precarietà professionale strutturale, per cui ogni contratto è a progetto e rigorosamente a termine e dal mercato del lavoro si entra e si esce come dalla porta della cucina. «Mio marito ha un dottorato in architettura industriale, adesso fa l'informatico, gli fa schifo ma lo pagano bene e comunque tra sei mesi gli scade il contratto e dovrà trovare qualcos'altro. Io ho un master in medicina dello sport e per tre anni ho fatto la contabile in un'azienda ma la ripetitività mi uccide e quindi me ne sono andata. Adesso, quando la mia Julia sarà più grande, vorrei insegnare alla scuola elementare o magari lavorare nelle produzioni televisive.»
Queste mamme sono la versione fricchettona e cresciuta delle reginette di bellezza al ballo della scuola. Sono competitive, divise in fazioni e si guardano in cagnesco, dietro enormi occhiali da sole.
Da qualche giorno hanno deciso che essere amiche di Elasti-mamma è socialmente vincente.
«Sarebbe fantastico se venissi con Sharon, Cindy e me a prendere un caffè dopo il jogging nel bosco», dice Molly, mamma alfa. «Sai, io, Sharon e Cindy eravamo al college insieme e appartenevamo tutte e tre alla *Omega Fraternity.*»
«Perché tu e i tuoi bambini italiani e adorabili non venite ai giardini con noi? Siamo così tristi che tra qualche giorno partite... così tristi...» dice una tizia in tuta mimetica, che Elasti-mamma non ha mai visto prima.
«Il nostro circolo di madri ebree avrebbe tanto piacere ad averti come ospite mercoledì sera per la lettura collettiva di *Jewish Mothers: Strength, Wisdom, Compassion*», dice Ruth, mamma di Shlomo.

Chiamatela Doreen

«Elasti, tu non me la conti giusta.»
«In che senso Doreen?»

«Hai uno strano sguardo.»
«Strano?»
«Uno sguardo acquoso e placido, da gatta morta.»
«Sarà il travolgente successo che riscuoto tra i clienti di sesso maschile al caffè vicino alla ferrovia.»
«Lo escludo. Elasti, tu sei incinta.»
«Be'.»
«Io non mi sbaglio mai.»
«Effettivamente...»
«A questo punto devi chiamarla Doreen.»
«Ehm, ci penseremo. È ancora un po' presto.»
«Già, Doreen. E se è maschio, povera te, lo devi chiamare A.»
«A, come la città di A?»
«Già. Ora devo andare. Mi stai facendo perdere tempo.»

Un paese senza streghe

Nella città di A, i bambini sono biondi e lentigginosi, portano maniche e calzoni corti e non conoscono l'uso delle calze, anche quando la primavera stenta ad arrivare.
Non hanno particolare familiarità con l'acqua e il lavaggio di piedi e mani sembra essere un'attività sporadica.
Sono curiosi, buffi e parlano una lingua incomprensibile. Sono mediamente vivaci, selvaggi, disubbidienti. Non troppo diversi dagli hobbit.
Tuttavia le altre mamme non gridano mai.
Nella città di A sgridare i propri figli urlando in mezzo alla strada, fare il conto alla rovescia per farli salire in macchina minacciandoli di privarli di cioccolato-caramelle-guanti, strabuzzare gli occhi e trasformarsi in strega sono considerati comportamenti socialmente inaccettabili.
Qui le madri sussurrano, incoraggiano, ascoltano e, al culmine dell'esasperazione, contraggono la mascella.
Alcune mantengono il controllo con grande naturalezza come se non conoscessero quella furia selvaggia che prende lo stomaco di fronte a un nano riottoso in età prescolare.

Altre fanno più fatica, hanno un guizzo luciferino nello sguardo, la voce che si rompe o la mano che trema un po'.
Ma nessuna alza mai la voce.
Non la alza la mamma di Tim, mentre trascina suo figlio fuori dalla tenda in cui abita quando è all'asilo. Non la alza nemmeno la mamma di Elliott, che cerca di uccidere Sienna lanciandole addosso la gabbia del coniglietto.
Le mamme della città di A sono disciplinate, pacate, educate e probabilmente un po' represse, o almeno così si consola elasti-strega quando non riesce a imitarle.

Shopaholic dei miei stivali

« Ma come, Elasti, non sei ancora andata al *mall*? » chiede Cindy, una delle mamme della Reggio Preschool, sfoggiando i suoi nuovi sandali italiani.
« Il *mall*? »
« Ma certo! Il tempio dello shopping nella città di A. Non dirmi che non hai ancora fatto shopping qui in America. Ce l'hai una carta di credito? »
« Sì, ma... »
« Non puoi partire senza avere fatto un giro al *mall*. Se vuoi ti accompagno... »
Tutti le avevano detto che negli Stati Uniti si viene colti da consumismo compulsivo. « Vedrai, non riuscirai a trattenerti, comprerai vagonate di cose: magliette, scarpe, accessori, libri, oggetti di elettronica, creme, pantaloni. L'America è il paradiso dello shopping », dicevano.
Ed Elasti-mamma a oggi, alla sua quinta settimana nella città di A, ha comprato una biografia della poetessa vestita di bianco e un test di gravidanza.
Che tristezza.
Stamane, di nascosto da Cindy, Elasti-mamma è andata in missione al *mall*.
Il *mall* è come l'Ipercoop di Sesto San Giovanni ma molto, molto più grande.
Al *mall* vendono le infradito e gli anelli di fidanzamento con il

brillante incastonato, il gelato con gli orsetti gommosi dentro e le scrivanie per ufficio, i televisori al plasma e l'aspirina, i cuccioli di labrador e le automobili. Al *mall*, se lo chiedi, ti fanno la ceretta e il quadro astrale, ti allenano per la maratona di New York e ti insegnano gli ideogrammi.
Al *mall* c'è tutto, troppo.
Ed Elasti-mamma è rimasta lì, a bocca aperta, paralizzata, incapace di intendere e di volere.
Ha comprato un pigiama grigio-topo per sette dollari e due paia di pantofole di plastica per gli hobbit, un must per i bambini della Reggio Preschool.
Se glielo confessa, Cindy non sarà più sua amica.

Maschi

A tavola, Elasti-mamma e gli hobbit.
«Mamma.»
«Dimmi, nano grande.»
«Ma tu, prima di papà, quanti fidanzati hai avuto?»
«Qualcuno...»
«Qualcuno non significa niente. Ti ho chiesto quanti esattamente.»
«Non so... fidanzati-fidanzati? Quelli seri?»
«Perché hai avuto fidanzati seri e fidanzati non seri?»
«No, no, be'... diciamo cinque... sei...»
«Ah però!»
«Non sono mica tanti...»
«Secondo me sono tantini... e come si chiamavano?»
«Uhm, fammi ricordare. Paolo, Carlo, Tommaso, Lorenzo, Filippo, Aldo, Luca, un altro Stefano... poi c'è stato Antonio, be' poi naturalmente Giulio. Poi... un po' più di sei forse.»
«E li amavi?»
«Boh. Ero molto giovane. Qualcuno sì, credo.»
«E poi perché vi siete lasciati?»
«Perché non andavamo d'accordo, o magari non ci volevamo bene abbastanza.»
«Ah. E papà?»

«Papà cosa?»
«Non è che a un certo punto fai la furba e lo lasci?»
«La furba? Ma che dici? No, non lo lascio.»
«Sicura?»
«Sicura.»
«Sto tranquillo?»
«Tranquillo.»
«Mamma...»
«Dimmi, nano piccolo.»
«Tu sei una femmina, io sono macchio.»
«Già, tu sei un maschio.»
«Io ho pèllo.»
«Già, hai il pisello, come tutti i maschi.»
«Vuoi vedele mio pèllo?»
«No, grazie. Non voglio vederlo.»
«Io ho béllo pèllo, sai mamma?»
«Sì, nano. Non ne dubito, ma adesso per piacere tirati su quei pantaloni e finisci le polpette.»

Sandy

Ci sono le mamme *posh,* le mamme alfa, le mamme *fancy* e le mamme *freak,* alla Reggio Preschool, e poi c'è Sandy, la mamma di Billy, troppo occupata a tenere insieme i pezzi del maniacale ordine universale del figlio per perdersi nelle gare tra *yummy mummy.*
«Volevo ringraziarti ancora per averci invitato a casa tua, l'altro giorno. È stato molto bello», le ha detto Elasti-mamma, vedendola accovacciata nella sabbiera dell'asilo insieme a Billy che costruiva un muro e urlava che chiunque l'avesse attraversato sarebbe morto fulminato.
«No, è stato orribile. Billy è stato orrendo con voi e io ero terribilmente a disagio. È la prima volta che abbiamo ospiti e non siamo molto bravi.»
«Ma che dici? Gli hobbit e io siamo stati felici di stare con voi e alla fine il grande ha detto che è stato *fantastic,* che in italiano si dice *fantastico.*»

«Veramente?»
«Sì, Sandy, veramente.»
«Non so. E poi mia madre... che ti ha obbligato a mangiare quell'intruglio dietetico e che quando le hai detto che avresti voluto un terzo figlio ti ha consigliato di prenderti un cane... che imbarazzo!»
«Mia madre avrebbe probabilmente dato un consiglio simile... e poi...»
«Poi?»
«Devo dirti una cosa che è ancora un po' segreta ma mi fa piacere che tu la sappia... aspetto un bambino.»
«No!»
«Sì!»
«...»
«Sandy, ma che fai?»
«...»
«No, Sandy, non piangere.»
«Sono così felice. Posso abbracciarti?»
Sandy si scioglie in un abbraccio lacrimoso.
Loro, gli americani, possono essere anche così, come Sandy, stupita, disarmante e commossa. Possono invitarti a casa loro, mostrarti quanto possono essere vulnerabili, tenderti la mano e offrirti una bevanda ipercalorica. Possono decidere dopo quattro minuti che sei loro amica e mettere da parte la competizione, a cui li hanno allenati sin da piccoli, e il loro ego vincente che lucidano ogni mattina. E abbracciarti singhiozzando, gioendo della tua gioia che non riescono a contenere. Possono essere, in alcuni casi, talmente candidi e ingenui da farti sentire coperta di macchie.

BBQ

«Elasti, tra poco partite!»
«Già, ho il cuore spezzato.»
«Dobbiamo festeggiare per bene.»
«Con piacere.»
«Vi invito a un barbecue nel mio giardino.»

«Che bello. Grazie.»
«Viene anche Doreen.»
«Benissimo.»
«Avete *food restrictions*?»
«Scusa?»
«Sì, insomma, avete idiosincrasie alimentari, fisime, allergie?»
«No, siamo orgogliosamente onnivori.»
«Benissimo. Allora hamburger vegani per tutti e budino di tofu e arachidi come dessert.»

Odori

L'aria della città di A sa di legno bagnato, di sciroppo d'acero e di polvere. Sa di succo di mela con i biscotti al cioccolato inzuppati dentro che è una grande porcheria ma agli hobbit piace moltissimo. Sa di gelato al gusto *brownie* con le noccioline caramellate dentro, sa di bidone dei rifiuti organici pieno di formiche e di parquet coperto di briciole.
Sa di biblioteca e di libri, di tappeto su cui un bambino ha fatto pipì, sa di ruscelli e di laghi, di vento, di neve e di sole, tutti nello stesso giorno. Sa di muffin ai mirtilli e di caffè annacquato, di yogurt, di panni tirati fuori dall'asciugatrice e di barbecue.
Sa di sapone, di letto sfatto, di un abbraccio al buio, di sonno senza sogni.
L'aria di A sa di fuga e di vertigine, di focolare e trasgressione, di paglia intrecciata della sedia della nonna.

Un orso nel mio giardino

Il Gazzettino della città di A scrive oggi in prima pagina che la signora Pauline, residente poco lontano dall'elasti-casa, ha trovato un orso nel suo giardino e lo ha anche fotografato. Era un orso vero, bruno, con le orecchie e gli artigli da orso.
Cercava disperatamente di estrarre da un contenitore appeso a un albero un pappone a base di pane e sciroppo d'acero che Pauline prepara ogni mattina per gli uccellini.

« Non riuscivamo a mandarlo via », racconta Pauline, immortalata in vestaglia sull'uscio di casa mentre fa il segno della vittoria.
Pare che l'orso, frustrato dai suoi fallimentari tentativi di raggiungere il pappone, a un certo punto si sia stufato e, stizzito, abbia dato un'ultima zampata al contenitore per poi andarsene scuotendo il capo.
Elasti-mamma pensava che certe cose succedessero solo nella fattoria di nonna Papera, alla periferia di Paperopoli.

Belly dancer

Il Centro per la cultura ebraica dell'università della città di A ha organizzato una grande festa su un prato del campus. C'erano spiedini kosher, birra kosher, pretzel, studenti che fumavano narghilè non kosher, musica a tutto volume, un coro a cappella, un campo di pallavolo e un tappeto gonfiabile per fare i salti.
Poi si è fatto silenzio. Ed è arrivata lei, scalza e seminuda. La *belly dancer*, la ballerina di danza del ventre.
Tutto si è fermato, tranne i tamburi e la sua pancia.
Ha ballato sul prato, facendo tintinnare le monetine intorno alla vita e i bracciali alle caviglie, lasciva e sensuale.
Poi ha preso il microfono e ha detto che aveva bisogno di un partner per continuare il suo spettacolo.
E gli studenti con la kippah in testa, gli occhialini e l'aria da intellettuali, sono arrossiti e hanno abbassato gli sguardi.
« Come on guys, let's dance together. It's easy! » Su ragazzi, balliamo insieme, è facile!
Nessuno si faceva avanti. Silenzio, spiedini sulla griglia e imbarazzo crescente.
Poi un piccolo hobbit si è tolto le scarpe, le calze e la felpa. Ed è rimasto in jeans, maglietta, guanti verdi, piedi nudi e ricci scomposti.
Ha guardato serio, con i suoi occhi tondi, la ballerina e le si è avvicinato.
« Io e l'eloe Chivalà voliamo ballale » (= Io e il mio amico immaginario più impavido, l'eroe Chivalà, vorremmo ballare. Perché

il ritmo ce lo abbiamo nel sangue e non conosciamo freni inibitori. Hai chiesto un cavaliere? Siamo qui in due. Adesso fai partire i tamburi che siamo venuti apposta).
Lo spettacolo è potuto proseguire senza intoppi.

Epifanie

Elasti-mamma sta cercando di non pensare che domani salirà su un aereo e tornerà a casa. Preparerà le valigie all'ultimo momento per ritardare la malinconia e cercherà di non salutare nessuno perché detesta le transizioni.
«Mamma, come si dice addio in inglese?» ha chiesto lo hobbit grande stamane.
«Non si dice, perché noi in questo posto torneremo, te lo prometto.»

In questo posto torneremo perché questo posto mi ha preso il cuore, la pancia e la testa. Perché questo posto ha tutto quello che a noi manca. Nonostante il timpano perforato, un'escursione termica di trentacinque gradi nell'arco di ventiquattro ore, come succede solo nel deserto del Kalahari e su Marte, un esercito di vegani e l'assenza di lievito di birra in cubetti.
In questo posto abbiamo scoperto che sapore ha essere una famiglia normale, e vivere senza correre, fermandosi a guardare gli scoiattoli e a chiacchierare con i passanti. Abbiamo scoperto che in quattro si sta bene, talmente bene che si trova tempo e spazio anche per il numero cinque.
Ho scoperto che questo posto mi basta per essere felice.
Ho scoperto che non ho paura di chiudere gli occhi e buttarmi, che ho voglia di trovare altre strade, che avevo bisogno di una pausa, che, vista da lontano, la mia vita è una totale follia.
E ora ho paura di tornare, di ricominciare a correre a perdifiato, di smettere di giocare con gli hobbit e di dimenticarmi quanto sia bello guardarli crescere.
Mi mancherà la città di A, i suoi ritmi placidi, i suoi pancake, la sua libreria e la fiducia nel futuro e nella rivoluzione dei suoi abitanti.
Mi mancheranno le idiosincrasie dei vegani e il vecchino che gioca a

scacchi, mi mancheranno gli scoiattoli infestanti, le salamandre e la paura di trovare un orso nel giardino.
Mi mancheranno la quiete e i silenzi, la Reggio Preschool e i suoi bambini allo stato brado, il caffè vicino alla ferrovia e il suo cappuccino con troppa schiuma.
La città di A mi ha aperto gli occhi sulla possibilità di un'alternativa.
Devo farne tesoro e trovare la strada che non sia necessariamente una vita americana.

Lasciateceli

«Non è che ce li potete lasciare qui?»
«Scusa?»
«I due hobbit. Ormai li amiamo e non possiamo lasciarli andare.»
«Grazie Rachel, ma temo che sia impossibile.»
«La Reggio Preschool non sarà più la stessa senza i piccoli nani con i guanti. E poi stavo pure imparando l'italiano accidenti... che tristezza.»
«Già, che tristezza.»

Elastincontro 4
Sara

Avevi lo sguardo curioso, il sorriso da bambina e i capelli corvini che per magia non sono mai diventati bianchi.
Avevi dita sottili e profumo di crema idratante e di lacca.
Nel 1930 avevi sedici anni e decidesti che eri atea e comunista, oltre che ebrea, ma quello non lo scegliesti tu. Se non fossi stata tanto timida e cagionevole avresti fatto la rivoluzione.
Un giorno il tuo papà disse: «Scappiamo, altrimenti quelli ci porteranno via», e siete partiti di notte, come ladri, lasciando tutto quello che avevate, prima che quelli inghiottissero le vostre vite e il vostro futuro.
Tu partisti per l'Egitto, con un giovane medico che ti amava e si prendeva cura di te, mentre tu sognavi, studiavi e guardavi il mondo con stupore.
Attraversasti la vita leggendola sui libri, nelle retrovie. Eri troppo fragile e troppo candida per la prima linea.
Eri lieve, distante, quasi incorporea.
Mangiavi yogurt e zucchine lesse perché il cibo era un dovere e la varietà un'inutile fatica.
Una notte ero piccola e infelice e tu mi dicesti: «Se vuoi puoi dormire con me».
«Nel tuo letto, nonna?» chiesi incredula, perché la tua intimità era altera e inespugnabile.
«Sì, quando si è tristi bisogna stare vicini.»
Forse quella notte eri triste anche tu perché mi tenesti la mano stretta fino al mattino, come non avevi mai fatto con nessuno.
Te ne sei andata un giorno di settembre di qualche anno fa.
Ti ho lasciata andare solo perché tu volevi così e fuori c'era il sole

e dentro avevo un bambino che avrebbe dato un senso alla tua assenza.
Ti ho lasciata andare solo perché sapevo che avresti lasciato tracce di te lungo la mia strada, come fanno le persone speciali.
Ti ho lasciata andare, grata del privilegio di averti incontrata.

CAPITOLO 5

Tornati

L'elasti-famiglia è tornata a casa, stremata da ore di viaggio e dal jet-lag ma sana e salva. Almeno i tre quarti di essa. Il quarto quarto, Mister Wonder, è convinto di avere l'influenza suina, starnutisce e dorme ininterrottamente da ventiquattr'ore. Probabilmente si tratta soltanto di raffreddore da fieno misto a sconforto per l'imminente partenza per Londra ma gli economisti marxisti baresi si credono supereroi e mai ammetterebbero di essere colpiti da disturbi banali come l'allergia ai pollini e la malinconia.
Elasti-mamma sta cercando di persuadere se stessa e gli hobbit che vivere in una casa di mattoni, come a Milano, e non di legno, come nella città di A, ha degli indubbi vantaggi.
« Per esempio, mamma? Dimmi un vantaggio », chiede lo hobbit grande.
« Per esempio se venisse il lupo dei tre porcellini inferocito e ci soffiasse sopra non ce la butterebbe giù, come invece farebbe con la casa con il tetto rosso della città di A. »
« Ma noi z'abbiamo Malìoteleso e l'eloe Chivalà che plendono il lupo e lo buttano nel camion della spazzatula amelicano » (= A parte l'idiozia di questo esempio che oltre a non far ridere, non è né plausibile né convincente, ti ricordo che noi, a differenza di tutti gli altri esseri umani, abbiamo al nostro fianco i miei due prodi amici immaginari, Marìotereso e l'eroe Chivalà, i quali, nella remota ipotesi in cui un improbabile lupo ci attaccasse, lo catturerebbero e lo consegnerebbero al camion della nettezza urbana che gli troverebbe un impiego onesto nei servizi al cittadino della città di A), dice lo hobbit piccolo.

Nonostante l'allergia, la nostalgia, la paura di ricominciare tutto come prima, l'elasti-famiglia ha ritrovato il suo mondo come lo aveva lasciato: i giocattoli, i libri, il disordine strutturale, i vestiti invernali nell'armadio e i calendari con le foto degli hobbit (di Elasti-mamma) e con le foto di Che Guevara (di Mister Wonder), fermi al mese di marzo.
Un mondo rassicurante e tiepido, oggi con qualche crepa in più e un minuscolo fagiolo pulsante nella pancia.

AAA Lucia e Benedetto cercasi

« Mamma, Malìoteleso sta fazendo la cacca » (= Mamma, volevo comunicarti che Marìotereso, il favorito tra i miei numerosi amici immaginari, sta facendo la cacca in questo momento, proprio come me. Del resto la sintonia tra le persone si vede anche da queste piccole cose).
« Bene, nano. Ma tu hai finito? È mezz'ora che sei seduto lì. »
« No. Pelò Malìoteleso sì » (= No, mamma. Purtuttavia Marìotereso ha terminato).
« Buon per lui. »
« Dèzzo tu devi pulillo » (= Ora, cara mamma, ti tocca pulire il mio amico).
« Nemmeno per idea. Marìotereso ha una mamma e un papà? »
« Zelto. Si chiamano Luzia e Benedetto » (= Naturalmente ce li ha. Si chiamano Lucia, come la manzoniana Lucia Mondella, e Benedetto, come Benedetto Sedicesimo, in latino Benedictus XVI, vescovo di Roma, Sommo Pontefice della Chiesa Cattolica, insomma il papa).
« Bene. Allora mamma Lucia o papà Benedetto penserà a pulire Marìotereso. »
« Non pozzono. Luzia sta cantando una bella cantzone e Benedetto sta lezzendo un liblo. Malìoteleso devi pulillo tu, mamma. »

Cara Lucia, caro Benedetto,
ho accettato di buon grado di accogliere vostro figlio Marìotereso nel muro della mia cucina e ho lasciato che venisse con noi negli Stati Uniti, viaggiando nello schienale del sedile dell'aereo, vicino all'ambìto fine-

strino. Gli ho consentito di giocare con lo hobbit piccolo, assistendo impotente a litigate furibonde, di andare con lui all'asilo americano delle libertà e di dividere con lui polpette e yogurt che finivano regolarmente spiaccicati addosso alla piccola Sienna, colpevole solo di essere bionda e graziosa. Ho persino lasciato che fumasse un sigaro al Quincy Market di Boston, travestito da statua di bronzo. Ho dato anche a lui le nocciole per nutrire gli scoiattoli e gli ho allacciato la cintura di sicurezza sulla macchina pacchiana con il cambio automatico che ogni tanto si imbizzarriva e telefonava da sola alla polizia.
Gli ho raccontato la storia del Gruffalo, facendogli posto sul lettone tra uno hobbit piccolo e uno grande, e ho aggiunto un po' di acqua calda nel bagno ogni sera perché, ho saputo, lui ama la vasca piena fino al bordo.
Insomma, cari Lucia e Benedetto, ho aperto le braccia a vostro figlio, alle sue stranezze e alle sue intemperanze, come fosse mio.
Ma adesso basta. Assumetevi le vostre responsabilità e venite a riprendervelo.

Anelli e reggiseni

Quando Elasti-mamma andava alla scuola materna aveva un fidanzato che si chiamava Ludovico Zaccaria.
Una mattina il piccolo Ludovico trovò sul lavandino del bagno di casa sua un anello bellissimo tutto d'oro con due enormi brillanti. Se lo mise in tasca e lo portò a scuola. Quando la vide sorrise e disse: « Tieni Elasti, questo è per te, in segno del mio amore e del nostro matrimonio ».
Lei prese l'anello, se lo provò e si accorse che era un po' grande, ma era meraviglioso ed era pur sempre un regalo di Ludovico Zaccaria. Allora disse: « Grazie, è un regalo bellissimo. Adesso me lo metto in tasca, quando sarò più grande me lo metterò al dito in segno del tuo amore e del nostro matrimonio », e se ne andò.
Quel pomeriggio stesso la signora Zaccaria, mamma di Ludovico, chiamò a casa nonna K, la mamma di Elasti, chiedendo se per caso avesse trovato un prezioso anello d'oro con i brillanti.
Lei dovette restituire quel regalo bellissimo e Ludovico si prese una bella sgridata.

«Che storia triste, mamma!»
«Ma no, nano, non è triste. Ludovico Zaccaria e io ci amavamo anche senza l'anello. È una storia che insegna che non bisogna rubare, nemmeno per una buona causa, nemmeno per amore.»
«Ah... io comunque non avrei mai fatto come Ludovico... Io ad Alessandra non regalerei mai un anello tuo.»
«Bravo amore. E che cosa le regaleresti?»
«Se proprio proprio dovessi rubarti qualcosa, le regalerei un tuo reggiseno.»

Animali strani

Siamo animali abitudinari che arrivano in un posto e occupano i cassetti, i letti, le librerie e la cesta dei giochi. Che quando prendono un aereo hanno il batticuore e quando atterrano si mettono comodi. Che dopo tre giorni hanno messo radici e si sentono a casa. Siamo animali impermeabili, troppo inquieti per avere nostalgia e troppo curiosi per guardarci indietro.
Dove ci mettono stiamo e siamo felici perché ci hanno allevati leggendoci la storia di quella scema di Pollyanna che era sempre contenta, e insegnandoci che «rimpianto» è una parola proibita.
Siamo animali gaudenti e un po' superficiali che arrivano nella città di A e si dimenticano che in quel paese si vendono armi agli angoli delle strade e quasi cinquanta milioni di persone non hanno il diritto di ammalarsi perché non hanno un'assicurazione.
Siamo animali adattabili e volubili che si innamorano in ventiquattr'ore e decidono che la città di A è il migliore dei mondi possibili. Ci affezioniamo al succo di mela, al supermercato sulla Route 9, all'odore di polvere della biblioteca, all'assordante rumore del treno che passa e va fino a Washington senza fermarsi e a tutti coloro che ci sorridono per la strada perché l'amicizia è un concetto astratto e relativo.
Poi un giorno partiamo, convinti che mai sopravviveremo a questo strazio. Perché quella era casa, famiglia, nido, perfetta felicità. E piangiamo pure un po', tirando su con il naso, ma solo per cinque minuti, perché nell'aereo di ritorno ci sono proprio dei bellissimi film e chi ha detto che gli aeroporti sono inospitali?

Siamo animali abitudinari che tornano e ritrovano i loro punti fermi, un po' impolverati e arrugginiti, ma ancora fermi. E allora prendiamo la bicicletta e pedaliamo, perché la primavera è bella anche qui e poi, vuoi mettere gli amici dell'infanzia e il panettiere con i baffi che ti ha vista nascere? Vuoi mettere una storia lunga millenni, le cotolette della mamma e il lievito di birra in cubetti? Vuoi mettere la redazione che lo so che tra tre giorni sarò già stufa ma è famiglia anche questa, no?
Siamo animali abitudinari e confusi che non sanno cosa vogliono, che vacillano e si aggrappano, che ridono e singhiozzano, che piantano una bandierina in ogni giardino e uno spazzolino da denti in ogni bicchiere.
Siamo animali strani che un giorno, ma non ora, dovranno decidere che cosa fare da grandi.

Un sadico o un folle

«Devo fare uno *shutdown.*»
«Chissenefrega.»
«Nel weekend mi sono proprio rilassato.»
«Ultimamente sono spossata. Sarà che mi manca il ferro.»
«Magari sei incinta.»
«Io ho sempre avuto la cellulite. Una volta mi sono tagliata una coscia con un vetro e sono usciti tanti pallini bianchi: era la cellulite.»
«Ma che schifo! Pallini bianchi tipo polistirolo?»
«Tipo.»
«Le donne non possono fare la *haka.*»
«Se è per questo le donne non possono fare moltissime cose.»
«Se qualcuno mi mantiene io sto anche a casa a fare la calzetta.»
«Io sto a casa a farmi l'idraulico.»
«Il capitano della squadra di cricket dello Sri Lanka si è dimesso.»
«Quel Mourinho sa il fatto suo.»
«Quindicimila euro per ristrutturare il bagno sono una follia.»
«Vorrei vivere di rendita con i diritti d'autore di una canzone natalizia per bambini scritta da mio padre, come il protagonista

di *About a boy*. Se mio padre invece che stressarmi dalla mattina alla sera avesse scritto una canzone di Natale per bambini, adesso non lavorerei in questo posto con voi sfigati.»
«Prima o poi qualcuno entra qui con un bazooka e fa una strage. E avrebbe pure le sue buone ragioni.»
«Ma chi ha mangiato il tonno direttamente dalla lattina nel bagno delle donne?»
L'inventore degli open space era un sadico o un folle.

Un, due, tre

La prima volta si sentiva investita di una missione sovrumana, si sentiva emanazione diretta di una forza onnipotente, si sentiva in contatto diretto con l'universo.
Viveva in un cronico stato di ebete euforia, smaniosa di condividere, annunciare, trasmettere. Avrebbe parlato per ore di toxoplasmosi, acido folico e ormone beta HCG. La ginnastica per il pavimento pelvico era diventata una irrinunciabile ossessione. Nella sua delirante interpretazione di dea della fecondità metteva in fuga i parenti, gli amici, le signore alla fermata dell'autobus e il cassiere del supermercato.
Nell'estasi dell'invasata, trovava piacevoli le nausee, rassicurante la narcolessia, gradevole l'acidità di stomaco, divertenti quindici risvegli per notte per fare pipì.
La prima volta era in armonia con la natura ma socialmente intollerabile, pesante come un debito, o come l'uranio.
La seconda volta si sentiva navigata e consapevole. Non aveva bisogno di atti dimostrativi e si limitava a covare l'intimo orgoglio di un bis. L'inesperienza la infastidiva un po' e se incontrava una primipara la guardava con annoiato distacco e benevolo compatimento. Continuava a contrarre il pavimento pelvico ma con meno convinzione di un tempo e si dimenticava dell'acido folico un giorno su due.
Aveva imparato un dignitoso riserbo anche se talvolta ripiombava in quella fissità estatica da santa illuminata. Vomitava e imprecava contro il meschino destino delle donne, crollava addormentata sul tram e si sentiva un'idiota, all'ottavo risveglio pipì

scuoteva il marito dormiente per il solo gusto di condividere la croce dell'incontinenza.
L'armonia cosmica si era un po' incrinata e quei nove interminabili mesi le sembrarono un po' eccessivi, anche per un'emanazione diretta di Cerere.
La terza volta si sente uno straccio, cerca di non pensarci perché sa quanto sono fragili e sospese quelle due sottili linee rosa e non vuole dirlo a nessuno.

Promessi sposi

Sono le nove del mattino ed Elasti-mamma sta pedalando tra le polvere sottili milanesi e le rotaie del tram sul lato lungo del «quadrilatero della moda». Ha deciso che fino a quando un'ecografia non avrà identificato un fagiolo pulsante nella sua pancia, lei farà finta che non esista, mangerà il prosciutto crudo, accarezzerà i gatti che incontrerà sulla sua strada e andrà in bicicletta. *Tamquam non esset*, come avrebbero detto il suo professore di latino e greco del liceo e Towanda, la dotta suocera.
Bip-bip.
Un sms, da Artù, l'augusto fidanzato di nonna K.
«Elasti, sono Artù. Vorrei chiederti la mano di tua madre. Grazie.»

Caro Artù,
che sei un signore di altri tempi, vivi in un castello in Val d'Aosta e da quindici anni, come io da trentanove, argini con alterni successi la follia dell'inquieta nonna K.
Caro Artù, che hai i capelli bianchi, una scarsa dimestichezza con la tecnologia e nell'unico sms che abbia mai ricevuto da te mi chiedi la mano della mia mamma come un aspirante genero 2.0.
Caro Artù, la mia risposta è sì, sempre che tu sia veramente convinto e consapevole, sempre che nonna K lo sappia e sia d'accordo, sempre che tutto questo non sia uno scherzo.

Perché no?

« Ma tu, collega Irene, come hai conosciuto tuo marito? » chiede Elasti-mamma in una pausa pranzo amarcord.
« Durante un fine settimana in barca con amici. Ero in un periodo inquieto e creativo della mia vita. Ho pensato che un po' lui mi piaceva. Ma piaceva anche a un'altra tizia in barca con noi. »
« E cos'hai fatto? »
« Gli ho fatto piedino mentre prendevamo il sole nel pozzetto, lui, l'altra e io. »
« Tu gli hai fatto piedino?! »
« Certo, perché no? »
« Perché a me verrebbero l'ansia, la tachicardia, la nausea e perderei il controllo degli arti alla sola idea di fare piedino a qualcuno. »
« Io ho pensato che non avevo niente da perdere, che tentar non nuoce e che ogni lasciata è persa. E poi ero in un periodo inquieto e creativo, te l'ho detto. »
« Io nei periodi inquieti e creativi mi chiudevo in casa e ascoltavo Guccini e gli Inti Illimani. Ma lui, mentre tu gli facevi piedino, cosa faceva? »
« Niente. Non capiva. Sai quanto sono tordi gli uomini... »
« E quindi? »
« Quindi io dopo un po' mi sono stufata e mi sono detta: okay, non gli piaccio. »
« Io sarei andata a prua a vomitare per l'imbarazzo. »
« Io invece sono andata a farmi pane e Nutella in coperta. »

La grigliata di Fidel

« Papà, raccontami ancora di Che *Vegara.* »
« Di Che Guevara? Dove eravamo rimasti? »
« Eravamo rimasti che Batista aveva un esercito fortissimo e con quello voleva sconfiggere Che Vegara e Fidel Castro. »
« Ah già, l'estate del 1958. »
« Eh appunto, quell'estate lì. »
« Che Guevara e Fidel con i loro uomini se ne stavano nella Sier-

ra Maestra e Batista era veramente stufo e voleva liberarsi di loro definitivamente.»

«E allora chiamò un esercito grandissimo pieno di armi.»

«Già, un esercito di soldati molto più armati, più preparati e più forti rispetto agli uomini di Fidel.»

«Però Fidel faceva la grigliata e vinceva.»

«Scusa?»

«La grigliata di Fidel, me lo hai raccontato tu.»

«Io ti ho parlato di grigliata?»

«Certo, perché?»

Lo hobbit grande è una creatura gaudente, ama le ragazze, il cioccolato, le lasagne e il prosciutto crudo. Per lui la guerriglia è una grigliata tra amici, a base di braciole e bruschette. Se poi si unisce l'utile al dilettevole e tra una salamella e uno spiedino si rovescia Batista e si instaura il comunismo a Cuba, tanto di guadagnato.

La formazione della coscienza politica del primogenito sarà per Mister Wonder una strada lunga, laboriosa e accidentata.

Pensieri lubrichi

«Elasti, non ti farò male.»

Fai di me quello che vuoi.

«Lo so. E comunque se c'è una carie bisogna curarla, no?»

«Già, ma non avere paura e rilassati.»

Non preoccuparti, baby. L'unico rischio è che se mi rilasso troppo mi addormento.

«Non ho paura, grazie.»

«Ti faccio un po' di anestesia. Ma faccio veloce.»

Ma quanto sei sexy? Persino con la mascherina sulla faccia e la siringa in mano riesci a essere sexy.

«...»

«Ti ho fatto male?»

Sarà normale fare pensieri lubrichi sul proprio dentista mentre sta per otturarti una carie? E poi, quanto sex appeal posso avere io con la bocca aperta, l'aspira-saliva tra i denti e un bavaglio rosa intorno al collo?

«...o...o!»

«Bene, Elasti, adesso prendo il trapano. Sei tranquilla vero?»
Perché mi tratti come se avessi cinque anni? Fai il tuo lavoro e lasciami fare i miei pensieri lubrichi in pace.
«... quillihhima.»
«Io ho trent'anni...»
Ecco, c'era bisogno di dirlo? Tu nascevi e io imparavo le tabelline, tu facevi la prima comunione e io partivo per il mio primo Inter Rail, tu facevi gli esami di terza media e io ero già una donna...
«...»
«Sai cosa vorrei, Elasti?»
No.
«...o.»
«Vorrei un figlio. Le donne non mi interessano. Io vorrei solo un figlio. Ma lo vorrei nato con il cesareo, non con il parto naturale. Perché sono convinto che il cesareo sia molto meglio e credo che, se potessero scegliere, anche i cani, i gatti, le mucche e le pecore preferirebbero il cesareo. Già... un figlio con il cesareo mi manca proprio.»
Grazie dottore per avere polverizzato i miei pensieri peccaminosi con una sola otturazione. Ho avuto spesso il sospetto che la mia indiscriminata passione per la categoria medica fosse insana e in molti casi immotivata. Ora ne ho la certezza.

Pensieri per punizione

«Sai mamma, oggi la maestra Dominatrix ci ha messi in punizione perché nell'angolo morbido invece del relax abbiamo fatto i pazzi.»
«E quale punizione vi ha dato?»
«Ci ha fatto stare seduti al tavolo per un sacco di tempo.»
«Seduti al tavolo a fare cosa?»
«A pensare a occhi chiusi.»
«E tu a cosa hai pensato?»
«Alla mia vita.»
«Ah.»
«Già.»
«Per esempio?»

«Ho pensato che per Natale vorrei una sanguisuga vera e gli artigli di Wolverine. Ho pensato che non mi scorderò mai il bacio che mi ha dato Helene, la bambina che mi aspettava all'asilo con le gambe accavallate quando avevo quattro anni. Figurati che mi aveva baciato in bocca, in mezzo a tutti i bambini e alle maestre. Non me la scorderò mai quella Helene che adesso è tornata a casa sua nelle Filippine. Poi ho pensato che noi non siamo né ricchi né poveri, siamo giusti. Ho pensato che se dovessi cambiare mamma vorrei la mamma di Sergio che è bionda e ha i ricci, anche se ogni tanto gli dà qualche mazzata, ma solo quando lui esagera. Ho anche pensato che noi mangiamo troppo poco cioccolato e che non vedo l'ora di andare al mare dai nonni. Poi ho pensato che a mio fratello ormai sono affezionato, nonostante tutto. Ho pensato che adesso la mia fidanzata è Alessandra e che l'anno prossimo alle elementari possiamo sposarci, poi alle medie andiamo a vivere insieme. E ho pensato che devo farvi qualche fotografia, a te e papà, che non si sa mai.»

Mi piace

«Ma a te cosa piace, nano?»
«Mi pazzono le macchine, li camion e li tlattoli. Le falfalle e il male. Mi pazzono le macchine pallezzate. E poi mi paze manzale. E manzale ancola. E batta» (= Essendo io un maschio italiano medio mi piacciono le automobili e i mezzi pesanti, compresi quelli agricoli. Da buon maschio italiano sono anche, sotto sotto, abbastanza romantico, pertanto amo le farfalle e il mare. Ah, dimenticavo, non mi piacciono soltanto le automobili in movimento che sfrecciano in autostrada e che hanno un loro innegabile fascino ma amo anche quelle parcheggiate perché posso osservarle con calma e fare loro qualche carezza sulla carrozzeria, preferibilmente se è lurida. Infine mi piace molto mangiare. E mangiare ancora perché sono piuttosto ingordo. Direi che può bastare, grazie).
«E cosa non ti piace?»
«Non mi pazzono le puzze e la pipì. Le atte cose mi pazzono tutte, anche li folmichi. Dèzzo pelò devo andale» (= Io non sono un

ragazzo difficile e tendenzialmente la vita mi piace per tutto quello che offre, comprese le formiche e gli altri piccoli mostri con le zampe. Ecco, se proprio proprio devo scegliere qualcosa, potrei fare a meno delle puzze e della pipì. Ora perdonami, ma questi sciocchi esercizi di introspezione mi affaticano oltremodo. Lasciami andare che ho da fare).

Prigioni e abbracci

Quando dei tuoi colleghi conosci tutto. Conosci le passioni, le nevrosi, le manie e le perversioni. Quando sai di cosa ridono, di cosa hanno paura e in cosa sperano. Quando sai cosa votano, cosa sognano, quali libri leggono, quali tesori e quali abissi nascondono. Quando conosci il nome del loro oculista, del loro idraulico, della loro fidanzata e della loro crema idratante e sai con chi parlano al telefono da come dicono « pronto? »
Quando ti irritano prima ancora di aprire la bocca, ti esasperano prima ancora di entrare in ufficio e ti mancano un po' quando sei lontano. Quando guardi gli uomini come guarderesti dei fratelli molesti e ingombranti e le donne come compagne di sventura. Quando li riconosci dall'odore e il suono della loro voce ti è familiare come il *drin* della sveglia la mattina. Quando li hai incontrati ragazzini e li hai visti diventare grandi, insieme a te.
Quando anche loro di te conoscono ogni paturnia, ogni buco nero, ogni ciocca dei tuoi capelli a carciofo. E ti sopportano, come tu sopporti loro, come in una famiglia, come nella terza B del liceo, come in un open space.
Allora forse è arrivato il momento di cambiare e di fuggire.
O forse è arrivato il punto di non ritorno, in cui sei impantanato in questo abbraccio appiccicoso e tiepido e mai avrai la forza di affrancarti.

Che fidanzata sei?

« Valentina, è un po' che non giochiamo a fidanzati. »
« Uffa, nano. Ti ho già spiegato mille volte che io sono la tua tata

e non possiamo fidanzarci. Senza contare che io sono già impegnata con Mattia e tra poco ci sposiamo.»
«Giocare, si può giocare comunque.»
«...»
«Inizio io allora: amore... sei bellissima.»
«...»
«Hai gli occhi come il mare e adesso ti devo baciare.»
«No! Sulla bocca no!»
«Va be'. Continuiamo. Hai capelli lunghi e saporiti...»
«Saporiti?»
«Hai la voce dolce come un canto e le orecchie morbide come farfalle.»
«...»
«Adesso tocca a te.»
«Come tocca a me?»
«Guarda che tra fidanzati non funziona mica che una sta zitta e l'altro si sgola a fare complimenti! Mica posso essere solo io a dirti che ti amo e che sei bella. Devi essere un po' anche tu ad amarmi. Devi dire ad esempio: sei fortissimo, sei fantastico, sei il mio sogno, non ho mai visto uno come te, mi fai impazzire... Chiaro? Prova, almeno prova. Se no che fidanzata sei? Se ci si ama, ci si ama in due, no? Va be', ho capito, non sei capace. Passami i Gormiti che è meglio.»

È arrivato

È domenica pomeriggio e fa molto caldo.
Mister Wonder, Elasti-mamma e lo hobbit grande boccheggiano sul lettone come bradipi su un ramo. Il pater familias legge *Tex*, lei, da settimane su una pericolosa china intimista-introspettiva-depressiva, cerca nel soffitto presagi sul futuro a breve-medio termine, mentre il nano canta l'*Astronave di Capitan Rottame*.
Lo hobbit piccolo e isolazionista è in cucina, infilato in un aderente e soffocante costume da Superman. Sfoglia seduto per terra *La mia prima enciclopedia degli animali*. E parla da solo. O forse con Marìotereso, o con l'eroe Chivalà, o con il signore della frutta o con un altro dei suoi numerosi amici immaginari.

« Hai visto la fôca? Côsa manza la fôca? La carôta! E il tôpo? Quanti anni ha il tôpo? Nôve! Antzi, il tôpo ha séi anni », dice, scoppiando in una grassa, compiaciuta risata.
« Ma che sta dicendo il pazzo di là? » chiede lo hobbit grande interrompendo la performance canora.
« Dissacra la figura paterna. »
« Cosa? »
« Prende in giro papà parlando come lui, in barese. E poi si sganascia. »
« Ehi tu! Credi di essere molto divertente? Vieni qui con noi. Abbi il coraggio! » urla Mister Wonder riemergendo dal Far West.
Superman arriva, scalzo, sudato e trionfante. Brandisce la spada e infilza il padre.
« Ho confitto l'olco. Dèzzo tolno a lezzele » (= Ho sconfitto l'orco barese della casa. La famiglia è al sicuro ora. Posso tornare alle mie letture).

A lungo Mister Wonder è stato l'astro, il modello, il baricentro dello hobbit piccolo. A lungo Mister Wonder è stato l'indiscusso genitore preferito.
Elasti-mamma, nelle retrovie, lo aspettava. E finalmente l'Edipo è arrivato.

AAA cercasi meta

« Elasti, facciamo un viaggio kamikaze in luglio, come quello di due anni fa in Scozia? » propone Mister Wonder.
« Tu, io, gli hobbit e i soliti quarantacinque chili di bagagli? » tentenna Elasti-mamma.
« Esatto! »
« Dove ti piacerebbe andare? »
« Non so. Mi basta che non faccia caldo. Io mi sento in vacanza solo se piove almeno una volta al giorno. »
« Va bene. Ci penso io. »

Il dado è tratto

« Kallò. »
« Ehm, chiamo da Milano... vorrei prenotare... »
« Qvesta kaza di Volker und Karla. »
« Già, vorrei prenotare per due adulti e due hobbit... »
« Pampini penvenuti zempre qvi! Noi attrezzati e zempre molto gentili con pampini e loro familie. »
« Bene. Avete posto? »
« Noi afere posto in belissimo apartamento numero qvattro vicino stanza giochi per pampini und biblioteka. »
« Accidenti, avete anche la biblioteca? »
« Zerto. Poi afere mukke da mungere con pampini e tanti animali amici di pampini. »
« E... »
« Afere mikroonde in apartamento und lavastovilie und bele pasegiate und biziklette con segiolino per pampini. »
« Ma... sembra ottimo... avete anche... »
« Ya! Noi afere anke piscina per pampini und scifoli und altalene und sabiera. Pampini felici qvi e anke loro genitori. »
« Non ho dubbi... »
« Afere anke conesione Internet... in cantina. Foi andare ciù in kantina a laforare und pampini ciocano felici con altri pampini e animali su prato sikuro, ya! »
« Grazie. Può bastare. Prenoto. »
« Ah, aspetare, io dimentikato: noi afere anke sauna und masaggi und bagni con fieno. »
« Ho sempre sognato di fare bagni con fieno. È il posto che cercavo. »

Al telefono i masi sono quanto più vicino al paradiso terrestre Elasti-mamma abbia mai incontrato e il tempo dovrebbe essere sufficientemente brutto da soddisfare l'autolesionismo di Mister Wonder. Il dado è tratto. L'elasti-famiglia trascorrerà due settimane questa estate in Alto Adige.

Mamma, ti presento un amico

Non bastava Marìotereso, con suo padre Benedetto e sua madre Lucia, che lo hanno mollato nell'elasti-casa e sono andati in giro per il mondo a farsi i fatti loro. Non bastavano il signore della frutta e l'eroe Chivalà che non hanno paura di niente e anche con le ragazze ci sanno fare parecchio.
Non bastava Mariateresa che non ha nessun ruolo e nessun merito se non l'appartenenza al genere femminile in un mondo rigorosamente di maschi. Non bastavano *li formichi,* che si infilano ovunque e arrivano dove non osa nemmeno la più ardita immaginazione.
Da oggi lo hobbit piccolo ha un altro amico immaginario, tutto nuovo: il *sinnole de la spatzatula* che, dalle scarse informazioni fornite, vive dentro il bidone dell'immondizia.
«Ma quale spazzatura, nano?»
«Quella polca e putzona» (= Naturalmente in quella più immonda, sporca e maleodorante. Anche se tu, mamma, già ti stavi illudendo che vivesse tra le bottiglie di vetro, o nella plastica, o magari nella carta).
«Oh povero signore della spazzatura. E cosa fa tutto il giorno lì dentro?»
«Manza, zòca, dolme e fa le putze.»
Se non altro resta la rassicurante certezza che la compagnia non sale mai sopra un certo livello.

Cent'anni

Lo hobbit grande è seduto sul WC, le gambe penzoloni e la sua mamma ai suoi piedi, seduta sulle piastrelle.
Lo hobbit piccolo è chiuso nel box doccia e parla con Marìotereso.
«Mamma, pensa quando sarai una vecchina su una carrozzella...»
«Nano, non è che tutte le vecchine finiscano su una carrozzella. Magari io sarò pimpante e me ne andrò in giro sulle mie gambe.»

«Va be', allora pensa quando sarai una vecchina con il bastone.»
«Nemmeno il bastone è obbligatorio. Magari io sarò...»
«Insomma, mamma, pensa quando sarai vecchia, senza denti, tutta accartocciata e non potrai fare un sacco di cose. Pensa come sarà bello...»
«Bello?»
«Sì, bello. Perché io ti sbuccerò le mele e te le taglierò in pezzettini minuscoli così li potrai masticare, poi ti prenderò in braccio e ti porterò in giro, ti rimboccherò le coperte e ti leggerò le favole...»
«Grazie, nano. Sei molto carino, ma io spero di non avere bisogno di tutte queste attenzioni. Magari io sarò...»
«Mamma...»
«Dimmi.»
«Ma tu i cento anni li hai già compiuti o devi ancora farli?»

Aiuto evacuiamo!

Uauauauauauauauauauauauauauauauauauaua...
«Cos'è 'sta roba?»
«Il solito allarme.»
«Uffa che palle.»
«Chi mi passa il commento del petrolio?»
«Sapete che l'icona di Mara Carfagna è Margaret Thatcher?»
«Invece la mia icona è la Carfagna.»
«Sei un idiota.»
«Chi mi passa il petrolio?»
«Who's Carfania?»
Uauauauauauauauauauauauauauauauauauaua...
«Mah... la sirena continua. Dobbiamo preoccuparci?»
«Secondo te?»
«No.»
«Angelina Jolie diceva che il pancione aveva migliorato il suo legame con Brad Pitt e che il sesso in gravidanza è più creativo, soprattutto davanti allo specchio.»
«Angelina è una sciroccata.»
Uauauauauauauauauauauauauauauauauauaua...

« La mia top priority sono i private equity. »
« La mia dormire. »
ALLARME! ALLARME! EVACUARE LA REDAZIONE! EVACUARE LA REDAZIONE!
« Oh Signur. Allora non è uno scherzo. »
« Ma tu lo prendi il cellulare con te? »
« Ovvio. Se mi chiama una fonte? »
« Una fonte? Ma se al massimo ti telefona tua madre... »
« Dove stai andando? Dobbiamo uscire. »
« In bagno. Devo recuperare la trousse del trucco. Mica posso lasciarla sulla nave che affonda. »
« Sei pazza. »
EVACUARE LA REDAZIONE! EVACUARE LA REDAZIONE!
« Cosa fai!? Pazzo e incosciente! Non si prende l'ascensore! »
« Ah no? Che palle, quattro piani a piedi. »
L'elasti-redazione è stata evacuata e gli elasti-colleghi si sono ritrovati in cortile al sole.
« Fico! »
« Sarebbe da sedersi tutti in cerchio sul prato per una seduta di autocoscienza. »
« O magari per una bella schitarrata in compagnia. »
« E se ce ne andassimo? »
« Dai! Andiamo tutti al Parco Sempione! »
L'allarme è durato venti minuti. L'evacuazione dieci. Non è chiaro cosa sia successo. Probabilmente niente.
Tuttavia nessuno si è lamentato del contrattempo.

Lei era vestita tutta di bianco, lui no

Siamo andati in questo posto un po' lontano ma neanche tanto. C'era un giardino grande bellissimo e il vento faceva muovere i rami degli alberi come orchi dei boschi.
A me è venuto il mal di pancia perché mi sono ingozzato di prosciutto, salame e altre cose. La mamma mi ha fatto un massaggio e io ero piegato in due e dicevo « ohi ohi sto morendo ». Poi sono andato in bagno, ho fatto tantissima cacca puzzolente e sono sta-

to subito meglio. Ho preso delle carote e sono andato a cercare i cavalli ma erano già a dormire. Peccato.
Alla fine c'era una cascata di cioccolato. Mondiale. Chi ha inventato la cascata di cioccolato è un genio.
Ah, lei era vestita tutta di bianco, lui no.

Ieli samo 'ndati là. Z'elano li cavalli e la callozza. Io fatto tanti zili con li bambini amizi mei. Mi paze la callozza. Ne la kesa z'ela il liso e li colandoli. Belli li colandoli.
La Vale lideva, con il vestito banco e li fioli ne la tetta. Calina.
Mattia ha i muccoli e le tolte in fazza.
Sedia si dize cadlega.
Abbamo fatto li patzi, io e Malìoteleso.
(= Ieri siamo andati lassù, nella verde e piatta Brianza. C'erano i cavalli e una carrozza che portava i bambini a fare dei giri nel parco. Io facevo l'indifferente e guardavo nel vuoto così nessuno si è accorto che da quella carrozza non sono mai sceso e mi sono fatto circa dieci giri. Con me c'erano diversi bambini che si davano il cambio sulla carrozza. Io li chiamavo amici anche se non li avevo mai visti perché ho capito che un approccio cameratesco e conviviale nei confronti del prossimo paga sempre. In chiesa abbiamo lanciato il riso e i coriandoli. Ho molto apprezzato questa usanza di tirarsi addosso delle cose al termine di una cerimonia. Valentina rideva, con il vestito bianco e i fiori tra i capelli. Era estremamente graziosa e se mi sbilancio io, che sono notoriamente parco di complimenti, significa che lo era veramente. Mattia, il novello sposo, ha parecchi muscoli ma questo non gli ha risparmiato il lancio delle torte in faccia, attività alla quale anche io ho partecipato con entusiasmo. Il papà di Valentina mi ha insegnato che nella sua lingua, che poi è il dialetto milanese, sedia si dice *cadrega*. Quando mi sono avvicinato a mio padre barese e gli ho detto *cadrega* con perfetto accento lombardo lui ha vacillato e si è dovuto sedere, giustappunto su una *cadrega*. Abbiamo fatto i pazzi tutta la sera, il mio grande, immaginario e inseparabile amico Marìotereso e io).
La baby sitter Valentina Diolabenedica ieri ha sposato il suo storico fidanzato Mattia.

L'elasti-famiglia ha partecipato attivamente all'evento.
Nell'entusiasmo generale, Elasti-mamma è riuscita persino a dimenticarsi che per quattro settimane la colonna portante della sua vita sarà in giro per il mondo. Basta che torni, a un certo punto.

Elastincontro 5
Dans la vallée

La vita di Elasti-mamma, a quattordici anni, era piuttosto grigia. Passava il tempo a studiare greco e latino, con risultati non sempre eccelsi, a leggere i romanzi delle sorelle Brontë e a sognare l'arrivo del principe azzurro che, nella sua fervida fantasia di adolescente, si sarebbe chiamato Peter, come l'amico di Heidi, e avrebbe avuto le fattezze di Anthony, il bel giovane che spezzò il cuore di Candy Candy e morì cadendo da cavallo in una battuta di caccia alla volpe.

Tra una versione di greco, una lezione di ginnastica aerobica e uno struggimento amoroso per il principe manga, Elasti conobbe Julie.

Julie veniva da un piccolo paese tra le montagne, che ha case di legno e pietra, una chiesetta millenaria e la vista sul Monte Rosa.

Julie era solitaria e magnetica, talentuosa e disarmata, malinconica e geniale. Eccelleva in qualsiasi cosa si cimentasse: traduceva il greco senza pensare, scriveva lettere che erano poesie, cantava da soprano, suonava qualsiasi strumento e imparava le lingue come un bambino impara a fare le barchette di carta. Julie era inconsapevole, arguta e spesso triste.

Per un anno divennero amiche, sorelle, inseparabili, condivisero segreti, sogni, solitudini e interminabili telefonate.

Julie insegnò a Elasti a suonare la chitarra e a cantare canzoni in *patois*, la lingua della sua mamma e dei suoi nonni.

Julie ogni tanto era triste, cadeva in un pozzo nero e buio e ne risaliva dopo un po', affaticata e sfuggente.

Presto Elasti-mamma e Julie si persero o vollero perdersi.

Si ritrovarono dopo oltre dieci anni e Julie era bellissima e radiosa, si ripersero, si ritrovarono e si persero di nuovo.

Ogni volta Elasti tornava a subire il fascino di quella profondità limpida e misteriosa, il turbamento per quei pozzi neri, sempre in agguato, ai piedi di Julie, che oggi ha una bambina, un uomo che la ama e moltissimo altro che Elasti non conosce.

CAPITOLO 6

Gelato, cicorie e trasgressive evasioni

«Che dici lo facciamo?»
«Non so. Fa così caldo. E poi è tardi...»
«Dai, su. I nani dormono ed è una vita che non proviamo. Magari scopriamo che c'è qualcosa che ci piace.»
«Dubito fortemente. Ma se ci tieni... però se mi addormento non mi svegliare.»
«Vedrai che non ti addormenti.»
«Ma non è meglio se ci mettiamo tranquilli a leggere? Mi mancano trenta pagine per finire la storia del tredicenne gay figlio di una poetessa squilibrata che viene adottato dallo psicanalista della madre.»
«Ti prego! Preferisco non sapere...»
«Ma è un memoir, una storia vera e poi è ambientato nella città di A...»
«Non cambiare discorso.»
«E va bene...»
«Sei comoda?»
«Sì. Se ci prendessimo del gelato?»
«Io preferisco qualche cicoria, grazie.»
«Mi viene già tristezza.»
«Dai, smettila. Mettiti qui vicina a me.»
«Fermo fermo! Non così veloce.»
«Cosa c'è?»
«Guarda!»
«No!»
«Incredibile, vero?»

«Fantastico.»
«Quanti anni erano?»
«Almeno due, forse tre.»
«Che meraviglia.»
«Hai visto che ho fatto bene a insistere?»
«Già. Avevi ragione. Grazie amore.»
Accendere la televisione, per la prima volta da secoli. E fare *zapping* sul divano, mangiando gelato e cicorie, uno accanto all'altra, con le gambe intrecciate e gli hobbit che russano di là, come non succedeva da una vita. E scoprire che ci sono i Cesaroni, identici a se stessi, forse un po' più trash ma sempre ugualmente ipnotici.
Poche cose si avvicinano così tanto alla felicità.

Lesa maestà

«Pronto, nano. Sono la mamma.»
«Ehi! Zao mamma. Dove sei?» (= Ehi! Buongiorno mamma. Qual buon vento? Perché non sei qui con noi maschi? Dove ti sei cacciata?)
«Sto tornando a casa, oggi in ufficio ho fatto tardi. Voi piuttosto, state bene?»
«Sì. Abbiamo vitto Elli Pottel e manzato palline di zoccolata e olive, tonno e kezap. Pelò papà è in punitzone» (= Abbiamo passato una serata piacevole mentre tu gozzovigliavi millantando impegni di lavoro. Abbiamo visto *Harry Potter* e mangiato praline di cioccolato, olive, tonno e ketchup perché papà fa tanto il salutista che mangia cicorie e yogurt al limone ma quando tu non ci sei qui diventa un po' la casa delle libertà dove ognuno si concede quello che gli pare. E comunque tuo marito adesso è in punizione).
«Perché mai è in punizione il povero papà?»
«Pelké si è compoltato malizzimo» (= Perché si è comportato in modo inammissibile, macchiandosi dell'odioso reato di lesa maestà).
«E cosa avrebbe combinato?»
«Ha detto kakkone a Malìoteleso» (= Ha mancato di rispetto al

mio amico immaginario Marìotereso, apostrofandolo con l'inaudito insulto caccone).
«Non posso crederci! Lo hai sentito tu con le tue orecchie dire proprio caccone?»
«No, me lo ha detto Malìoteleso» (= Non esattamente. Quando il misfatto è avvenuto io non ero presente. Tuttavia me lo ha riferito Marìotereso stesso, uomo irreprensibile e incapace di mentire, la cui testimonianza avrebbe valore probatorio di fronte a qualsiasi giudice).

Pensieri impuri

Oggi è festa nazionale, ma non per l'elasti-redazione e per Mister Wonder, che è ripartito per Londra dopo l'affronto a Marìotereso. Elasti-mamma, in preda ai soliti sensi di colpa e al solito impulso all'espiazione, si è offerta volontaria e stamane è andata a lavorare all'alba, per sentirsi un po' più derelitta.
Alle sei si è alzata, ha indossato i primi stracci trovati accartocciati nell'armadio, è salita su degli improbabili sandali fuxia con una vertiginosa zeppa e ha lasciato hobbit e nonna K, eccezionalmente prestata al baby-sitting, dormienti.
Mentre il tram sferragliava verso l'ufficio in una Milano deserta, Elasti-mamma ha meditato sul solito incubo che le ha turbato il sonno e che la affligge ormai da mesi con preoccupante regolarità: Mister Wonder torna a casa da Londra un giovedì sera e le comunica lapidario «io non ti amo più», raccoglie i boxer lisi, i calzini bucati e gli altri quattro capi sgualciti che compongono il guardaroba di un economista marxista e se ne va, senza lasciare traccia di sé, mentre Elasti-mamma, stralunata e basita, resta muta sul pianerottolo, con il suo tutone diserotizzante e i capelli a carciofo.
Arrivata alle 6.45 a destinazione, ha intravisto Gigi, il barista nemico del popolo che maltratta i suoi dipendenti e dice che si stava meglio quando si stava peggio, che sfornava le brioche con la marmellata nel bar sotto la redazione.
Ho sognato che Mister Wonder abbandonava me, i nani e il tutone diserotizzante, lavoro in un giorno festivo, barcollo su un paio di trampoli

fuxia e stamane ero troppo stanca persino per lavarmi la faccia. Mi merito la colazione al bar e chissenefrega del boicottaggio a Gigi, ha pensato entrando come uno zombie nel locale.
«Elasti, vorrei dirle una cosa, a patto che non si offenda», ha detto Gigi dopo qualche minuto, sistemando i tavolini, mentre lei, in deliquio, addentava la sua seconda brioche.
Vuole dirmi che i suoi prodotti sono pieni di grassi polinsaturi e che la mia cellulite ne sta traendo enorme beneficio. Che ho messo il vestito al contrario, che non mi sono pettinata, che mi trascuro come una donna non dovrebbe mai fare e non posso presentarmi al lavoro con questi stracci addosso e questi trampoli ai piedi su cui non so nemmeno camminare. Vuole dirmi che farei meglio a stare a casa a occuparmi dei miei figli, del mio matrimonio e del mio decoro. Che mi sono sbrodolata di cappuccio e che ho le cispe negli occhi.
«Prego, dica pure.»
«Volevo dirle che poco fa, quando l'ho vista entrare, ho fatto pensieri impuri su di lei.»
Se un giorno qualcuno le avesse detto che all'alba di un giorno festivo i pensieri impuri di Gigi, il reazionario proprietario del bar sotto l'ufficio, l'avrebbero messa di buon umore, Elastimamma si sarebbe fatta una grassa risata.

Super-Simo, ovvero succede all'asilo

«Sai, mamma? Oggi la-Simo ha fatto Super-Simo.»
«Chi è la-Simo?»
«Dai, la-Simona, la mia compagna di classe dell'asilo, l'unica femmina del gruppo di noi grandi.»
«Ah. E come ha fatto Super-Simo?»
«Allora, adesso ti spiego. Stavamo mangiando la pasta al pomodoro alla refezione. E lei a un certo punto ha detto alla maestra Dominatrix: "Devo fare pipì", si è alzata e saltellando è andata in bagno.»
«E poi?»
«Calma, mamma. Fammi raccontare perché questa è una storia fenomenale.»
«Racconta.»

«Insomma è andata in bagno e ci è rimasta un po'. Poi è tornata ed era nuda.»
«Come nuda?»
«Nuda. Senza vestiti. Nuda completa. È arrivata ballando, nuda, dove noi mangiavamo la pasta al pomodoro.»
«E Dominatrix? Cos'ha detto?»
«Aspetta. La-Simo è arrivata, ha preso Elio che ha quattro anni e si è messa a ballare il valzer con lui.»
«Ed Elio?»
«Elio ha ballato il valzer.»
«E Dominatrix? E le altre maestre?»
«Guardavano con gli occhi grandissimi. Sconvolte. Come zombie.»
«E voi?»
«Noi abbiamo applaudito. Balla bene il valzer, la-Simo.»
La cosa inquietante dei racconti dell'asilo è che non sai mai se la fantasia dei nani supera la realtà o viceversa. E siccome forse preferisci non saperlo, non troverai mai nemmeno il coraggio di chiedere lumi a Dominatrix.

Cambiata?

«Ma tu, da quando sei diventata mamma, sei cambiata?»
«Io? Boh.»
«Dai, rifletti, sei cambiata o no?»

Cambiata?
Ho imparato a maneggiare cacca e vomito senza cadere in pezzi per l'orrore, ho imparato a non dormire per un tempo infinito e poi andare in ufficio e dire «buongiorno a tutti», fingendo di avere conservato il senno, ho imparato a fare il poliziotto buono e il poliziotto cattivo senza soluzione di continuità e ho imparato a tenere in mano vermi, ragni e bacherozzi senza scompormi.
Ho imparato il distacco ascetico, quello per cui quando un nano lancia le polpette al sugo contro il muro della cucina appena imbiancato o ricopre Batman con la crema anti-età all'acido ialuronico che costa quanto un weekend al mare in quattro, invece di scoppiare in singhiozzi isterici

pensi che le cose veramente importanti stanno altrove, pur non avendo ancora localizzato esattamente quell'altrove.
Ho trovato il coraggio di uscire di casa con i capelli a carciofo, i sandali da tedesca e le occhiaie e ho scoperto che fregarsene di quello che pensa il prossimo è sano e liberatorio. Ho imparato a non sentirmi in colpa ad avere una fame da lupi e ad avventarmi con voluttà su un gelato al cioccolato, perché l'amore per i figli è amore per la vita, cibo compreso.
Ho imparato a conoscere gli X-Men, Wolverine, i Gormiti e Aragorn del Signore degli Anelli, *a calciare un pallone e a fare la lotta. Ho scoperto quanto uno hobbit maschio può essere spavaldo e indifeso, virile e delicato, semplice e sottile.*
Ho imparato a riconoscere chi c'è e chi non c'è, a fare da sola, a essere forte, ad avere una soluzione a ogni problema, o almeno a fingere di averla. Ho imparato a contenere, a disarmare, a costruire e a smontare.
Ho imparato ad avere certezze per poterle raccontare e a camminare sul filo a occhi chiusi, sorridendo.
Ho conosciuto l'ansia e la paura e non mi hanno più abbandonata, ho conosciuto la felicità e il terrore di perderla, ho conosciuto la vertigine dell'eternità che dà un senso agli anni che passano.
Se sono cambiata?
Cambiare è un verbo piccolo quando ti passa sopra un tir.

Rappresentatività

Alla riunione dell'asilo nido dello hobbit piccolo il papà di Alberto ha alzato la mano.
«Prego, papà di Alberto. Dica pure», ha detto la maestra Susanna.
«Volevo dire che sono preoccupato perché Alberto a volte fa strani versi, dice *brum brum* e *shsh* e *tuptì*. E quando noi gli chiediamo perché parla così, lui risponde che è Hasem, l'egiziano, che parla in questo modo.»
«Hasem non è egiziano, è tunisino.»
«Va be', fa i' stèss, comunque, per colpa di quel bambino egiziano...»
«Tunisino.»

«Insomma per colpa di quello lì il mio Alberto sta disimparando l'italiano.»
«Mi sembra improbabile che Alberto possa disimparare la sua lingua per colpa di un compagno di classe. Hasem parla arabo e francese e piano piano sta imparando anche l'italiano.»
«Insomma, maestra Susanna, io sono preoccupato.»
«E io la voglio tranquillizzare, papà di Alberto. Non ha ragione di preoccuparsi. Senza contare che il contatto con i piccoli stranieri, in una classe di soli dodici bambini come la nostra, è fonte di arricchimento per i vostri figli che hanno moltissimo da imparare dalle culture diverse.»
«Già, per esempio Alberto da Hasem può imparare... a fare la pizza! Gli egiziani non sono tutti pizzaioli?»

«Le probabilità di fare la rivoluzione in questo Paese in cui i papà di Alberto sono sempre più rappresentativi e rappresentati, sono sempre più esili», ha commentato scuotendo la testa Mister Wonder, all'uscita della riunione.

In love

Lei ha dita sottili, occhi nocciola e i ricci.
Lui ha lo sguardo torvo e obliquo di chi non si fida.
Lei lo accoglie sulla porta, con un vestito leggero sopra il ginocchio e gli dice: «Bene arrivato. Ti ricordi di me? Sono Lalla e sono felice di rivederti».
Lui la osserva di sottecchi e le tende la mano ma solo perché un giorno la sua mamma gli ha spiegato che in società si fa così.
«Entra, ho qualcosa per te», dice lei.
Lui la segue e, suo malgrado, viene attraversato da un fremito di eccitata curiosità.
Lei si allunga su un divano bianco.
Lui chiede di togliersi le scarpe e, liberatosi di un paio di All Star blu, muove in aria, compiaciuto e seduttivo, le dita dei suoi piedi grassocci, come un ventaglio.
«Tieni», sussurra lei, porgendogli un regalo.

Lui spalanca gli occhi, incredulo e rapito. Estrae da un fodero intarsiato una spada azzurra di plastica.
Alza uno sguardo nero e rotondo e lo posa su di lei, quasi la volesse inghiottire nel suo tunnel.
«Glazie, Lallona» (= Ti sono grato, Lallona. Posso chiamarti così vero? Perché io, che sono un uomo eccentrico e di mondo, amo usare l'accrescitivo con i nomi delle donne di fascino. Lo trovo virile e, per esperienza, irresistibile, modestamente).
«Sono contenta che ti piaccia.»
Lui brandisce la sua nuova arma, per stupirsi e per stupirla.
«Devo fale la cacca, Lallona» (= Pardon, avrei bisogno della toilette. Mi succede spesso, per non dire sempre, quando sono particolarmente a mio agio. È il mio modo per esprimere gradimento e benessere. È il mio modo per dirti che questo posto mi incanta).
«Prego, il bagno è lì, oltre quella porta.»
«Ti vollio con me» (= Vorrei che stessi con me e mi facessi compagnia. Non lo chiedo a molte donne, sai. È il mio modo per dirti che mi piaci, bambolina, anzi bambolona).
«Ehm, magari può accompagnarti la tua mamma. Io devo finire di preparare in cucina, così quando hai finito possiamo andare a tavola.»
«Ba bene», si arrende lui.
Durante il pranzo le lancia occhiate da triglia, fa scivolare furtivo le dita paffute sulle esili braccia di lei, le chiede tre porzioni di gelato al cioccolato con espressione lasciva. Ignora gli altri commensali. Ignora con grande disinvoltura anche il marito di Lalla e finge di essere a un *tête à tête*, lui, lei e il gelato al cioccolato.
«Torna presto a trovarmi», dice lei congedandolo.
«Sì, vengo domani», risponde lui senza esitazioni.
Poi si volta e si erge in tutti i suoi 99 centimetri in direzione dei 188 centimetri del marito di lei.
«Fai il blavo con Lallona» (= Hai la fortuna di avere al fianco una donna eccezionale. Che probabilmente non ti meriti. Vedi di trattarla bene, di onorarla e rispettarla. Altrimenti sono guai).

Elasti-mamma e gli hobbit sono andati a pranzo da una coppia di amici. Lo hobbit piccolo si è innamorato di una donna sposata. Perdutamente.

Qualcosa dentro

«Mamma, ho qualcosa dentro che non so spiegare», dice lo hobbit grande dall'alto del WC.
«In che senso, nano?» chiede Elasti dal basso delle piastrelle del pavimento del bagno.
«Non saprei, una sensazione di... turbamento nella pancia. Qualcosa che vorrei che uscisse per capirla meglio. Un peso grosso.»
«E da quanto tempo ce l'hai questo peso?»
«Da parecchio. Forse da quando sono nato...»
Ho sempre pensato che questo hobbit è un po' speciale. Ho sempre pensato che ha una sensibilità straordinaria. Vorrei solo che non fosse troppo vulnerabile, che non soffrisse, che la sua profondità non lo portasse in fondo al pozzo.
«Forse se riesci a capire meglio di cosa si tratta è più facile tirarla fuori. Non credi?»
«Forse, ma non è facile...»
Hai ragione amore, non è facile per niente.
«Tu prova... a volte basta parlare perché sia tutto più chiaro.»
«Ecco! Ho capito! La cosa che ho dentro è un desiderio! Un desiderio fortissimo che ho da sempre.»
Una sorellina? Un fratellino? La pace nel mondo? Cibo e acqua per tutti? Ma come ho fatto a fare uno hobbit così?
«Fantastico nano! Quale desiderio?»
«Vorrei avere i cavalieri verdi, i guerrieri Uruk-Hai e gli orchi. Poi starei molto, molto meglio.»
«Ah.»
«Già.»
«Hai finito di fare la cacca?»

Un'altra giornata di ordinario open space

«Mi stai facendo venire i pensieri. Smettila.»
«Ma quali pensieri?»
«Pensieri di sesso, no?»
«Se non si pensa al sesso a cosa si deve pensare?»

«Già, ma io sono ossessiva compulsiva.»
«L'importante è che tu non sia una control freak perché i control freak io non li posso sopportare.»
«Rispondete a quel telefono. Non sentite che sta suonando?»
«Quel telefono è la linea diretta con l'inferno. Io mi rifiuto di rispondere.»
«Devo fare uno *shutdown.*»
«Il tuo problema è che passi la vita a fare *shutdown.* È un modo come un altro per non fare una mazza.»
«Devo andare.»
«Ma sono le tre del pomeriggio...»
«Già, ma ho un moncone marcio di dente e il dentista me lo deve togliere.»
«Che schifo! Proprio adesso che sto facendo merenda...»
«Cambiami l'attacco.»
«Perché?»
«Perché il *quote* non giustifica il *lead.*»
«Mia figlia ieri mi ha raccontato la parabola della pecorella smarrita che ha appena imparato a scuola. Alla fine del racconto mi ha chiesto se quella della pecorella era la stessa parabola di Sky.»
«Fai bene a mandarla dai preti.»
«Quando la sfiga si tinge di colori magici...»
«Cosa ti è successo adesso?»
«Devo fare un altro *shutdown.*»
«Se non volete che io domani venga in redazione e inizi a urlare che sono l'Anticristo, vi consiglierei di darmi un giorno di ferie. Grazie.»

Coming out

«Nano piccolo, nano grande, venite qui! La mamma e il papà vogliono dirvi una cosa importante e bellissima. E per dirvela vi facciamo un indovinello. Guardate qui. Cos'è questo secondo voi?»
«Boh.»
«Non si capizze nente. Sembla il fantazza di Malìoteleso.»

«Macché fantasma di Marìotereso. Dai, guardate bene.»
«Ah sì! È una sciabola!»
«Una sabola è velo! Zi legalate una zabola?»
«Daaai! Ci regalate una sciabola sul serio? Una sciabola vera!?»
«Ma come una sciabola? È la prima fotografia del vostro fratellino o della vostra sorellina! Nella pancia della mamma...»

Sarà la primavera

«Potremmo incontrarci sotto il tuo ufficio.»
«Potremmo andare a fare un giro in libreria.»
«Potremmo anche mangiare un panzerotto sul sagrato del Duomo, al tramonto.»
«Potremmo entrare in una multisala bendati e scegliere un film a caso e vedere che effetto fa.»
Potresti accompagnarmi a casa tenendomi per mano e potresti prestarmi la tua giacca perché io ho sempre freddo. Potremmo salutarci sotto il portone, come fosse la prima volta.
Potrei trovare il coraggio e chiederti di salire o non trovarlo e dirti ciao ciao, per poi pentirmi quando la porta si chiude.
Potremmo fare finta di essere nuovi e leggeri ed estranei e lasciare che i brividi di un primo incontro e di un rapporto acerbo ci corrano lungo la schiena.
«Allora ti aspetto.»
«Arrivo.»
Gli hobbit sono con Valentina Diolabenedica, Elasti-mamma e Mister Wonder hanno una serata libera.
Saranno la primavera, i vestiti leggeri, la brezza tiepida, saranno gli estrogeni della gravidanza che favoriscono ritenzione idrica e buon umore, sarà la rimozione di una quotidianità complicata, ma Elasti-mamma ha le vertigini.

Pregnancy detector

Lo hobbit grande è seduto sul WC e guarda Elasti-mamma seduta ai suoi piedi come un santone la sua adepta.

«Sai mamma? Io ormai sono esperto. So capire subito se una donna è incinta.»
«E da cosa lo capisci?»
«Una donna incinta ha gli occhi un po' lucidi e le labbra un po' più grassocce.»
«Ah, interessante.»
«... Per non parlare delle tette.»
«Ma scusa, e la pancia? Non è un indizio?»
«La pancia è un dettaglio.»

Vicina e lontana

«Ho tre figli, due adolescenti e uno piccolo, che ha quasi tre anni.
«Il piccolo non lo abbiamo cercato, è arrivato. E quando io ho scoperto di essere incinta di nuovo ho avuto paura. Perché era un altro maschio, perché mio marito e io avevamo appena ricominciato a respirare, perché il mio corpo si sarebbe trasformato di nuovo e non sapevo se mai sarebbe tornato come prima. Ho avuto paura di affrontare tutto di nuovo, da capo, quando ormai mi sentivo libera, quando avevo ricominciato ad andare al cinema, a uscire a cena e a pensare a me.
«Il piccolo è nato in un posto dove tutto era facile.
«Poi siamo arrivati a Milano e qui la vita è dura per noi. Qui manca la cultura dell'accoglienza, qui non parlano le lingue, qui sono diffidenti. Diffidano perché hai una famiglia numerosa, perché hai il capo coperto, perché non mangi il prosciutto, perché non sei identico a loro, perché non ti capiscono.
«Noi cambiamo città ogni tre-quattro anni, siamo stati a Dubai, a Parigi, a Bruxelles e a Hong Kong e mai ho trovato la chiusura che ho trovato qui.
«Ho imparato l'italiano perché è una lingua che amo ma nessuno mi ha mai aiutata qui, nessuno mi ha mai fatto sentire a casa, nessuno mi ha mai teso la mano. Adesso va meglio rispetto ai primi tempi, ma tutto costa molta fatica.
«Hasem l'anno prossimo andrà all'asilo francese perché non voglio che soffra e lì so che sarà più semplice.»

Ha il capo coperto, un corpo minuto, lo sguardo sfrontato e una passione per Proust. Vorrebbe fare la mediatrice culturale e per questo ha studiato. Suo marito è diplomatico e lei lo segue, in giro per il mondo. È gaudente e perplessa, curiosa e incredula, lucida e sfuggente, vicina e lontanissima.
È la mamma di Hasem, il bambino tunisino, compagno di nido dello hobbit piccolo.
Quando parla così vorresti chiederle scusa, per tutta quella strada ancora da percorrere.

Temporali e triangoli

Elasti-mamma ha due hobbit, un marito part-time, un lavoro a tempo pieno e una pancia abitata. E perde colpi. A parte una chioma folta e ipertrofica e la temporanea latitanza dei peli superflui, i primi mesi di gravidanza sono caratterizzati da una serie di fenomeni piuttosto seccanti tra cui nausea strisciante, attacchi di fame belluina e incoercibile narcolessia.
Ieri Elasti-mamma è rientrata dall'ufficio intorno alle 19.30, barcollando, in preda agli unici, primordiali istinti della fame e del sonno. E ha incontrato gli hobbit che si sono prontamente frapposti tra lei e il soddisfacimento dei suoi bisogni primari.
Alle 20.30, nutriti i nani e se stessa, si è illusa che la strada verso l'obiettivo finale della giornata – lo svenimento tra le lenzuola – fosse ormai breve.
« Bene ragazzi. Adesso leggiamo un libro e poi tutti a nanna », ha biascicato.
« Mamma, zi sono li lampi fuoli » (= Mamma, ti pregherei di osservare il nubifragio che si scatena oltre le nostre finestre).
« E quindi? Dormiremo ancora meglio con la pioggia e il fresco. »
« Mamma, non senti questi terribili tuoni? Non vorrai mica mollarci nei nostri letti da soli in camera? »
« Zè una tempetta paulosa » (= Si scatenano gli elementi, la tempesta ci travolge. E io, siamo onesti, ho una fifa blu, nonostante mi atteggi da grand'uomo).
Elasti-mamma è fiaccata da troppi fattori, endogeni ed esogeni,

abbattutisi su di lei. Ha ormai perso ogni autorità, autorevolezza, spirito educativo, forza vitale.

« Va bene, nani. Potete addormentarvi nel lettone insieme a me. Ora spengo la luce e non voglio sentire volare una mosca. Chiaro? »

« Zelto mamma » (= Chiarissimo, caro fantoccio, ops, cara madre).

« Sì, mammina cara. »

« Buonanotte. »

« ... »

« Mamma... domani pozziamo vedele Stanlo e Ollo... belli quelli patzi. Con il nonno vedebamo semple Stanlo e Ollo » (= Mamma, domani possiamo vedere un episodio di Stanlio e Ollio, adoro Laurel&Hardy. Del resto è una passione trasmessami da Mister Brown, mio nonno paterno, che si sbellica dalle risate, come del resto faccio io, alle gag del più famoso duo comico della storia del cinema).

« Dormi! »

« Ma tu lo sai, mamma, che oggi all'asilo mi sono uscite dai polsi delle ragnatele? Esattamente come a Spiderman? Dici che sono stato morsicato da un ragno come Peter Parker? »

« Shhht. »

« Io zò un bimbo nella panza, antzi due. Sai mamma? » (= Forse non sai che condivido teco la meravigliosa esperienza della gravidanza. La mia però è gemellare).

« Zitto! »

« Dèzzo mi toggo il pannolino » (= Ti comunico che questa notte dormirò senza pannolino. Il cammino verso l'autonomia procede a passi lenti ma inesorabili).

« La vuoi sapere una rima, mamma? Matto... piatto! »

« No, te la dico io la lima: matto... semo! » (= Rilancio con un'altra rima: matto-scemo).

« Non è una rima matto-scemo. »

« Sonantza? » (= È forse un'assonanza?)

« No, non è niente. »

« Pecché tu hai la patatina? » (= Perché mai sei dotata di organo sessuale femminile?)

« Perché sono una donna. Buonanotte. »

«Li piselli sono pù folti delle patatine» (= In questa fase fallocentrica della mia vita sono fermamente convinto della superiorità dell'organo maschile su quello femminile).
«...»
«Mamma...»
«Mamma?»
Fingersi cadavere talvolta aiuta.
Elasti-mamma si è svegliata stamane con un piede sulla faccia, una mano sudaticcia al collo e il materasso del sacro talamo impregnato di pipì dello hobbit piccolo.

Lavanda per tutti

La mamma di Sofia ha gli occhi blu e i capelli ricci. È bionda e svagata, sorridente e stupita, come Alice nel paese delle meraviglie.
È andata alla riunione di presentazione della scuola elementare che frequenterà lo hobbit grande a settembre e, come Elasti-mamma, si è innamorata di un dirigente con la barba, che dice di volere una scuola accogliente, aperta e formativa «che introduca a quell'esperienza di libertà che nasce dall'incontro con la cultura».
La mamma di Sofia, come Elasti-mamma, ha sospirato languida per quasi due ore, seduta a uno dei tavolacci nella mensa scolastica con il bancone per il self service.
Come Elasti-mamma, pendeva dalle labbra di quel signore che pareva uscito dalla scuola di Barbiana e alla fine dell'incontro era convinta che nessuna riforma scolastica avrebbe potuto scalfire l'integrità romantica e impermeabile di un uomo così.
«Ho scoperto una cosa terribile», ha annunciato qualche giorno fa la mamma di Sofia. «La via dove abitiamo non appartiene al bacino di utenza della scuola del signore con la barba. Sofia rischia di dovere andare in un'altra scuola, dove c'è un dirigente senza barba, senza carisma e senza passione», ha spiegato costernata, con la voce rotta e gli occhi sgranati.
«E quindi?»
«Quindi devo trovare una soluzione.»

Stamane Elasti-mamma ha incontrato la mamma di Sofia.
« Allora? » le ha chiesto.
« Tutto a posto. Ho inviato il modulo di iscrizione. Il dirigente con la barba sarà costretto ad accettarlo », ha detto trionfante.
« In che senso, scusa? »
« Nel senso che ho preso un sacchetto profumato di lavanda. »
« Lavanda? »
« Certo! La lavanda purifica, cicatrizza, favorisce la circolazione e l'espettorazione, ha proprietà sedative su mal di testa, crampi intestinali, vomito e singhiozzo, fluidifica la bile e aiuta il fegato. Insomma, la lavanda è un miracolo. »
« Ma... »
« Io ho strofinato il sacchetto di lavanda sul modulo di iscrizione, sulla richiesta per la refezione scolastica e sulle foto di Sofia. Poi ho messo tutto in una grande busta, a sua volta precedentemente strofinata con vigore. »
« E adesso? »
« Adesso il signore con la barba non può dirmi di no. »
La magia non è trovare una panacea, capace di proteggerti dalla riforma della scuola, dai peli superflui, dall'acidità di stomaco e dal pozzo nero che ti inghiotte quando ti distrai.
La magia è trovare la fiducia per crederci.
Per questo Sofia, la sua mamma e la lavanda arriveranno dove il dirigente scolastico nemmeno si immagina.

Ode al part-time

« Cosa vorresti di più di tutto tutto tutto tutto? »
« Uno hobbit numero tre sano, possibilmente femmina. Ma anche maschio va bene. »
« Che noiosa. Va be', a parte il terzo hobbit che tra un po' arriva, cosa vorresti? Una casa più grande, un frigo con il distributore di cubetti di ghiaccio, un amante, un personal trainer, il biglietto vincente della lotteria, dieci anni di meno, un paio di stivali da Dominatrix, la pancia rientrante subito dopo il parto, la caduta permanente dei peli superflui, i capelli rossi a fusillo, glutei d'ac-

ciaio, un seno da pin-up, una casa in montagna... Insomma, che vuoi? »
« Il part-time. »
« Il part-time? »
« Il part-time. »
Già, vorrei il part-time. Perché con il part-time smetterei di correre e inizierei a pensare, avrei più tempo per chiacchierare con lo hobbit grande e per ascoltare le rime di quello piccolo e li andrei a prendere all'asilo che quest'anno non è mai successo ma io lo so che loro se lo aspettano. Con il part-time leggerei molto, ogni tanto chiuderei gli occhi, e tutti i mercoledì pomeriggio prenderei il tè con un'amica. Con il part-time farei la crostata e un bagno caldo ogni tanto e sarei una persona migliore. Con il part-time mi metterei persino la crema idratante.
Con il part-time sorriderei e non avrei così spesso voglia di piangere e paura di cadere in pezzi. Sarei più simpatica e sarei contenta, seduta al centro della redazione, invece di sentirmi sola e stremata. Con il part-time sarebbe tutto più facile, anche il terzo hobbit.
Vorrei il part-time perché sono stanca e non è giusto che io lo sia, almeno non così tanto.
Perché il part-time è un segno di civiltà, di attenzione, di apertura, di ascolto, di mediazione, di fiducia, di impegno e di rispetto. Perché in altri paesi è un diritto e una consuetudine, non un insulto, una forma di insubordinazione, una dichiarazione di resa. Vorrei un lavoro, il mio lavoro, part-time. Ma non è possibile, dicono.
E così di part-time ho solo il marito.

Auguri e figlie femmine

Artù ha chiesto la mano di nonna K via sms, Elasti-mamma gliel'ha concessa ma fino a oggi ha pensato che si trattasse di uno scherzo.
Stamane nonna K e Artù si sono sposati.
Con il bouquet ma senza gli anelli, con la cravatta ma senza il

vestito lungo, con la voce che tremava un po' ma non troppo, con i figli e i nipoti e nessun altro.
Nonna K, maestra di somatizzazione, prima di dire sì aveva l'eczema, l'herpes, la pressione alta. Subito dopo le è passato tutto.
Artù aveva lo sguardo liquido, una innaturale fissità nel sorriso e lo stupore candido di un patriarca fresco di investitura.
Lo hobbit grande era il fotografo ufficiale ma si è ammutinato alla seconda sbilenca inquadratura.
Lo hobbit piccolo non ha capito che il riso andava lanciato dopo la cerimonia e, come Pollicino, ha disperso i chicchi lungo il suo cammino, ben prima di raggiungere la sala dei matrimoni.
Mister Wonder era a Londra con Janet, la sua slavata moglie inglese. Ai bigami, è noto, le feste nuziali mettono ansia.
Elasti-mamma eccezionalmente non era vestita da orfanella, a insindacabile giudizio di nonna K, ed era la testimone della sposa. Sarebbe scoppiata in singhiozzi se si fosse concentrata un po' sulla surreale solennità del suo ruolo, ma non avendo ancora sperimentato gli effetti sugli hobbit di una madre in lacrime, ha preferito non rischiare.
Il consigliere comunale che ha celebrato lo storico evento probabilmente aveva assunto sostanze psicotrope o forse è stato stritolato dall'infernale macchina matrimoniale.
« Vi darò ora lettura », ha solennemente dichiarato, « dell'articolo 147 del codice civile, per me il più importante: il matrimonio impone ad ambedue i coniugi l'obbligo di mantenere, istruire ed educare la prole tenendo conto delle capacità, dell'inclinazione naturale e delle aspirazioni dei figli. » Poi ha guardato gli sposi, che insieme hanno circa centoquarant'anni, con paterna e incoraggiante bonarietà.

Afternoon tea

« Would you like a cup of tea, Porsha? »
« Sì, grazie Marsha. »
« What about you, Trisha? »
« Anke io volio il tè, glazie. »
« Milk? Sugar? »

« Un po' di latte, cara Marsha per favore. »
« Pel me otto cucchiai di zukkelo, peppiazele. »
« Here we are my dear friends. Our afternoon tea is always delightful, isn't it? »
Porsha, Marsha e Trisha, dopo avere sorseggiato il loro immaginario tè da immaginarie tazze di porcellana, concludono sputando per terra, facendo pernacchie, producendo cacofoniche melodie e simulando conati di vomito.
« Ma si può sapere cosa state facendo? » chiede Elasti-mamma disgustata.
« È il nostro nuovo gioco per rilassarci », risponde lo hobbit grande.
« Il papà è Marsha, io sono Porsha e mio fratello è Trisha. »
« Si chiama "Afternoon tea". Facciamo finta di essere tre vecchiette inglesi che prendono il tè », spiega Mister Wonder-Marsha, girando un invisibile cucchiaino in una invisibile tazza.
« Beviamo il tè e poi putiamo pettella e gomitiamo » (= Si chiama gioco di finzione. È un'attività educativa e altamente formativa. Consiste nel simulare una situazione, nella fattispecie un tè tra amiche. Ma poiché è un gioco da femmine, noi, che siamo maschi evoluti e fantasiosi, lo arricchiamo con sputi e vomito finale, per dare realismo e vivacità al quadro).
« Ridiamo come pazzi, vuoi un po' di tè pure tu mamma? Tu potresti essere Alysha... »
« Would you like a cup of tea, Alysha? »

Elastincontro 6
Amnesie e ricordi

La casa era enorme, con il parquet ovunque e una grande scala che portava al piano di sopra. Dall'ingresso si scorgevano, in fondo a destra, la cucina, un frigorifero con il distributore di ghiaccio, come quelli americani, e un adolescente che mangiava pop corn e guardava i Simpson in tv.

« Venite, lui è di sopra », disse, accogliendoli, una signora elegante, ingioiellata e spettinata.

Loro salirono, muti.

Lui era al piano di sopra, seduto su un alto letto matrimoniale, le gambe penzoloni e lo sguardo interrogativo di un bambino.

« Racconta, racconta ai signori cosa è successo. Loro sono qui per aiutarti », gli sussurrò lei, materna e apprensiva.

« Non lo so. Non ricordo. Non mi ricordo niente », rispose lui, con voce atona e incredula.

« In che senso non si ricorda niente? »

« Non mi ricordo come mi chiamo, che lavoro faccio, non so chi sia questa donna bionda, non conosco questa casa e non conosco voi, signori strani con queste tute rosse e questi camici. Ma sto bene. Sto bene. Adesso passa. Grazie. »

E se ne stava lì, balbettando che era tutto a posto e scoprendo quella stanza, quel letto, quei quadri alle pareti, quei tappeti come se li vedesse per la prima volta.

Lui era a casa sua, con sua moglie, suo figlio al piano di sotto che mangiava pop corn e guardava i Simpson e la sua agenda sul comò, dove l'aveva posata in un passato prossimo o remoto. Lui era lì, disorientato, capitato in una vita che non riconosceva, atterrato in un mondo estraneo.

La signora si avvicinò alla ragazza con la tuta rossa, l'unica donna di quel trio, arrivato con l'ambulanza.
« Posso? Sa, tra donne ci si spiega meglio... » chiese abbassando gli occhi e stringendole il braccio.
« Certo che può. »
« Be', lui e io... mio marito e io... stavamo... ha capito no? Stavamo... insomma eravamo insieme, a letto, e a un certo punto... lui mi ha chiesto: "Ma tu chi sei?" E io ho pensato stesse scherzando... ma non scherzava. Nostro figlio era di sotto... »

Lui aveva perso la memoria, una domenica pomeriggio, durante l'amore con sua moglie che gli aveva detto « non fare lo stupido », ma lui non faceva lo stupido. Lui si era perso veramente.
Elasti-mamma non sa se quel signore si è ritrovato, dopo un'ora, un giorno o un mese o se magari ancora adesso, a distanza di quasi vent'anni, ha un buco nero al posto del passato, apertosi quella domenica.
Elasti, entrata nella sua vita come volontaria dell'ambulanza che lo portò in ospedale, non ha saputo più niente di lui, ma serba vivido il ricordo di quelle gambe penzoloni e di quello sguardo interrogativo, di bambino.

CAPITOLO 7

Fraterni abissi

Gli hobbit sono in partenza. Mister Wonder li accompagna ad Harmony Beach dove trascorreranno due settimane dai nonni, Towanda e Mister Brown.
«Mamma, non credo di potere resistere senza di te», dice lo hobbit grande lacrimoso.
«Ma nano, quindici giorni passano in un batter d'occhio. Non te ne accorgerai nemmeno. Vi divertirete come pazzi. E poi la mamma deve lavorare...»
«Lo so, ma tu sei l'amore mio...» biascica tirando su con il naso.
«Vedrai che sarai felice.»
«Non credo. Non posso essere felice se tu non sei con me. Coccoliamoci, baciamoci, fammi i grattini, caricami le pile!»
«Su su...»
«Ho bisogno di un pegno da te. Un pegno che mi faccia compagnia quando sarò solo e disperato.»
«Posso darti questo fazzoletto se vuoi...»
«Va bene. Ma con il tuo profumo dentro.»
Elasti-mamma spruzza sul fazzoletto due gocce di profumo.
«Così poco? Ancora!»
«Ma poi è troppo!»
«Il tuo profumo non è mai troppo.»
Elasti-mamma impregna il fazzoletto di profumo e consegna allo hobbit l'ormai nauseabondo pegno. Lui ci affonda il naso.
«Questo un po' mi consolerà. Ma sarò comunque tristissimo», sospira melodrammatico.
Si materializza lo hobbit piccolo.

«Ehi, nano piccolo. Ci diamo qualche bacio che per qualche giorno non ci vediamo?»
«Non mi pazzono li bazi» (= Detesto le smancerie, mamma, dovresti saperlo).
«Allora lasciati abbracciare, fatti salutare per bene.»
Elasti-mamma si china alla sua altezza, con le braccia spalancate. Lui si avvicina, con cautela. Allunga una mano e dà una virile pacca sull'elasti-spalla.
«Zao mamma. In bocca al lupo.» E se ne va.

La giustifica

Elasti-mamma, dopo avere depositato il suo carico familiare a Linate, si è interrogata, indecisa se lasciarsi cogliere da abbandonico sconforto o da incontenibile euforia.
Sulla via di casa si è fermata nella sua pasticceria preferita, ha comprato tre brioche calde a scopo, ancora incerto, consolatorio o celebrativo.
Arrivata a Felicity Place ha signorilmente ignorato i Gormiti, i calzoncini, i pezzi di biscotto, la palla, i pigiami, il camion e la pozzanghera di succo di frutta gusto pesca che giacevano sul pavimento, e si è dedicata al lauto banchetto.
Poi si è addormentata. Per tre ore.
Si è svegliata, ha telefonato a Mister Wonder per accertarsi che fossero giunti a destinazione sani e salvi e si è riaddormentata.
Si è alzata, si è fatta una doccia, è andata a fare la spesa, sentendosi straordinariamente attiva e, per darsi un tono, ha noleggiato un film francese.
Rientrata a casa, si è stesa sul divano a leggere il giornale.
Si è riaddormentata.
Si è svegliata, ha mangiato mezzo chilo di ciliegie, ha letto sei pagine del suo libro, su una famiglia con cinque figli e un orso, rigorosamente ambientato nel New England perché, dopo la città di A, Elasti-mamma è diventata monomaniacale nelle sue letture, e si è addormentata di nuovo.
Si è svegliata, ha mangiato mezzo chilo di gelato e un pomodoro

e ha guardato il film, troppo francese e troppo triste, per una donna nelle sue condizioni.
Stremata, è andata a dormire.
Stamane si è svegliata con calma, ha fatto colazione e ha pensato: ho bisogno di riposare un po', e ha dormito per le successive cinque ore.
Ha dormito sempre, di un sonno senza sogni, sordo e incoercibile, insaziabile e vitale, come avrebbe voluto fare ogni giorno, negli ultimi mesi.
Un sonno sfrenato è come un pozzo buio, dall'acqua torbida e tiepida. Abbandonarcisi ha qualcosa di lascivo e peccaminoso. Ma Elasti-mamma, come si diceva alle elementari, ha la giustifica.
Lei, come ha annunciato lo hobbit piccolo ai nonni, «ha un flatellino nella panza, antzi una flatellina pelché Malìoteleso ha detto così».

Deliri Jedi

Drin.
«Elasti-amore, sono io. Chiedimi come è andato il viaggio con gli hobbit verso il Salento.»
«Come è andato?»
«Perfettamente, nonostante un trascurabile incidente di percorso, anzi due. Chiedimi dettagli.»
«Mmm. Orsù, dammi qualche dettaglio e dimmi dei due trascurabili incidenti.»
«Oh, quisquilie.»
«Dai! Dimmi! Racconta!»
«Stavamo atterrando a Brindisi.»
«E?»
«C'era qualche turbolenza.»
«Quindi?»
«Vomito.»
«Ma dai! Hai vomitato? Sul Milano-Brindisi? Voli dalla mattina alla sera su carrette low cost per Londra e quando ti concedi un

sontuoso Alitalia, *zac*, vomiti!? Per giunta con i bambini di fianco. Che vergogna!»
«Ma no! Sono gli hobbit ad avere vomitato. Insieme, contemporaneamente, all'unisono, sincroni... chiedimi cosa è successo. Chiedimi se si sono sporcati anche solo un po'? Chiedimi se ho avuto bisogno di aiuto?»
«Si sono sporc...»
«No! Assolutamente no! Perché io li ho sentiti, capisci? Ho captato il loro segnale di vomito, un nanosecondo prima che gli eventi precipitassero.»
«Come Spiderman?»
«Non mi interrompere! Allora, sai cosa ho fatto? In una frazione di nanosecondo ho estratto i due sacchetti per il vomito dal vano portaoggetti e li ho posizionati in corrispondenza millimetrica del getto nel momento esatto in cui si è materializzato. A quel punto, ho aspettato che gli hobbit finissero, ho richiuso i sacchettini e li ho consegnati alla hostess all'uscita dell'aereo. Adesso sono io che ti devo fare una domanda.»
«Prego.»
«Che effetto fa avere sposato un cavaliere Jedi?»

La carota e il bastone

«Pronto, mamma ciao. Io e mio fratello dobbiamo dirti due cose: ti amiamo più di ogni altra cosa al mondo.»
«Accidenti che bello. Grazie, anche io. E la seconda cosa?»
«Ci fermiamo a vivere dai nonni tutta la vita. Adesso dobbiamo andare. Ciao.»

Ora o mai più

«Io quasi quasi...»
«Stai scherzando vero?»
«No. In fin dei conti o lo faccio adesso o non lo faccio mai più. Sono sola, senza figli, Mister Wonder torna domani...»
«Vergognati!»

«Mica si può sempre essere integerrimi e bacchettoni. Cosa sarebbe la vita senza trasgressioni? E poi chi mi vede? E chi lo saprà mai?»
«Guarda, cara la mia deviante, che la rettitudine viene da dentro. Te la insegnano il tuo io interiore, la tua tempra granitica, i tuoi saldi principi.»
«Il mio io interiore è noioso come il grillo parlante, la mia tempra è di panna cotta e i miei principi... Be' i miei principi si occupano di temi alti, mica di inezie.»
«Meglio una coscienza noiosa e salda che una donna leggera e mollacciona.»
«E comunque vivere di rimpianti è tristissimo, vivere di sensi di colpa molto meno. Poi chi lo ha detto che dopo mi pento? Magari mi piace pure e lo rifaccio. Magari mi piace talmente tanto che lo devo rifare tutti i giorni... questo effettivamente potrebbe avere qualche controindicazione. Basta. Lo faccio.»
«Immonda peccatrice!»
Elasti-mamma questa sera, tornando dal lavoro, si è fermata nel suo negozio preferito.
Ha ordinato un enorme cono gelato ai gusti crema, cioccolato e cassata con un quintale di panna adagiato sopra.
Poi si è seduta su una seggiolina gialla. Ed è andata in deliquio.
Ne è valsa la pena, anche se probabilmente l'elasti-super io, pedante e anoressico, avrebbe accettato più serenamente una notte di sesso sfrenato con un amante occasionale incontrato al semaforo.

Facciamo finta

Facciamo finta di svegliarci senza sveglia, senza un assalto hobbit tra le lenzuola, senza un ritardo accumulato ancora prima del via.
Facciamo finta di svegliarci insieme, uno accanto all'altra, in silenzio, rispettosi della reciproca pigrizia. Di avere il tempo per ciondolare e il lusso di avere dimenticato di comprare il latte, senza che questo sfoci in tragedia. Di passare mezz'ora sotto la

doccia e dieci minuti a spalmarsi di crema idratante, dovunque, persino dietro le ginocchia.
Facciamo finta di arrivare in redazione senza avere l'impressione di avere già affrontato i quattrocento metri a ostacoli, il lancio del giavellotto e il salto con l'asta, tutti insieme nei precedenti quarantacinque minuti.
Facciamo finta che la giornata sia lieve, e il ritorno a casa lo sia ancor di più.
Facciamo finta di fermarci a comprare un paio di sandali in saldo e anche il pane ma il latte no, perché domani si fa la colazione al bar. Di tornare a casa e ritrovare lui, il barese della tua vita, che ha già avviato le orecchiette con i pomodorini e la rucola e ti accoglie sorridendo mentre legge *A mathematical note on marxian theorems* perché anche nella finzione alcune perversioni restano tali.
Facciamo finta di avere abbastanza energie persino per un dopocena.
Facciamo finta di vedere un film bellissimo, e di ritrovarci attorcigliati sul divano a singhiozzare sui titoli di coda, vergognandoci un po', perché anche dopo quindici anni insieme la commozione è un fatto troppo intimo per essere condiviso.
Facciamo finta di tornare indietro, almeno qualche giorno all'anno, a quando eravamo liberi e srotolavamo il tempo davanti a noi come un tappeto, di cui non vedevamo la fine.

Quello che qualcuno chiama l'*outsourcing* estivo degli hobbit è veramente una grande invenzione.

Open space mon amour

In redazione, un afoso mercoledì pomeriggio.
«Io l'ho tenuto in mano un ramarro. Hanno un carattere di merda.»
«Ho il piede molto largo.»
«Avete già chiamato il bar? Io voglio un ghiacciolo gusto chinotto.»

«Io sui giornali non trovo nulla da leggere. Quindi non li leggo.»
«Sei pur sempre un giornalista.»
«Me ne frego.»
«Hello! But who are you?»
«Guarda che non puoi chiedere al telefono a uno sconosciuto in inglese "Who are you?" È come se dicessi "Pronto, chi cazzo sei?"»
«Va be', ho sbagliato, ma non fatemelo pesare se no poi mi umiliate, you humiliate me, e vi sogno la notte.»
«La verità è che in inglese puoi dire un po' quello che ti pare, basta che ci metti *please* vicino. Puoi pure dire "Chi cazzo sei, please?" e sembri pure educato.»
«Detesto prendermi cura dei miei capelli.»
«Ora mi stampo l'orario della settimana, mi leggo il report di Morgan Stanley sugli immobili e telefono all'idraulico.»
«Mannaggia li mortacci.»
«Oh, tra una settimana si sciopera.»
«*Chick* si può tradurre con "gnocca"?»
«*Chick* letteralmente è "pollastrella".»
«Com'è il ristorante vietnamita?»
«Perché mai una maggiore propensione al rischio dovrebbe far salire l'euro?»
«Hanno prezzato il bond Wind.»
«Qui dentro fa un caldo porco.»

Qualcosa

«Bene, Elasti. Accomodati pure. Adesso faremo una ecografia con cui misureremo lo spessore della traslucenza nucale. Questo esame, combinato con il cosiddetto bi-test sul sangue venoso, consente di valutare il rischio di anomalie cromosomiche, anatomiche o placentari. Sei pronta?»
«Sì, grazie.»
«Uhm.»
«Uhm cosa, dottore? Non dica "uhm" che mi agita.»
«Rilassati Elasti. Non è mica la prima volta.»

«Facile dire "rilassati". Non è la prima volta per me ma è la prima volta per il o la microbbit che ho nella pancia.»
«Uhm.»
«La smetta di dire "uhm" e mi racconti cosa vede.»
«Il liquido linfatico che si raccoglie nella parte posteriore del collo del feto, da quello che vedo qui è...»
«È...»
«Assolutamente nella norma! Ma guarda un po' come si agita... vedi, Elasti? Le braccia... il testone... le gambette... il culo.»
«Prego?»
«Be', sì. Il culo. Come lo chiami?»
«Sederino.»
«Va bene. Il sederino... ma sai che io vedo qualcosa?»
«Qualcosa *cosa*?»
«Eh già, vedo qualcosa... eh eh.»
«Non dica "eh eh", dottore, per cortesia. Cosa vede?»
«Sì sì. È piuttosto chiaro. Oddio, è un po' presto per avere la certezza, tuttavia... io vedo...»
«Vede?»
«Un pisello.»
«Come un pisello? Un altro? Io a casa sono piena di piselli. Ma è proprio sicuro?»
«Al cento per cento no, come ti dicevo. Però a me questo cosino sembrerebbe proprio un pisello.»

Elastingestibile

Durante la prima settimana lontana dagli hobbit, Elasti-mamma ha raggiunto vette di beatitudine ed euforia tali da porsi qualche interrogativo esistenziale.
«Ma io sono veramente dotata di senso materno?»
«Ma io ero proprio fatta per avere una famiglia?»
«Ma io perché non mi sento sola e vuota, ma anzi libera e felice?»
«Ma io sarei forse più contenta e realizzata se fossi una gaudente single?»
Poi è arrivato venerdì e Mister Wonder è partito per Londra con

la scusa dell'ennesimo improbabile convegno di economisti marxisti, in realtà richiamato all'ordine dalla slavata Janet in una di quelle deprimenti località balneari inglesi dal nome impronunciabile e il tasso di suicidi e alcolismo più alto della Finlandia.

È arrivato venerdì ed Elasti-mamma è stata colta da una divorante nostalgia. Ma non una nostalgia circoscritta e scontata, non una nostalgia fisiologica e sana, di un nano grande che dice «prendiamo la pistola e scateniamo un inferno» o di un nano piccolo anarchico che dice «fazzamo li patzi».

Elasti-mamma è stata colta da una nostalgia insensata, capillare e senza speranza. Una nostalgia struggente e inconsolabile.

Elasti-mamma ha nostalgia della sua compagna delle elementari Civaschi Rossella che aveva lo chignon e la Barbie cavallerizza, del suo primo fidanzato Bigiotti Filippo che le scrisse a otto anni una lettera dal magistrale incipit «Cara elasti, amore mio», del gatto Romeo che vomitava tutti i giorni sul tappeto persiano e per questo fu cacciato di casa.

Ha nostalgia della sua nonna atea, ebrea e comunista che a sessantacinque anni iniziò a studiare il tedesco, «perché non si può morire senza conoscerlo», della sua nonna napoletana che preparava le pizze fritte e le chiamava *battilocchi*.

Ha nostalgia dell'odore della segatura dell'asilo e del profumo del deodorante Cappucci pour homme che usava il suo papà negli anni Settanta.

Ha nostalgia degli amici che ha perso per strada, delle fallimentari lezioni di chitarra con il maestro Peppo, della signora-che-non-ride, la panettiera che tanti anni fa faceva delle focaccine quadrate e che adesso chissà dove sarà.

La prima settimana senza hobbit è volata via lieve, in un'ebbrezza di gaudente egoismo.

La seconda settimana si prospetta tetra e lacrimosa.

Elasti-mamma lasciata in balia di se stessa è difficilissima da gestire.

Perverso weekend

Elasti-mamma avrebbe potuto dedicarsi alla visione dei film persi negli ultimi sei anni, avrebbe potuto leggere sotto un plaid annegata in un divano eccezionalmente privo di briciole e di nani, avrebbe potuto immergersi in una vasca piena di sali del Mar Morto e riemergere dopo quarantotto ore, avrebbe potuto abbandonarsi allo shopping compulsivo, avrebbe potuto fare uno scrub, una ceretta, un peeling, un massaggio ayurvedico o andare all'hammam, avrebbe potuto organizzare una festa baccanalica con gli amici single e gaudenti, avrebbe potuto dormire per l'intero weekend.

Tuttavia ha deciso di trascorrere il suo fine settimana libero da marito e figli in compagnia di una hobbit femmina di quattro anni pur trattandosi di una scelta perversa, masochistica, irrazionale, praticamente suicida.

La hobbit in questione, oltre a essere bionda, con gli occhi blu e femmina, è figlia di Nina.

Elasti-mamma ha riempito un grande sacchetto di regali, tutti rigorosamente rosa, ha preso un treno ed è andata a trovare Nina e la sua hobbit, che vivono in una casa con davanti un grande prato e dietro il mare.

Nina ed Elasti-mamma sono cresciute insieme, una al piano di sopra e l'altra al piano di sotto di un anonimo palazzo milanese. In seconda elementare Nina decise di farsi bocciare per essere in classe con Elasti, di un anno più piccola. Con grande disappunto di entrambe non ci riuscì.

Insieme scoprirono la vertigine degli scherzi telefonici, del lancio dalla finestra dei batuffoli di cotone inzuppati di acqua sui passanti, del gioco del dottore, delle partite a Monopoli, del furto di biancheria intima dai cassetti della mamma e di una vacanza studio all'Isola di Wight.

Insieme sono diventate grandi e ora che sono lontane stanno diventando vecchie, come ha detto Nina.

Decalogo di una hobbit femmina

Al termine di due giorni, in cui ha condiviso stanza, giocattoli e bagno con la hobbit femmina, Elasti-mamma è in possesso di alcune informazioni fondamentali:

1. Alla domanda: « Preferisci la gonna o i pantaloni? », la risposta esatta è: « I gioielli ».
2. Fare le principesse, più che un gioco, è una missione.
3. Quando si gioca alle principesse-che-si-truccano ci si imbratta la faccia con strane sostanze brillanti e bituminose poi ci si guarda allo specchio e si dice « sei bellissima » e si risponde « anche tu, sorella » (tra principesse è lecito chiamarsi « sorella » anche in assenza di legami di sangue). La sincerità tra principesse non è sempre richiesta.
4. Quando si gioca alle principesse-che-si-mettono-i-gioielli si rovista per ore in un cofanetto pieno di perline colorate per scegliere il monile appropriato. La probabilità che un milione di perline si rovescino sul pavimento provocando una crisi isterica della regina madre è pari a uno. Per chi non avesse alcuna nozione di statistica, l'espressione « probabilità pari a uno » equivale a certezza.
5. Quando si gioca alle principesse-al-ballo si assume una posizione languida, a tratti lasciva, e si tiene lo sguardo rigorosamente basso affinché il principe, colpito da cotanta inconsapevole sensualità e da cotanta virginale modestia, si innamori all'istante.
6. Nei rarissimi momenti in cui il gioco delle principesse viene a noia c'è il centro commerciale di Polly. Polly è una minuscola creatura magra, longilinea e con i capelli lunghi, setosi e biondi. È dotata di un'infinita serie di accessori microscopici che spaziano dalla borsetta al cappello da cavallerizza. Con la sua carta di credito, grande circa quattro volte lei, Polly apre il centro commerciale che, come una scatola magica, si accende e si anima al ritmo di una musica infernale. Arredare il centro commerciale è un'attività di enorme soddisfazione.
7. L'unico vero must è il rosa, il solo colore che meriti di essere indossato.

8. Alla domanda: «Hai qualche amico maschio?», la risposta esatta è: «I maschi non servono a niente».
9. Rivelare la propria identità è sconveniente. È preferibile dare generalità fittizie utilizzando nomi altisonanti, come Katiuscia, Jasmina, Biancaneve o Jessica.
10. La figura paterna ai giorni nostri è assimilabile a quella del servo della gleba nel Medioevo.

Una sposa in fuga

Nonna K qualche settimana fa si è sposata con il suo fidanzato Artù.
«Ho l'ansia», diceva i giorni prima del sì.
«È normale, mamma?» rispondeva Elasti.
«Ho la tachicardia.»
«È abbastanza normale.»
«Ho l'eczema, l'herpes e l'ipertensione.»
«Non è normalissimo, ma vedrai che passa.»
«Ho anche un po' di cervicale e secchezza delle fauci.»
«Mamma... ma tu sei sicura che ti vuoi veramente sposare?»
«Certo! Perché me lo chiedi?»
Il giorno del matrimonio nonna K era garrula e raggiante.
Niente più eczema, né herpes, né cervicale. La tachicardia si era trasformata in batticuore, l'ansia in eccitazione e la cervicale in euforia.
Soltanto alla lettura del secondo comma dell'articolo 143 del Codice civile, nonna K ha avuto un fremito.
Quando il consigliere comunale ha dichiarato: «Dal matrimonio deriva l'obbligo reciproco alla fedeltà, all'assistenza morale e materiale, alla collaborazione nell'interesse della famiglia e alla coabitazione», nonna K, deglutendo, ha alzato la mano, ma nessuno se ne è accorto.
A cerimonia finita, mentre gli hobbit lanciavano il riso ad Artù, nonna K ha avvicinato il consigliere.
«Mi scusi, sa. Io vivo a Milano, Artù nel suo castello tra i monti. Cos'è questa novità dell'obbligo alla coabitazione dei coniugi?»

« Non è una novità, signora. Era già presente nel codice civile del 1942... »
« Ah... »
« Sta bene, signora? »
« Abbastanza grazie. Mi è soltanto tornato improvvisamente un fastidioso eczema, per non parlare della secchezza delle fauci... »

« Vado a Parigi », ha annunciato due giorni dopo.
« Con Artù? »
« Ma no, ti pare? »
« Be', è tuo marito... »
« Già, ma abbiamo bisogno di un po' di indipendenza prima del viaggio di nozze. »
« Se lo dici tu... »
È tornata dalla Ville Lumière con una pompa da bicicletta tascabile per Elasti-mamma (nonna K è piuttosto fantasiosa nella scelta dei regali), due bacchette magiche per gli hobbit e la bronchite.
« Ti dispiace se dormo da te in questi giorni che Mister Wonder è via? Sai, non sto molto bene e potrei esserti utile con i bambini... »
« Mamma, i bambini veramente sono al mare, ma se vuoi stare un po' qui... » ha detto Elasti, mentre nonna K piantava il suo spazzolino da denti come una bandiera nell'elasti-bagno.

Caro Artù,
lo so, bisogna avere molta pazienza con nonna K, ma sappiamo entrambi che in fin dei conti è una ragazza d'oro.
Ti ho concesso la sua mano, ma evidentemente non è bastato.
Adesso, Caro Artù, ti autorizzo anche a venire a prelevarla qui a Felicity Place e a portartela via, dove vuoi tu.
A settembre, dopo le vacanze, voglio trovarvi sereni, senza eczema, senza herpes, senza cervicale, con la pressione minima a 80 e la massima a 120 e, soprattutto, sotto lo stesso tetto.

Alternative possibili

Hanno gambe lisce e braccia abbronzate, biancheria da mille e una notte e la borsa dello stesso colore delle scarpe. Sono morbide e vivaci, curiose e lievi, libere come l'aria.
Hanno un lavoro importante e fidanzati di passaggio, sono libertine e gaudenti, intrepide e spavalde. Ballano da sole ma hanno amici come reti e amiche solidali a cui telefonare a qualsiasi ora del giorno e della notte.
Prendono aperitivi e fanno le ore piccole, studiano il cinese perché è la lingua del futuro e hanno fatto un corso di sommelier perché nella vita viene sempre utile.
Leggono e vanno al cinema, a volte hanno l'abbonamento a teatro e nel weekend vanno al mare.
Sono padrone del loro tempo, dei loro amori e della loro vita.
Hanno imparato a navigare nella tempesta, a controllare l'olio alla macchina e a non avere bisogno di nessuno.
A volte fanno le zie e, da brave zie, fanno follie e rubano cuori ma quando si stufano riconsegnano il nipote ai legittimi genitori e vanno a farsi una sauna e una tisana depurativa.
Non hanno catene né reti e questo a volte dà le vertigini o la malinconia.
Ma hanno imparato a stare al timone anche di notte, senza cadere addormentate, hanno conosciuto l'indipendenza e la forza che ti regala.
Quando Elasti-mamma era piccola e aveva paura di tutto, nonna K le apriva il palmo della mano e le diceva: «Guarda, hai il mondo in mano!» Lei faceva di sì con la testa ma quel mondo lo vedeva rotolare per terra e aveva l'impressione che mai avrebbe avuto mani abbastanza grandi e una presa abbastanza salda.
Ieri sera Elasti-mamma è uscita a cena e ha incontrato donne proprio così, con il mondo in mano. Che hanno preso altre strade e altre vite. Erano vicine e lontanissime e per un attimo lei ha desiderato essere come loro, con il reggiseno di pizzo e gli accessori coordinati, libera come l'aria, padrona di se stessa, leggera come una farfalla.
Poi le è passato, ma non del tutto.

Tornati

Sono tornati, anche se avevano dichiarato di volere passare tutta la vita dai nonni. Sono atterrati a Linate, sbucati dalle porte automatiche degli arrivi, con gli occhi sgranati e la testa rasata perché a Mister Brown piace moltissimo andare con i nipoti dal barbiere. Si sono buttati urlando tra le braccia di Elasti-mamma che ha perso l'equilibrio e si sono accasciati tutti e tre per terra, sul linoleum dell'aeroporto, in un groviglio di braccia, gambe, polvere e zainetti.

Sono saliti in macchina, anche se il piccolo ha chiesto se poteva prendere il treno o almeno un pullman invece di quello stupido trabiccolo.

Hanno aperto tutti i finestrini e si sono messi a cantare.

« Mamma, ti amo », ha esclamato il piccolo che ha da poco imparato il potere di una dichiarazione d'amore e il suo dirompente effetto sul suo destinatario (che sia la mamma, il gelato al cioccolato o il signore che consegna l'acqua).

« Avvicinati, mamma », ha detto il grande, abbracciandola sul sedile posteriore di un abitacolo rovente nell'afa di un torrido pomeriggio padano. « Da oggi in poi sarò la tua stufa e scalderò te e il bambino nella pancia. »

« Ehi, sinnole del camion! Ehi, sinnole del camion lazzopa! » (= Ehi, signore che guidi il camion della nettezza urbana e che ci sovrasti dall'alto del tuo mezzo pesante), ha gridato il piccolo al semaforo all'autista di un camion dell'Amsa.

« Dimmi, piccolo. »

« La mia mamma ha nella panza un flatellino, antzi una flatellina come dize Malìoteleso! Lo sapevi? »

« Come dici? Non ti capisco! »

« Non è colpa tua, mio fratello non lo capisce nessuno. Comunque ti sta dicendo che nostra mamma, che poi è questa qui – la vedi? Questa qui! Se ti sporgi dal finestrino la vedi – è incinta », ha spiegato il grande con il virile orgoglio di un padre.

« Congratulazioni signora! Vivissimi auguri », ha detto l'autista dell'Amsa, chinato verso l'elasti-macchina, togliendosi il cappellino con la visiera.

E mentre lei ringraziava il signore lassù, annaspando nel gorgo di entusiasmo e follia hobbit, il nano piccolo ha annunciato: «Mi scappa la kakka».

Elasti-prediche

«Adesso vestitevi, nani.»
«Così poi ci dai una caramella-gelatina?»
«Scusa?»
«Sì, noi ci vestiamo e poi ci dai un premio.»
«Stiamo scherzando?»
«Ma dai nonni funzionava così. Vestiti-caramella, caramella-lavaggio denti, bagno-caramella, nanna-caramella.»
«Be', siete tornati e le regole le decido io.»
«Ma...»
Elasti-mamma si mette a sedere. E pontifica, perché ogni tanto bisogna pur togliersi il gusto di fare il capo saccente.
«Cari hobbit, vestirsi, lavarsi i denti, fare il bagno, andare a dormire fanno tutti parte di un unico insieme: l'insieme dei doveri. I vostri doveri non sono buone azioni, non sono sofferenza, non sono sacrificio, non sono imprese eroiche né straordinarie. Sono solo la normalità. Quindi non meritano nessun premio. Un dovere si esegue e basta, possibilmente sorridendo.»
Elasti-mamma gongola tra due hobbit perplessi, compiacendosi della propria capacità comunicativa e di persuasione. Gongola, tronfia del suo ruolo educativo e del semplice ma alto messaggio che, con parole piane, è riuscita a trasmettere a due nani in età prescolare.
«Avete capito?»
«Certo mamma.»
«È tutto chiaro?»
«Sì, mamma. Tutto chiarissimo.»
«Bene. Bravi amori miei. Adesso vestitevi.»
«Senti. Se la caramella-gelatina proprio non ti va di darcela o magari non ce l'hai, a noi vanno bene anche due barrette di cioccolato, eh?»
«Sì sì, le ballette di zokkolato banno benizzimo.»

Elastincontro 7
Quindici

Il primo anno lui si presentò a casa sua, senza avvisare. Portava enormi occhiali rotondi e un mazzolino di fiori. La madre di lei arricciò il naso e disse «mah!», il padre, uomo del Sud, dichiarò che gli uomini del Sud all'inizio sono così, ti coprono di fiori. Ma solo all'inizio. Lei pensò che bisognava fare un gran lavoro su quegli occhialoni ma che probabilmente ne valeva la pena.
Il secondo anno andarono a Parigi, durante l'inverno più freddo della storia di Francia. Passarono il Capodanno in un ristorante salvadoregno, a mangiare pappa di mais avvolta in foglie di pannocchia, congelando. «È cibo degli dei, non trovi? In America Latina sono veramente avanti», diceva lui ruminando quella sbobba gialla con la bocca allappata. Lei sorrideva indulgente e pensava che era completamente pazzo.
Il terzo anno andarono a fare una vacanza solidale in Nicaragua, con i compagni sandinisti. «Vedrai, sarà fantastico», promise lui. Lei ne dubitava ma non voleva sembrare controrivoluzionaria. Passarono quattro settimane a imbiancare un ospedale, sotto il sole tropicale, in una zona paludosa e malarica. Per miracolo tornarono soltanto con una diarrea incoercibile.
Il quarto anno lui si laureò e disse: «Vado a fare un master a Londra. Voglio diventare un economista marxista». «Vengo con te», disse lei. «Non ne vale la pena, tra un anno sarò di ritorno», rispose lui mentendo.
Il quinto anno viveva in un loculo di un pensionato universitario nell'East End di Londra per studenti poveri e comunisti. Mangiava pomodori fritti, fagioli e uova strapazzate, tutti i giorni. Lei lavorava come *trader* di borsa in una banca d'affari milanese ed era tremendamente infelice. Ogni tanto andava trovarlo, si

sdraiavano nel loculo vicini, perché nel loculo si poteva solo stare sdraiati e vicini, e si amavano fino a dimenticare i pomodori fritti e i *futures* sul Mib30.
Il sesto anno lei gli chiese di sposarla. Lui le disse: «Scusa, mi sento poco bene».
Il settimo anno lei gli disse che voleva un bambino. Lui le disse: «Okay, ci sposiamo, ma per cortesia non parliamone che mi viene l'ansia».
L'ottavo anno andarono in Irlanda d'estate e bevvero moltissima Guinness che, dicono gli irlandesi, oltre a essere afrodisiaca, nutriente e sublime, favorisce la procreazione.
Il nono anno, nove mesi esatti dopo i boccali di Guinness, nacque lo hobbit grande, biondo con gli occhi blu e le guance rubizze. La famiglia barese di Mister Wonder, dopo un momento di smarrimento, si ricordò improvvisamente dei prozii normanni.
Il decimo anno lui, sotto lo sguardo allibito di parenti e amici, faceva dichiarazioni di questo tenore: «Ho allattato a orari e non a richiesta», e «Sono stato costretto a fare il cesareo», perché ai soggetti *control freak* come lui la paternità può dare alla testa.
L'undicesimo anno era ancora a Londra, a fare l'economista marxista. Lei era ancora a Milano a fare la giornalista finanziaria. Lui tornava, tutti i giovedì, lei si convinse che gli amori part-time sono i migliori.
Il dodicesimo anno arrivò lo hobbit piccolo, torvo e con gli occhi tondi, *control freak* e bacchettone sin dai primi mesi, come suo padre.
Il tredicesimo anno lei era talmente stanca che non ha memoria di quello che è successo.
Il quattordicesimo anno lei disse: «*The more the merrier*. Se facessimo il numero tre?» Lui rispose: «Lo escludo. Potresti farlo con il vicino di casa che è pure un bel ragazzo». Poi andarono cinque settimane in America, lei si innamorò della gelida città di A e lo convinse che mancava qualcuno.

«Buongiorno, Elasti», ha esclamato lui stamane, telefonandole in redazione da Londra.
«Ehi ciao.»

« Buongiorno. »
« Ciao. »
« Ho detto buon*giorno*, hai capito? *Giorno!* Buon-*giorno*! »
« Che dici? Ma ti stai rinscemendo lassù? »
Era il loro compleanno numero quindici.

CAPITOLO 8

Nell'uggioso Sudtirolo

L'elasti-famiglia è giunta nell'uggioso Sudtirolo.
La prima settimana alloggerà in « maso per famiglie », appartenente alla categoria « bambini e benessere », più che un binomio un ossimoro.
La padrona del maso si chiama *frau* Karla e si dedica al benessere degli ospiti offrendo « *ganzheitliche Massage, manuelle Lymphdrainage, statisch energetische Behandlung, polarity-energie-balancing* e moltissimi altri trattamenti "per rilassarvi e rigenerarvi" ».
Mentre Karla si occupa del rilassamento, della rigenerazione degli avventori e del ribilanciamento della loro polarità, suo marito Volker si aggira seminudo tra i meli che circondano il maso offrendo un discreto spettacolo a uso e consumo delle tapine incinte con prole a carico che non si concedono massaggi olistici né coltivano la loro energia vitale.
Mentre Karla trascorre le giornate chiusa nel suo tempio del benessere, Volker si dedica alla maniacale pulizia del maso e alla figlia duenne, la piccola Gudrun, che vive avvinghiata al suo papà, come un panda al suo bambù.
Gli hobbit sono felici, Elasti-mamma dorme ininterrottamente, Mister Wonder legge *Theories of distributive justice.*
E fuori piove.

Dormendo sulla panna cotta

Frau Karla e herr Volker hanno messo parecchio impegno per massimizzare il comfort dei residenti del maso.
L'appartamento numero quattro al primo piano ha due grandi balconi fioriti e su ogni balcone c'è uno stendi panni, e c'è anche una sdraio a righe bianche e gialle, fradicia di pioggia, ma questo è un trascurabile dettaglio.
Nella cucina ci sono un forno a microonde e quattro faretti intelligenti che si accendono e si spengono da soli quando qualcuno entra ed esce. Lo hobbit piccolo è diventato il torturatore personale dei faretti sorprendendoli di continuo, quando meno se lo aspettano e accompagnando la loro pronta reazione con una fragorosa e sadica risata.
Nella grande camera da letto ci sono tre letti: uno blu con le sbarre per il nano piccolo, uno giallo a una piazza per il nano grande e uno enorme, matrimoniale, color albicocca, per Elasti-mamma e Mister Wonder.
Non ci sarebbe nulla di straordinario se sopra l'enorme letto matrimoniale non ci fosse lui: il materasso ad acqua.
Dormire su un materasso ad acqua è come dormire su una panna cotta 200x180 centimetri che quando ti giri fa *blob blob*.
Lo hobbit piccolo ha scoperto che se ci salta sopra invece di rimbalzare ci affoga e per questo lo tratta con sospetto. Lo hobbit grande ha chiesto troppe volte come si fa a fare uscire tutta quell'acqua.
Mister Wonder pontifica sulle estreme frontiere del sesso sopra la panna cotta, senza precisare da dove derivi cotanto sapere, e impreca contro la scarsa carica erotica di una stanza piena di hobbit che russano.
Elasti-mamma è contenta e si gode il *blob blob*.

Puzzo di natura

«Mister Wonder... non penserai di venire a dormire, per giunta sul materasso ad acqua che dovrebbe accendere il fuoco dell'erotismo più estremo, in quelle condizioni?»

«Quali condizioni, Elasti?»
«Così, puzzone. Senza farti la doccia.»
«Non sono puzzone.»
«Come no? Ti sei inerpicato su per la montagna con un nano sudaticcio in spalla, ti sei rotolato nell'erba, hai giocato a palla, ti sei rovesciato addosso il succo di mela e hai accompagnato lo hobbit piccolo a fare la cacca nel bagno pubblico di un rifugio, pubblico dell'Alto Adige ma pur sempre pubblico... e non sei puzzone?»
«Tu non capisci...»
«Cosa non capisco?»
«Che questo puzzo, come lo chiami tu, non è puzzo negativo, come quello di città. È puzzo di natura e quindi è buono, sano e pure piuttosto maschio. Dovresti essere contenta, invece di lamentarti...»

La grigliata di frau Karla

Qualche giorno fa, all'ingresso del maso, è apparso un cartello, scritto da frau Karla e rivolto agli ospiti dell'agriturismo.
Poiché i suddetti ospiti arrivano tutti dalla Germania, fatta eccezione per l'elasti-famiglia, e poiché frau Karla non ha un rapporto sereno con la lingua italiana, il cartello era scritto soltanto in tedesco.
«Mo'... ce disc' la biònda?» (= Oh, cara Elasti, che cosa mai vorrà dire nel suo messaggio la signora bionda, padrona di questo bel maso altoatesino?) ha chiesto Mister Wonder che in Sudtirolo ostenta le sue origini baresi con spropositato orgoglio.
«Boh... non si capisce. Però c'è scritto *grillade* che vorrà dire grigliata e sotto ci sono delle firme... Familie Pfaff, Familie Fuchs, Familie Sturm... è sicuramente un'idea di frau Karla per farci socializzare e aumentare il livello di benessere dei villeggianti... io scrivo anche Elasti-Familie...»

Questa sera Mister Wonder, Elasti-mamma e gli hobbit, affamati come lupi e ansiosi di socializzare con i compagni di maso, si so-

no presentati in giardino e hanno trovato frau Karla con gli occhi chiusi nella posizione del loto.
« Ehm... saremmo qui per la grigliata... ci eravamo iscritti... »
Lei ha riaperto per un attimo gli occhi e li ha richiusi subito.
« Grigliata con maiale und shpek und polpetone und takino und... come dire voi *gemüse*? »
« Verdura? »
« Ja, und verdura... era ieri. Occi digiuno depuratifo. »

Furti e bilinguismo

PRIMA DI RUBARE PENSA ALLE CONSEGUENZE.
Era scritto su un cartello, al supermercato di Lana, vicino a Merano.
In un posto dove ogni segnale, ogni indicazione, ogni avviso è rigorosamente in tedesco e in italiano, questo era solo in italiano.

Tra Heidi e Truman

L'elasti-famiglia ha lasciato il maso « Benessere e bambini », ha salutato frau Karla, suo marito Volker e la piccola Gudrun che ha rischiato di essere falciata da un calcio dello hobbit piccolo che non ha apprezzato un eccessivo trasporto della bambina bionda e germanofona nel baciare Elasti-mamma.
Adesso è in Val Casies in un maso per famiglie capitanato da nonna Ciofanna, matriarca asburgica che impartisce secchi ordini al marito, ai nove figli, ai ventiquattro nipoti e ai suoi ospiti paganti.
Ci sono prati verdissimi, mucche, capre, conigli, un appartamento che profuma di legno, biciclette gratis, canederli per tutti, krapfen con panna a colazione, una sabbiera, il ping pong, uno scivolo, la biblioteca e due stanze dei giochi, una lavanderia, dotata di Adsl inservibile, e la tisana di melissa prima di andare a dormire.
È talmente bello che sembra finto.

Bello come la casa del nonno di Heidi, con il cielo azzurro e tutti che sorridono come in *Truman Show*.

La tisana di nonna Ciofanna

Alle 21.00 in punto nella *Stube* del maso, nonna Ciofanna prepara la tisana di melissa.
La *Stube* è una stanza rivestita di legno con una grande stufa al centro e un enorme e realistico Cristo crocifisso che lo hobbit piccolo chiama «papà».
L'appuntamento con la melissa è un imperativo morale per nonna Ciofanna che approfitta della riunione per conoscere meglio i suoi ospiti.
La signora porta grembiuli colorati, un piccolo chignon trattenuto da una retina nera e si sposta tra i tavoli conversando in italiano e in tedesco, spesso senza badare alla nazionalità dell'interlocutore.
Ha un sorriso dolce e un viso morbido che stridono con lo sguardo severo e penetrante di due occhi neri, minuscoli come fessure.
«E qvesti pampini fanno a skuola?» chiede fissando lo hobbit grande che ammazza le mosche a mani nude e lo hobbit piccolo che, per non smentire gli stereotipi italiano-pizza-mandolino, strimpella una chitarra di plastica trovata nella *Stube* cantando una nenia straziante rivolto al crocifisso.
«Ehm sì, il grande ha finito la materna e a settembre inizia le elementari, il piccolo ha finito il nido...» risponde Elasti-mamma.
«Mmm. Qvindi tu laforare!»
«Già.»
«Tutto ciorno?»
«Tutto il giorno.»
«E qvanto paghi per nido pampino piccolo?»
«Be', abbastanza.»
«E perché tu non stare a casa con pampino e risparmiare soldi? E come fai con pampino nuofo che arriva adesso?» chiede inquisitoria.
«A me piace lavorare e poi, be', con il terzo figlio ci organizzeremo...»

Nonna Ciofanna non è convinta. «E tu?» chiede porgendo la melissa a Mister Wonder che detesta le tisane.
Dopo essere venuta a conoscenza dello sgangherato menage dell'elasti-famiglia, della doppia vita di Mister Wonder e dell'esistenza della gaudente nonna K, dispersa in giro per il mondo con il suo neomarito Artù, nonna Ciofanna scuote la testa e promette agli hobbit doppia razione di melissa la sera e di krapfen con panna a colazione.

Anneke e Nikolaas

«Piacere, mi chiamo Anneke e sono olandese.
«Questi sono i miei due bambini biondi con gli occhi blu e questo è Nikolaas, mio marito, anche lui biondo con gli occhi blu, alto e muscoloso.
«Veniamo da un piccolo paese al confine con la Germania, parliamo correntemente olandese, tedesco, inglese, francese e un cacofonico dialetto che conosciamo noi, i nostri genitori e i nostri millecinquecento compaesani.
«Siamo venuti qui, in Alto Adige, nel maso di nonna Ciofanna, perché amiamo l'Italia, lo speck, lo strudel e la tisana di melissa.
«Io sono chimica e lavoro in una multinazionale farmaceutica. Faccio un part-time verticale, dal lunedì al giovedì. Il venerdì e il weekend sto con i miei bambini biondi con gli occhi blu. Sono una donna felice e realizzata. Nikolaas è ingegnere, lavora in proprio, fa anche lui un part-time verticale, dal martedì al venerdì. Il weekend e il lunedì sta con i nostri bambini biondi con gli occhi blu. È un uomo felice e realizzato.
«Dal martedì al giovedì i bambini stanno con i nonni. Lo Stato olandese paga i nonni che accudiscono i nipoti 5,50 euro l'ora per ogni bambino. I miei genitori ricevono pertanto dallo Stato circa 700 euro al mese per fare i nonni, part-time.
«Anche loro sono felici e realizzati.»

Elasti-mamma ieri sera ha chiacchierato con Anneke, davanti a un piatto di canederli, polenta e gulash, e ha deciso che la prossima volta nascerà olandese.

Finalmente gente normale

Come ogni mattina in questa vacanza, anche oggi l'elasti-famigia ha fatto una passeggiata tra i monti. Lo hobbit grande, come ogni volta, si lamentava della faticosa vita dello scalatore, lo hobbit piccolo pontificava su *albeli* e *pecole,* infilato nello zaino sulle spalle del suo papà che camminava silenzioso a testa bassa.
A un tratto Mister Wonder ha avuto un fremito e si è illuminato.
«Finalmente della gente normale in questo posto!» ha esclamato guardando estasiato una rumorosissima comitiva poco lontana.
«Mo', mi ammang' assai una tiana di patat' ris' e cozz'» (= Accidenti, provo un'enorme nostalgia di una teglia di patate, riso e cozze), diceva una signora.
«I' m' mangiass' na f'cazz'» (= Io gradirei piuttosto una focaccia), le rispondeva un ragazzo.
Mister Wonder ha lanciato loro uno sguardo commosso e intenerito.
«Ah, baresi in vacanza... che meraviglia», ha sospirato.

Nonna Ciofanna

«Qvello per nipoti non è amore, è pazzione», dice nonna Ciofanna guardando Anneliese, l'ultima della stirpe.
Ha un marito taciturno che non si toglie mai il cappello di paglia e che alle sei del mattino e alle sei di sera munge le mucche.
La domenica sera e il giovedì pomeriggio nonna Ciofanna gioca a carte con sua sorella e se perde batte i pugni sul tavolo.
Appena sveglia mangia un uovo delle sue galline e si lamenta perché è troppo piccolo.
Prima di andare a dormire beve la tisana di melissa e la offre a chi la vuole, in cambio di due chiacchiere.
Nonna Ciofanna guarda il mondo con gli occhi dei suoi ospiti a cui fa domande acute e indiscrete.
D'estate va al mare, due settimane a giugno. «Fado a Rimini perché mi piace cambiare aria e perché pullman ci viene a prendere sotto casa e ci porta sotto hotel.»
Nonna Ciofanna ha un orizzonte di montagne e alberi, di *Stube*

con la stufa di maiolica e il crocifisso al centro, di tepore familiare e di speck.
Ha occhi piccoli come fessure che ogni tanto ridono. «Sono felize perché in mia fita sono stata molto fortunata», dice sistemandosi civettuola la retina nera che copre lo chignon.
Nonna Ciofanna è saggia, consapevole e piena di fascino.
Nonna Ciofanna è una gran donna.

Nonna Ciofanna e la magia della ricotta

«Se fuoi federe come fare rikotta, fieni in mia cucina qvesto pomeriggio», ha detto imperiosa nonna Ciofanna.
«Vuol dire che lei sa fare la ricotta nella sua cucina? Proprio la ricotta quella vera?»
«Zerto Elasti! Fieni e fedrai buona rikotta di nonna Ciofanna!»
Così Elasti-mamma e il suo taccuino per gli appunti si sono presentati nella cucina di nonna Ciofanna, sull'attenti.
«Butta fia qvaderno! Non zerve! Defi zolo guardare con attenzione e profare!» ha ordinato lei, mettendo un pentolone sul fuoco.
«Prendi latte, meglio appena munto da mukke. Se non hai mukke prendi latte intero komprato», ha proseguito versandone due litri nel pentolone. «Fai bollire latte e appena inizia bollire fersa dentro lentamente aceto di mele tiluito in acqua. E miskia.»
«Mi scusi, nonna Ciofanna, ma quanto aceto e quanta acqua?»
«Non fare domande sciokke! Prendi pentolino, metti un po' aceto e poi acqua. Non troppo aceto altrimenti rikotta viene dolce!» l'ha zittita la pragmatica signora.
«Fedi, fedi? Ora latte bolle, ferso aceto con acqua, miskio-miskio senza esacerare ed ekko ekko! ekko rikotta!»
«Effettivamente è proprio ricotta!» ha esclamato incredula Elasti-mamma.
«Ora tu prendi skiumarola e raccogli rikotta in una bacinella. In pentola resta siero di latte molto sano. Fuoi bere kuesto siero di latte sano che fa crescere pampino in pancia grande e forte?»
«Ehm, no, grazie, nonna Ciofanna. Lei è molto gentile, ma a me bere quel siero fa un po' impressione.»

«Perfetto befo io, anche senza pampino in pancia!»

Nonna Ciofanna ha fatto la ricotta, con latte e aceto di mele diluito in acqua. Poi ci ha messo un po' di sale, un po' di pepe, un po' di parmigiano e dell'erba cipollina, ha mischiato tutto con il frullatore e ha spalmato questa crema deliziosa su un pezzo di pane nero.
«Tieni Elasti, te lo sei meritato. Ora torna da tuoi pampini che io devo laforare!» ha concluso, mettendo bruscamente fine a un istruttivo pomeriggio.

Interessi divergenti

Nella vacanza altoatesina Mister Wonder ed Elasti-mamma avrebbero voluto:
1. Svegliarsi tardi la mattina.
2. Rimpinzarsi di speck, pane, *burro marmalata*, torta di nonna Ciofanna, uova, latte e caffè a colazione.
3. Camminare per smaltire l'enorme quantità di cibo ingurgitata.
4. Raggiungere una malga su una vetta gloriosa e sentirsi eroici.
5. Sdraiarsi sul prato a leggere e dormire.
6. Scendere dalla vetta gloriosa e tornare al maso.
7. Dormire e dedicarsi ad attività ludico-ricreative.
8. Godersi una lauta cena a base di canederli e gulash, conversando amabilmente.

Nella vacanza altoatesina gli hobbit avrebbero voluto:
1. Alzarsi all'alba.
2. Rimpinzarsi di speck, pane, *burro marmalata*, torta di nonna Ciofanna, uova, latte e cereali a colazione.
3. Rincorrere galline, capre e conigli, portando al crollo nervoso l'intera aia di nonna Ciofanna.
4. Raggiungere la prima pozza d'acqua e lanciarvi sabbia, pietre, sassi, massi, mettendo a rischio l'incolumità propria e altrui.
5. Rotolarsi nel fango e inzaccherarsi fino alla cima dei capelli.
6. Tornare nel maso e, ancora coperti di fango, strafogarsi di cioccolato.

7. Interagire nella sabbiera con i bambini olandesi e tedeschi, per poi prendersi a mazzate per una ruspa di plastica.
8. Cenare con nonna Ciofanna, i suoi ventiquattro nipoti e i suoi ospiti paganti, cantando cori di montagna.

Nonostante l'esiguità degli interessi comuni, la vacanza è stata un vero successo.

Inglorioso rientro

Alla fine l'elasti-famiglia è tornata dall'Alto Adige.
Grazie a una partenza intelligente, in uno dei weekend più trafficati dell'estate, ha affrontato sei interminabili ore di viaggio in macchina.
Alla quarta ora, su un rettilineo in autostrada, superate le curve, le code, i villeggianti tedeschi e quelli olandesi, lo hobbit piccolo ha vomitato.
Considerati i danni all'abitacolo e ai suoi occupanti, probabilmente ha vomitato le ultime quattro cene a base di speck e canederli e le ultime tre colazioni a base di crostata di nonna Ciofanna, latte e bresaola.
Del resto, quando si viaggia con succo di mela per un battaglione di alpini, Gormiti per una colonia estiva, colori e fogli per un'accademia di belle arti e un riduttore per il water a forma di papera, è il minimo che possa capitare.

Grazie signor Kneipp!

Il signor Kneipp nacque nel 1821 da una famiglia poverissima. A ventitré anni si ammalò di tubercolosi e, non riuscendo a guarire, si disse « o la va o la spacca ». Era un inverno gelido e lui decise di tuffarsi nudo nel Danubio tutti i giorni per vedere cosa sarebbe successo.
Casualmente guarì, si montò la testa e ideò una terapia per affrontare la malattia e le avversità della vita. Il metodo del signor Kneipp prevedeva, tra l'altro, immersioni dei suoi sventurati seguaci in acqua freddissima.

L'ultimo giorno in Alto Adige l'ignara elasti-famiglia, guidata dal diabolico Mister Wonder, ha seguito il cartello *Kneippweg* (percorso kneipp).
Raggiunto un gelido fiumiciattolo, Mister Wonder, esclamando delirante « Ich bin Südtiroler », si è denudato e ha proseguito la passeggiata immerso nell'acqua, invitando il resto della famiglia a fare altrettanto.
Lo hobbit piccolo si è rifugiato nello zaino, sulle spalle del padre, dichiarando lapidario: « Neanke pel sogno ».
Il grande ha detto che c'erano i sassi e che gli facevano male i piedi.
Elasti-mamma, per non alimentare il maschilismo di casa che tende a considerare scadente e pavido il gentil sesso, si è inflitta la tortura di quel sadico del signor Kneipp camminando nel fiume gelido.
Da allora Elasti-mamma è senza voce e tossisce come il ventitreenne Kneipp, prima che si buttasse nudo nel Danubio.

Dal Sudtirolo al Salento

La vacanza in montagna d'estate è fatta di spirito calvinista, sobrietà e una discreta dose di autolesionismo.
C'è dell'eroismo nell'infliggersi, in pieno luglio, un freddo cane, la perenne minaccia di pioggia, la giacca a vento nello zaino e un paio di antiestetici scarponcini scomodi e pesanti.
Ci vuole un animo virtuoso e impavido per svegliarsi la mattina e chiedersi baldanzosi: « E oggi con quale massacrante scarpinata puniamo noi e i nostri figli? », sapendo che parenti e amici nello stesso momento, armati di infradito e sdraio, si stanno crogiolando sul bagnasciuga di qualche spiaggia assolata.
Bisogna essere dei sadici pazzi per strappare i propri bambini al recinto delle capre e dei conigli, alla ruspa nella sabbiera, al tepore della cucina di nonna Ciofanna in cambio di seicento metri di dislivello a piedi, e dichiarare incoraggianti: « Guarda che poi sei contento », consci dell'enormità della menzogna.
Tuttavia, ora che la follia è finita, l'elasti-famiglia, in viaggio verso il Salento e verso i nonni, è assalita da una struggente nostalgia.

Baby killer

«Ma cosa fai, nano? Sei impazzito?»
«Matzo una faffalla» (= Sto barbaramente trucidando una creatura innocente con l'unico scopo di soddisfare il mio sadismo. Del resto, meglio ammazzare farfalle a tre anni che fare il bullo a quindici, mettendo alla berlina i compagni più deboli, filmando i soprusi con il cellulare per poi diffonderli urbi et orbi su YouTube, nevvero?)
«Ma è orribile! Perché fai queste cose? Pensa che magari quella farfalla aveva un papà che le voleva bene. Uccidere gli animali è da vigliacchi, nano. La mamma è arrabbiatissima con te.»
«Mpf» (= Le tue parole non mi hanno convinto appieno, ma lasciami riflettere).
«Che cosa brutta hai fatto... sono proprio triste.»
«Mpf.»
«Ehi! Ma no! No! No! Perché? Perché hai ucciso anche lei? Ti ho appena detto che non si ammazzano gli animali e tu, zac, fai fuori un'altra farfalla...»
«Ela il suo papà. Stava andando a lavolale» (= Era il padre della mia precedente vittima. Si stava recando in ufficio. Ho preferito finirlo prima che venisse a conoscenza del tremendo destino che ha tragicamente spezzato la breve vita del suo unico virgulto e prima che la sua esistenza si trasformasse in una pozza di orrore e desolazione).

A ognuno la sua vacanza

Lo hobbit grande impara a nuotare e a scrivere, fa grandi dormite pomeridiane e si sveglia parlando una lingua marziana che è stata ribattezzata «grullese», dà la caccia all'orso in pineta, la mattina va da solo dalla giornalaia ma arrivato nel negozio è troppo emozionato e si dimentica cosa deve comprare, a volte diventa Wolverine, prima di dormire annaffia le piante con la pompa e spesso annaffia anche il fratello.
Lo hobbit piccolo dice di essere il «re sentza ozza» e si trascina dinoccolato per la Harmony Beach del Salento, quando crede di

non essere visto « matza faffalle » e per questo è spesso in castigo. Comunica al mondo che la sua mamma ha un fratellino nella pancia « folse macchio che nazze a dizemble », si è appassionato a un libro sui pirati e grida « pelandloni, issate le vele » a ogni piè sospinto. A volte dice: « Vi voio benizzimo benizzimo ma li bazi non mi pazzono ».
Towanda, la nonna, si è slogata la caviglia perché quando frequenta i nipoti non si risparmia e si arrampica sugli scogli, si tuffa dai dirupi e pensa di essere la moglie di Wolverine.
Mister Brown si sveglia all'alba, prende la macchina e va a Otranto alla posta, anche se non ha nulla da spedire, oppure compra un Gratta e Vinci perché, come dice Towanda, è posseduto dal demone del gioco.
Lo zio con l'orecchino al naso è in Tunisia con la sua fidanzata. Dorme all'addiaccio, mangia per strada e non si lava. Se lei resisterà le prossime due settimane la strada per la beatificazione sarà tutta in discesa.
La zia matta è in partenza per Cuba, con il suo fidanzato del Nordest, detto 'u Russ'. Di loro si sa ben poco perché, per motivi rispettivamente strutturali e geografici, sono entrambi molto riservati.
Mister Wonder, a tarda sera, all'alba e tra un bagno e l'altro, elabora modelli econometrici per l'abbattimento del capitalismo. Perché il lavoro, o la missione che dir si voglia, di un economista marxista non conosce soste.
Elasti-mamma fa lunghissimi bagni con gli hobbit, prepara crostate con la marmellata, cerca di leggere il giornale, viene colta da sonno incoercibile e tenta (invece di cerca) di non soffermarsi troppo sulle inquietanti forme regalatele dalla gravidanza numero tre.

Quando sarai ruvidina

Lo hobbit grande ed Elasti-mamma sono seduti sul bagnasciuga, uno accanto all'altra, e scrutano l'orizzonte, indovinando la sagoma di un promontorio al largo, forse l'Albania.
Sono assorti e pensierosi.

Elasti-mamma si stende a guardare il cielo.
Lo hobbit grande si china a guardare Elasti-mamma.
«Mamma, quando tu sarai tutta ruvidina, io mi divertirò con le tue rughe e le mie dita saranno macchine che percorreranno le tue strade.»

Pomodoro-oro-oro, oro di bilancia-ancia-ancia

Gli hobbit maschi ricevono alla nascita una dotazione di energia assolutamente spropositata rispetto alle esigenze che ha un essere umano medio nell'intero arco della sua vita. Per disperdere questo ammasso di energia inutile attuano comportamenti irrazionali, spesso insensati, quasi sempre molesti.
Al mare, ad esempio, i nani maschi fanno la lotta, si lanciano la sabbia, si rotolano nell'acqua, urlano, saltano, litigano, costruiscono castelli con l'unico scopo di distruggerli, scavano buche con il solo obiettivo di buttarci dentro un altro nano maschio.
Talvolta è necessario arginare questo furioso flusso, interrompere questo estenuante dispendio di risorse o almeno dirottarlo verso attività più elevate, magari intellettuali.
«Bene nani, adesso basta lanciarvi quelle povere cozze nude [*abominevoli lumache senza guscio che popolano i muri di Harmony Beach*]. Ora vi insegno una bellissima conta di quando la mamma era piccola! Siete pronti?»
«Mamma, hai visto come rimbalzano le cozze nude?»
«Mamma, pozzo fale pipì pel tella?»
«Ripeto la domanda: siete pronti?»
«Sì.»
«Sì.»
«Benissimo! *Pomodoro-oro-oro. Oro di bilancia-ancia-ancia. Quanti giorni sei stato in Francia?* Su, nano piccolo, tocca a te rispondermi!»
«Blu!»
«No, non ti ho chiesto un colore, amore. Ti ho chiesto quanti giorni sei stato in Francia. Devi dirmi un numero: uno, due, tre, quattro...»
«Vedde!»

«No, tesoro. Verde è un altro colore. Quanti giorni sei stato in Francia?»
«Bene glazie.»
«Bene grazie? Non è un numero. Va be', nano grande dimmi tu un numero.»
«Tre milioni di miliardi.»
«Un numero basso, altrimenti devo contare per il resto dei miei giorni!»
«Uffa. Due.»
«Okay. *Uno, due! Hai visto per caso mio marito?*»
«Sì.»
«*Di che colore era il suo vestito?*»
«Otto.»
«Okay, nani, potete tornare a lanciarvi le cozze nude. La mamma ha mal di testa.»

Psicopatologia di una pancia abitata al mare

La verità è che quando si ha una voluminosa pancia abitata, bisogna restare in vacanza in Alto Adige o andare in Islanda, o nell'emisfero australe dove è inverno oppure in un paese islamico fondamentalista dove con un confortevole burqa si nasconde ogni inestetismo.
E comunque bisognerebbe evitare luoghi torridi in cui la divisa d'ordinanza della villeggiante media sono infradito, perizoma e piercing all'ombelico. Perché, a parte forse per le chiome ipertrofiche come mangrovie e per i peli miracolosamente assenti, la gravidanza mette a durissima prova l'autostima.
Perché sciabattare con i piedi a papera, la pancia all'infuori e lo sguardo stralunato fa venire brutti sogni. Emergere dalle acque con uno hobbit per mano e uno in braccio, sentendosi Ursula Andress in *007-Licenza di uccidere* dentro e Gloria l'ippopotamo di *Madagascar* fuori, crea fratture interiori insanabili.
Perché sorprendere il proprio marito, da sempre estimatore di donne esili e filiformi, che seziona con sguardo lubrico le generosissime curve di una pluritatuata Jessica Rabbit in microbikini e sentirlo balbettare «che vuoi che ti dica? Con l'età mi sono

cambiati i gusti... » è una esperienza che provoca disorientamento, tremori e vertigini oltre che un irrefrenabile desiderio di dargli mazzate.

Il colore dei mestieri

« Ehi, nano piccolo. È un po' che non parli più di Marìotereso. Dove è andato a finire? »
« Malìoteleso non è qui. È al lavolo. »
« Ah. E che lavoro fa? »
« Blu. »
« Scusa? »
« Malìoteleso fa il lavolo blu. »
« Capisco... e papà che lavoro fa? »
« Vedde. »
« Verde... e la mamma? »
« Zallo. »
« E Mister Brown? »
« Bianco. »
« E Towanda? »
« Bianco pule lei. »
« E tu? Tu che lavoro vuoi fare da grande? »
« Io falò il politziotto cantatore » (= Io farò il poliziotto, perché ho un debole per le divise e mio fratello ha già scelto quella da carabiniere e io mi devo sempre distinguere da lui. Ma non sarò un poliziotto banale, di quelli con la pistola che vigilano sulla sicurezza dei cittadini. Io sarò un poliziotto con una marcia in più: un poliziotto cantante).

L'animale preferito

In spiaggia lo hobbit grande ha conosciuto una bambina con il costume rosa e i codini.
« Mi chiamo hobbit grande e ho sei anni », ha dichiarato lui, scavando un buco nella sabbia con l'alluce del piede destro.
« Mi chiamo Stella, ho sette anni e vengo da Bagnacavallo, in

provincia di Ravenna», ha risposto lei, ergendosi nei suoi centoventicinque centimetri di femminilità allo stato puro.
«Qual è il tuo animale preferito?» ha domandato lui.
«Il mio animale preferito è... il cavallo. Il tuo?» ha detto lei.
«Il mio è il mandrillo.»

Finché dura

La frase «Mister Wonder è in vacanza» è un ossimoro.
Un uomo che ha un rapporto voluttuoso con le cicorie e che considera le cime di rapa l'apoteosi della lussuria, difficilmente è in grado di apprezzare il piacere effimero dell'ozio, la musicalità dello sciabattìo delle infradito che si trascinano senza meta sotto le fresche frasche dei pini e lo scorrere vacuo e gaudente di mattinate in spiaggia e pomeriggi in una piazzetta gremita di bambini chiassosi e genitori alienati.
Un uomo alla eterna ricerca del modello econometrico per la rivoluzione proletaria, che scrive formule matematiche sulla carta igienica in bagno e legge *Marxism and Ethics* per rilassarsi prima di dormire non può godersi una serata di baby dance sulle note de *Il coccodrillo come fa*.
Un uomo così ad Harmony Beach può implodere.
Poiché tuttavia il suddetto soggetto ha anche un fortissimo senso della famiglia, una stellare considerazione delle sue qualità paterne e un senso del dovere schiacciante, ha deciso di vivere questo agosto da superuomo, camminando sul filo della bulimia lavorativa e familiare, possibilmente senza ricorrere alla cocaina.
Mister Wonder si sveglia alle 4, lavora fino alle 8, fa colazione con Elasti-mamma e gli hobbit, lava i piatti, si rimette al computer per un'oretta mentre spalma crema protezione 50 alla betoniera dello hobbit piccolo convinto che sia la schiena del secondogenito. Alle 9.30 raccoglie borse di giocattoli, asciugamani e succhi di frutta e si avvia stralunato verso il mare, lanciando occhiate furtive a una fotocopia di funzioni logaritmiche e matrici input-output. Arriva in spiaggia in trance e mentre il resto della famiglia si tuffa in acqua, lui, completamente vestito, si accovaccia su uno scoglio. «Mo' che mare!» esclama, prima di piombare

nelle sue riflessioni. Verso le 11.30 toglie calzoncini e maglietta e indossa i panni del padre modello: cattura granchi, scrive sulla sabbia i nomi in stampatello dei personaggi del *Signore degli Anelli* a uso e consumo dello hobbit grande che sta imparando a leggere e fa fare capriole allo hobbit piccolo.
E la giornata prosegue così, nel tunnel della doppia personalità: gli altri fanno il pisolino, lui studia, gli altri si svegliano, lui prepara la merenda, gli altri si distraggono, lui con una pietra pomice prende appunti sul muretto. Il mondo va a 33 giri, lui a 45. Finché dura.

Come ti chiami bel bambino?

«Ciao bel bambino! Ma che begli occhioni blu! E che adorabile musetto! Me lo dai un bel bacino? E come ti chiami tesoruccio cuoricino?»
«Mi chiamo Marx, Karl Marx.»
La prolungata presenza del padre ha effetti nefasti sullo hobbit grande. Fortunatamente le vacanze non sono eterne e prima o poi Mister Wonder tornerà a fare il genitore part-time.

A Natale

Negli ultimi tempi un interrogativo ha attanagliato lo hobbit piccolo. A lungo, come spesso si fa con i dubbi esistenziali, lui se lo è tenuto dentro, preferendo non turbare gli affetti più cari, e in particolare la gestante di casa, con un quesito che avrebbe potuto porre fine alla pace familiare durante le vacanze salentine.
Per giorni e giorni lo hobbit piccolo ha covato i suoi tormenti in silenzio, ha lanciato sguardi obliqui e afflitti e ha sospirato dolente e solitario scrutando il mare, troppo altruista per condividere il suo fardello.
«Nano, si può sapere a cosa stai pensando?»
«Nente, nente. Come tà il flatellino?» (= Non crucciarti per me, mamma. Io non ho nulla. Dimmi piuttosto, come sta il microbbit? Come procede la gravidanza che noi possiamo valutare solo

dalle tue floride rotondità ma su cui tu invece godi di un osservatorio privilegiato? Orsù, dimmi).
«Il fratellino sta benissimo. Ma vorrebbe vederti più contento. Gli sembri un po' preoccupato. Hai qualche pensiero?»
«Mpf.»
«Racconta, dai.»
«... ma il flatellino...»
«...»
«Fa la cacca dentlo la tua panza?» (= Ma questa creatura che sta lì dentro, che chiamiamo fratellino un po' per convenzione ma che in realtà potrebbe essere qualsiasi cosa, un X-Man come Wolverine o un Teletubby come Tinky Winky fino a prova contraria, dovrà pure soddisfare i suoi bisogni corporali. E poiché non esce mai di lì, sono giunto alla sinistra conclusione che mangia, dorme, fa pipì e cacca dentro la tua pancia. La stessa pancia che io ho davanti agli occhi qui e ora), chiede in un sussurro, la bocca increspata dal disgusto, lo sguardo velato dall'inquietudine.
«No, nano. Il fratellino dentro la pancia non fa la cacca. Mai. La farà dopo, quando uscirà.»
I lineamenti si rilassano, il respiro da affannoso si fa leggero, lo hobbit scoppia in una grassa e sgrangherata risata liberatoria.
«Pozzo abbazzale il flatellino?» (= Posso abbracciare Wolverine o Tinky Winky o chiunque ci sia lì, e dirgli grazie perché si astiene dal fare schifezze in territori che non gli appartengono?)
La serenità è tornata nell'elasti-casa e le vacanze possono ora proseguire senza ombre. Lo hobbit sembra avere riacquistato il suo approccio lieve e beffardo all'universo che lo circonda, fatta eccezione per un rassicurante mantra, che ripete ossessivamente a chiunque gli rivolga la parola:
«Lo sai che la mia mamma ha un flatellino nella panza, macchio? Alliva a Natale e quando ussilà falà tantizzima cacca».

Amarcord di Ferragosto

Quando Elasti-mamma era adolescente nonna K la portò in vacanza con i suoi amici nudisti e fricchettoni in una piccola isola vulcanica dove non c'erano elettricità né acqua corrente ma solo scogli e mare, ovunque ti girassi.

Non c'erano mezzi di locomozione né rumori molesti e i pochissimi turisti si guardavano in cagnesco, ognuno sul suo masso battuto dalle onde, come monadi lontane.

Le tenebre calavano e il buio avvolgeva tutto, senza scampo.

«Un posto da disperati», aveva decretato elasti-ragazzetta la sua prima sera sull'isola.

«Un posto da sogno», avevano esclamato in coro nonna K e i suoi amici accendendo un falò e tirando fuori la chitarra.

«Vedrai, imparerai ad apprezzare la natura incontaminata di questo luogo magico, la poesia di estrarre l'acqua dal pozzo ogni mattina, la suggestione di una candela che si consuma», dicevano.

Elasti si svegliava ogni notte nella stanzetta spoglia della casa di pietra a picco sulla scogliera in preda all'angoscia.

«Mi fa schifo stare qui.»

«Invece è bellissimo. Ci disintossichiamo dalla città. Viviamo nudi e liberi, riscopriamo la natura incontaminata, guardiamo calare il sole e sorgere la luna, ci amiamo al ritmo del frinire delle cicale, osserviamo le stelle e cantiamo *We shall overcome.*»

«Siete dei pazzi sciroccati e io voglio tornare a Milano.»

«E invece trascorreremo qui un mese intero, che ti piaccia o no. E smettila di fare la contestatrice malmostosa.»

Poiché gli esseri umani, dopo i topi e gli scarafaggi, sono tra gli animali più adattabili, Elasti si rassegnò e iniziò a guardarsi intorno.

Un giorno al tramonto, mentre osservava sconsolata i quattro gozzi ormeggiati nel porticciolo meditando la fuga, incontrò Bartolomeo, detto Bartolino, che aveva gli occhi verdi e andava a pesca di totani. Non si era mai allontanato dall'isola, parlava quasi esclusivamente dialetto ma, nonostante la sua giovane età, conosceva a fondo l'animo femminile.

Nei suoi pochi anni di vita aveva probabilmente incontrato decine e decine di elasti-adolescenti turbate dalla sua isola aspra ed estrema e aveva imparato a confortarle e soprattutto a sedurle.

La portò a pescare nelle tenebre con la lampara, le insegnò a sputare lontanissimo, a sbattere i polipi sugli scogli, a bestemmiare in dialetto eoliano, a tuffarsi di testa dalla scogliera e a baciare

con la lingua. Le avrebbe probabilmente insegnato molte altre cose se solo Elasti fosse stata meno acerba e bacchettona.
Quando la vacanza finì nonna K e i suoi amici erano felici e depurati, Elasti-mamma aveva il cuore spezzato e una foto tessera di Bartolino il pescatore nello zaino.

Incidenti e preoccupazioni

Ad Harmony Beach non ci sono automobili, ma solo biciclette, tricicli, passeggini e infradito. Ci sono una pineta, una piazzetta e una piccola chiesa che viene usata anche per le riunioni condominiali dove si litiga molto.
La sera, mentre Elasti-mamma e Mister Wonder preparano la cena, gli hobbit giocano allo stato brado davanti a casa insieme ai bambini del vicinato, assaporando l'ebbrezza della libertà.
Ore 21.00.
Tunf tunf.
Ouch.
Tunf.
« Basta! »
« Ehi, ma che fate!? Ora vi ammazzo e vi insegno io a mettervi in due contro uno! »
Ciaf, sbleng, sdong.
« Filate a casa, delinquenti. E se vostro padre vi chiede qualcosa dite che è stato lo zio a darvi quattro ceffoni e a mettervi in castigo. Fanculo. »
Silenzio di tomba.
Elasti-mamma e Mister Wonder escono e vedono nell'ordine:
- lo hobbit grande appoggiato a un muro con i capelli ritti in testa e la maglietta *Hulk contro Wolverine,*
- lo hobbit piccolo con le mani dietro la schiena che finge di non esserci,
- Daisy, sette anni, filippina residente a Modena, agitatissima,
- Anna, nove anni, leccese, che si guarda l'enorme tatuaggio a forma di delfino sulla caviglia,
- Phil, fratello di Daisy, nove anni, sudatissimo,
- Simone, tre anni, romano, in lacrime,

- in lontananza un energumeno in zoccoli che trascina per le orecchie due ragazzetti.

« Che è successo? »

Omertoso silenzio.

« Be'? Chi ci racconta? »

Daisy si fa avanti e si schiarisce la voce e, con forte accento emiliano, racconta che « sono arrivati quei due delinquenti mentre stavamo giocando belli tranquilli per conto nostro. Hanno preso lo hobbit grande e uno gli ha bloccato le braccia dietro e l'altro lo ha preso a pugni in pancia. Poi è arrivato il loro zio, gli ha dato due ceffoni fortissimi in faccia e li ha portati via urlando. Tutto qui ».

« Oh signur, i bulli in vacanza. »

« Nano, come stai? Ti sei spaventato? »

« Sto bene. Meno male che lo zio li ha portati via, altrimenti quei due li ribaltavo a suon di pugni e facevano una bruttissima fine », risponde tremando.

« Già... meno male. »

« Volete venire a casa che parliamo un po'? »

« No, stiamo bene, restiamo qui a giocare. »

Elasti-mamma, in preda all'ormone pazzo della gravidanza, non sa se scoppiare in singhiozzi o andare con un tizzone ardente ad appiccare il fuoco a casa dei due piccoli aggressori. Mister Wonder la riporta alla ragione promettendole un gelato dopo cena.

Ore 23.30.

« Mamma, sei sveglia? » sussurra lo hobbit grande nelle tenebre, scuotendo Elasti-mamma.

« No. »

« Devo fare pipì ma non mi viene. »

« Vuol dire che non ti scappa. Torna a dormire. »

« Non posso. Ho i pensieri. »

« Vieni qui vicino a me e dimmi. »

« Come sta il fratellino nella pancia? »

« Lui benissimo, grazie. »

« Ah. »

« È questo il pensiero? »

« Anche. »

«Ti va di raccontarmi quello che è successo con quei due?»
«Non c'è niente da raccontare.»
«...»
«Ho delle preoccupazioni.»
«Per esempio?»
«Ritornare a Milano, cominciare la scuola elementare, imparare a scrivere in minuscolo, comprare la cartella e i libri, ritrovare i miei amici e la mia fidanzata, tuffarsi di testa, essere un pirata, nuotare sott'acqua, insomma le solite cose.»
«Mi sembrano cose belle.»
«Alcune sì, altre meno.»
«...»
«Credo che questa notte dovrò dormire con voi nel lettone, anche se c'è già questa pancia che occupa tanto spazio e c'è il papà che russa. Ma tanto russi anche tu e pure io. Buonanotte.»

De gustibus

«A me le femmine non mi pazzono. Mi pazzono solo li macchi» (= Io non amo il gentil sesso. Poiché sono di vedute ristrettissime e apprezzo solo i miei simili, mi piacciono i maschi).
«Sei proprio sicuro, nano?»
«...»
«Mi sembra strano che non ci sia nessuna femmina che ti piaccia.»
«Antzi no. Mi pazzono le femmine tamalle» (= Effettivamente, ora che ci rifletto meglio, mi rendo conto che esiste una categoria di donne di mio gradimento: le donne tamarre, laddove il termine tamarro pare derivi dall'arabo *tamar* che significa venditore di datteri e non credo meriti ulteriori spiegazioni).
«E quali sarebbero le donne tamarre, secondo te?»
«Le con li tatazzi» (= Nella mia personale accezione, le donne tamarre sono quelle con molti tatuaggi. Io adoro i tatuaggi. Li ho scoperti da poco grazie ad Anna, nostra vicina di casa qui al mare, che me ne ha regalati due meravigliosi raffiguranti un teschio con cappello da pirata che ho provveduto istantanea-

mente ad appiccicarmi sui bicipiti e che mostro ai bagnanti in spiaggia, conosciuti e sconosciuti, con smisurato orgoglio).

Questo non è un paese per gestanti

Ieri alle 14.15 Elasti-mamma l'intrepida ha messo piede, per la prima volta dal suo arrivo, fuori da Harmony Beach.
È andata da sola, con la Fiat Punto dei suoceri, quaranta gradi all'ombra e una gonnellina nera, coordinata con il colore dell'automobile.
Ha acceso la radio e ha attraversato campi di ulivi arsi dal sole, ha costeggiato muretti a secco e ha alzato nuvole di terra rossa. Non c'era anima viva perché a quell'ora nel Salento in agosto nessun essere umano sano di mente esce di casa, o dall'acqua, o da sotto l'ombrellone.
Lei aveva una fondamentale missione da compiere, una di quelle missioni alte che dissipano ogni reticenza e infondono spirito battagliero anche alle anime meno intrepide: la ceretta.
Elasti-mamma si è pertanto diretta verso il torrido borgo di G, un avamposto del deserto dell'Arizona, dove le case sono cubi di cemento, la strada è una sola e polverosa e gli abitanti scrutano in silenzio i forestieri dagli spiragli delle persiane.
Ha parcheggiato l'automobile, al sole perché a quell'ora nel borgo di G l'ombra non esiste, e sentendosi come Gary Cooper in *Mezzogiorno di fuoco*, ha fatto il suo ingresso nello studio di Patty.
Patty ha quarant'anni, è orgogliosamente single in un posto dove per quelle come lei esiste solo la parola zitella, è indipendente e indomita.
Elasti-mamma l'ha conosciuta casualmente tanti anni fa ed è stata conquistata dai suoi capelli corvini, dal suo sorriso beffardo e dal suo coraggio, perché non è facile fare quello che ti pare in un avamposto del deserto dell'Arizona.
Patty l'ha stretta in un abbraccio profumato di olio per i massaggi e gomma gusto menta piperita, l'ha guidata in una stanza fresca, l'ha fatta accomodare su un lettino morbido e, mentre estirpava con mano esperta tutto l'estirpabile, l'ha ragguagliata sull'ultimo anno nel borgo di G.

«Ho un nuovo ragazzo, sai? Ha ventun anni.»
«Ventuno? Ma è quasi la metà della tua età, Patty!»
«E che mi frega? Io sono innamorata e pure lui. Magari mi decido pure a sposarmi, questa volta. L'ho conosciuto perché veniva a farsi le sopracciglia. Mi sono comprata la macchina nuova e ho ristrutturato casa. Ho fatto una crociera a Natale e a ottobre voglio andarmene a Parigi, magari con lui, se ci ameremo ancora, ora di allora.»
Elasti-mamma si è lasciata stordire di parole e di effluvi al sandalo ed è uscita barcollando dallo studio di Patty.
Tornata a casa, ha trovato gli hobbit che dormivano e Mister Wonder che lavorava. Si è stesa sul letto, in stato confusionale, ed è svenuta, per le successive tre ore. E ha capito che il borgo di G non è un posto per gestanti.

De gustibus 2

«Mamma, sei molto calina con quetto vettito. Mi paze» (= Mamma, mi preme comunicarti che questo vestito è di mio gradimento poiché, a mio modesto ma autorevole parere, ti dona alquanto).
Elasti-mamma arrossisce, si schermisce, si commuove e ringrazia lo hobbit piccolo, uomo parco di effusioni e complimenti.
«Pelò mamma...» (= Purtuttavia mamma, sai che non apprezzo chi indulge nella vanità e desidero che tu non ti faccia illusioni...)
«Però?»
«Pelò mi pazzono di più li bulldog, li polizotti e le moto» (= Purtuttavia, dicevo, a te e al tuo effimero vestito preferisco i bulldog, che ho imparato ad amare grazie all'educazione cinofila impartitami dalla mia baby sitter Valentina Diolabenedica, i poliziotti, che sono uomini di ordine e uniforme, e le motociclette che non hanno bisogno di spiegazioni).

Non fare l'ansiosa

«Elasti, questa sera andiamo fuori a cena e dopo al cinema.»
«Fantastico. Ma i nani?»

«I nani vanno a un falò sulla spiaggia con i loro amici.»
«Un falò? Quali amici?»
«I soliti: Anna e Simone.»
«Ma Anna ha nove anni e pensa solo ai suoi tatuaggi, Simone non va ancora alla scuola materna e passa la vita sul triciclo a cantare *Un movimento sexy...*»
«Be', e allora? Non puoi fare sempre la mamma chioccia. I figli crescono e anche noi abbiamo bisogno dei nostri spazi...»
«Ti ricordo che gli hobbit hanno tre e sei anni. E poi il fuoco, la spiaggia di notte, magari gira anche dell'alcol... non so, mi sembra una follia...»
«Elasti, sei una lagna. Stai tarpando le ali a loro come giovani adulti e a noi come coppia.»
«Giovani adulti? Veramente...»
«Su, andiamo, non fare l'ansiosa. Ho già prenotato. Ciao ragazzi! Divertitevi!»
Sarà che lo hobbit grande in questa vacanza ha imparato a nuotare con la testa sott'acqua, ad andare in bicicletta senza le rotelle e a preparare la macchinetta per il caffè. Sarà che il piccolo dice «innantzi tutto», ha scoperto il congiuntivo presente e fa la pipì in piedi come i grandi. Sarà che il grande in costume da bagno sembra un ragazzino e il piccolo non ha più i buchi di ciccia al posto delle nocche delle mani. Sarà colpa del microbbit che diventa grande anche lui dentro la pancia. Sarà la consapevolezza che non si potranno fare bambini nuovi ogni volta che quelli vecchi imparano a volare. Ma ultimamente Elasti-mamma fa sogni strani...

Eventi di rilievo

1. Oggi è il compleanno di Mister Brown. La sua festa questa sera è, per antonomasia, l'evento mondano dell'estate salentina. Altro che la notte della Taranta.
2. La zia matta è tornata da Cuba. Lo hobbit piccolo si rivolge a lei con «ehi, zao piccola», nonostante tra loro ci siano ventotto anni di differenza.
3. Lo zio con l'orecchino al naso è tornato dalla Tunisia, con uno

zaino pieno di vestiti puzzoni e un sole tatuato sul braccio. Lo hobbit grande lo ha eletto suo modello ed eroe.

4. Lo hobbit piccolo in spiaggia, guardando sognante una signorina in topless ha esclamato « guadda che grandi tette », per poi aggiungere, rivolto al suo fidanzato coperto di tatuaggi « quetto sì che è un velo tamallo ». L'incidente diplomatico è stato evitato per puro miracolo.
5. La quotidianità ad Harmony Beach, tra infradito, creme solari e pomeriggi in piazzetta con genitori alienati e bambini urlanti, sta assumendo contorni oscuri anche per Elasti-mamma che, con la sua pancia abitata, a parte la dissonanza tra la percezione di sé (una silfide in costume) e la realtà dei fatti (un ippopotamo al bagno), vive in una bolla di placida tolleranza ed ecumenica benevolenza.
6. Mister Wonder ha trascorso una mattinata al mare a chiacchierare con Sam, bambino di Bristol lentigginoso e slavato, sotto lo sguardo incredulo e furente di due hobbit gelosi. Evidentemente sente la nostalgia di Janet, la sua moglie d'oltremanica, parimenti lentigginosa e slavata, e soprattutto, dei suoi figli inglesi. Forse per questo il pater familias domani farà una breve fuga nella perfida Albione.

Verso il mare

Tradizione vuole che il compleanno di Mister Brown sia celebrato con una grande festa, che lo zio con l'orecchino al naso suoni la chitarra, che la zia matta balli scalza la pizzica, che gli amici dei nonni cantino canzoni popolari, di lotta e dei ruggenti anni Sessanta, che Towanda cucini il polpettone e accenda le candeline sulla torta e che Mister Brown offra a tutti vino e spumante in abbondanza per poi ritirarsi in un angolo con la sua barba bianca e gli occhi lucidi.
Da qualche anno l'incontrollabile variabile hobbit si inserisce in un copione collaudato con effetti talvolta destabilizzanti.
Ieri sera, mentre gli ospiti tessevano le lodi del polpettone, che, è vero, non è proprio una pietanza estiva, ma, grazie alla ritualità

di Towanda, rappresenta uno dei punti fermi dell'estate salentina, gli hobbit si sono chiusi in camera.
«Ho scritto una canzone per questa bella festa», ha annunciato lo hobbit grande, ricomparendo armato di chitarra e di fratello. Nel patio è calato il silenzio, Mister Brown, per precauzione, ha tirato fuori un fazzoletto, lo hobbit si è appollaiato su una sedia, tenendo lo strumento al contrario. E ha iniziato a strimpellare, a caso, e a cantare la canzone appena composta, mentre il piccolo, a occhi chiusi, teneva il tempo ai suoi piedi:

Verso il mare
Ci sono sempre le tue labbra
Verso il mare
Ci sono sempre i tuoi occhi blu
Verso il mare
C'è sempre la tua nave che naviga con me
Verso il mare
Ci sono sempre le tue palpebre che navigano con me
Verso il mare
C'è sempre il tuo ricordo
Verso il mare
C'è sempre un movimento che si muove dentro me
Verso il mare
Ci sono sempre le tue urla spaventose dentro me
Verso il mare
Un giorno il capitano della nave
Stava per buttarmi giù
Ma le tue labbra mi han salvato
Verso il mare
Oh yes.

Di nuovo silenzio.
Applausi e sconcerto.
«Questa canzone è per la mia fidanzata», ha spiegato a chi gli chiedeva se l'opera avesse qualche attinenza con il genetliaco di Mister Brown.
«Ba be', ba be'. Ma quando si cominza a ballale?» ha chiesto lo hobbit piccolo.

Intimità perduta

Mister Wonder è tornato ad Harmony Beach dalla sua fuga londinese.
È arrivato di sera, in tempo per cenare con la famiglia allargata - Towanda, Mister Brown, la zia matta, lo zio con l'orecchino al naso - e nucleare - Elasti-mamma e gli hobbit.
Ha confessato di avere mangiato solo biscotti Digestive integrali e salsa di ceci nelle precedenti settantadue ore e si è ingozzato di mozzarella e pomodori. Ha imprecato, bacchettone e polemico, contro la mollezza dei costumi introdotta dai nonni che concedono gelati e altri esecrabili vizi ai nipoti non appena il pater familias si allontana. Ha letto da pagina 715 a pagina 721 del *Signore degli Anelli* a uno hobbit grande stregato che preferisce inspiegabilmente Tolkien alle appassionanti letture alternative proposte da Elasti-mamma. Messi a letto i nani si è ritirato nel talamo con la madre dei suoi figli.
Le ha raccontato che a Londra faceva un freddo terribile, pioveva e lui non aveva né ombrello né golf, che un esercito di scarafaggi ha invaso la casa in cui vive insieme ad altri cervelli in fuga come lui e che si è trovato nel caffè del mattino un immondo bacherozzo caffeinomane, rischiando di ingoiarlo.
Dopo quest'ultimo aneddoto ha cercato di insidiarla. Lei, inorridita dall'immagine del mostro nella tazzina, gli ha spiegato che raccontare disgustose avventure a scopo seduttivo è una tecnica efficace forse con Janet, la moglie inglese dalla sessualità distorta, ma non certo con la sofisticata e abitata moglie italiana.
Lui ha sostenuto che i baresi e le loro tecniche sono universalmente irresistibili, lei si è nascosta sotto le lenzuola, lui le ha fatto il solletico, lei ha finto di essere morta, lui le ha rifatto il solletico, lei è scoppiata a ridere.
« Papà, ke tai fazendo alla mamma? » ha chiesto lo hobbit piccolo dall'altra stanza con tono inquisitorio.
« Papà, perché la mamma ride? » ha domandato il grande gravemente.
« Papà, attento a lo ke fai. »
« Papà, devo venire lì? »
« Mamma? Mamma? »

«Mamma, tutto bene? Hai per caso bisogno di aiuto?»
Due hobbit nella camera accanto sono un prodigioso contraccettivo. Elasti-mamma è sempre più convinta che il microbbit in arrivo a Natale sia frutto di un puro miracolo.

Auspici di fine estate

Tra sette giorni Elasti-mamma tornerà in redazione, tra quindici lo hobbit piccolo inizierà l'inserimento alla scuola materna, tra venti il grande andrà in prima elementare.
Un languore malinconico di fine estate è calato su Harmony Beach ed Elasti-mamma, per non farsi travolgere dall'ansia che ogni fine e ogni inizio portano con sé, pensa a quello che vorrebbe da oggi a Natale.

1. Un settembre tiepido e leggero come una carezza, che non faccia rimpiangere l'alienante, per quanto rassicurante, routine infradito-spiaggia-piazzetta.
2. Una maestra simpatica per lo hobbit grande, anzi due. Di quelle capaci di lasciare tracce colorate nella memoria per sempre. Di quelle che ridono e sgridano, raccontano storie indelebili e insegnano anche un po' a vivere, di quelle che ti scuotono e ti capiscono ma non troppo, che ti ascoltano e si fanno ascoltare.
3. Uno hobbit piccolo serenamente rassegnato, se non pacificato, di fronte alle partenze e agli arrivi di Mister Wonder. Uno hobbit che prenda coscienza che presto smetterà di essere il piccolo e che questo riserverà anche inaspettate sorprese.
4. Uno hobbit grande senza mal di pancia, mal di mamma, mal di scuola, disturbi di cui soffriva tremendamente Elasti il primo anno di elementari. Uno hobbit che scopra la magia di leggere un libro da solo e di scrivere le sue rime su carta, invece di lasciare volare via perle come «cavaliere-arciere, amore-sudore, non mi hai fatto male-faccia di maiale».
5. Una gravidanza lieve che non fiacchi ogni resistenza perché una pancia abitata, due hobbit, un marito part-time e un lavoro a tempo pieno richiedono parecchie risorse che Elasti-mamma non è sicura di avere.

6. Una Valentina Diolabenedica, baby sitter e colonna portante dell'elasti-vita, che, per il quarto anno, vegli sull'elasti-famiglia, nonostante il caos e nonostante il terzo nano maschio perché lei lo aveva detto subito che voleva una bimba e che era stufa di tutti questi piselli in casa.
7. Un Mister Wonder che non fugga, in preda a improvvisi sconcerto, scoramento e paura, con una studentessa giamaicana.
8. Un terzo hobbit che si affacci al mondo senza troppo dolore per nessuno e che spalanchi i suoi occhi nuovi e ignari sulla vita, ottimista e fiducioso.

Elastincontro 8
Incontri ravvicinati del terzo tipo

All'età di vent'anni Elasti-mamma trascorse un'estate a San Diego. Per le leggi statunitensi era troppo giovane per bere alcolici ed entrare nei locali la sera ma probabilmente avrebbe potuto comprarsi una P38 e guidare una Cadillac pur non avendo la patente. Ciononostante non comprò armi da fuoco, non guidò Cadillac ma si concesse numerose trasgressioni anche grazie a una carta di identità falsa, comprata sulla spiaggia per sei dollari, in cui risultava spagnola e venticinquenne.
In quell'indimenticabile estate Elasti conobbe Aldo - milanese e irresistibile - e fu travolta da divorante passione.
La visione anche solo della caviglia di Aldo la mandava in deliquio. Bastava che lui posasse lo sguardo su di lei per farle perdere il lume della ragione. Persino le Superga maleodoranti di Aldo erano sensuali agli elasti-occhi.
I due furono inghiottiti in un vortice di passione feroce e sfrenata. Non avevano granché da dirsi ma erano totalmente soggiogati l'una dall'altro.
Tornati in patria, Elasti lasciò l'aitante Filippo, erroneamente ritenuto il grande e definitivo amore, Aldo disse addio alla storica fidanzata conosciuta in seconda media, e si giurarono passione eterna.
Tuttavia il sesso sfrenato sulle spiagge californiane non è paragonabile a quello in un trilocale prestato da un cugino in piazza Conciliazione all'ombra della Madonnina.
Così, quell'irrefrenabile attrazione si sfilacciò, giorno dopo giorno, fino a dissolversi tra le polveri sottili.
Il ricordo di Aldo tuttavia conservò un'aura di sensualità e fasci-

no, in grado di regalare qualche brivido nei momenti di languore, anche a distanza di anni.

Elasti-mamma indossa un pareo stinto a fiori, probabilmente trovato in omaggio allegato a qualche rivista trash, un paio di infradito consunte, degli occhiali da sole appannati da salsedine e sabbia. Ha una chioma allo stato brado, invano trattenuta da un mollettone rosa. Porta a tracolla, sulla destra un'enorme sacca piena di braccioli, secchiello, innaffiatoio, palette, rastrello e cazzuola, sulla sinistra un borsone zeppo di asciugamani, succhi di frutta e vari generi di conforto.
Tiene in braccio uno hobbit piccolo, per mano uno hobbit grande, trascina la sua pancia abitata e, nella sua migliore interpretazione della madre-alienata-al-mare, scende ondeggiando sulla ripida scalinata verso la spiaggia e pensa a Mister Wonder a casa, immerso nella lettura di *Making sense of Marx*.
« Elasti! »

Non può essere. Io questa voce la conosco, anzi la riconosco. No, non può essere. Perché mi tremano le gambe e mi manca il respiro? E comunque mi tolgo questo schifoso mollettone rosa che mi soffoca. E pure gli occhiali che sono tutti appannati e incrostati e non vedo niente.

« Elasti! Ma sei proprio tu! »

Aldo... mi sento male. Adesso inciampo e volo giù dalla scogliera con i bambini, il microbbit nella pancia, il pareo rosa inguardabile e le infradito... Non ci siamo incontrati in quasi vent'anni nella stessa città e ora mi scovi proprio qui ad Harmony Beach... in versione Pina Fantozzi. Lasciami almeno il tempo di raccogliere tutti i pezzi e pettinarmi.

« Aldo... che sorpresa... » balbetta lei.
« Già. »
« Già. »
Sono paralizzati dall'imbarazzo, sotto lo sguardo torvo di due hobbit con le antenne.

Aldo ha due bambini, una moglie, la pancetta e un'incipiente calvizie.
Come allora lui ed Elasti non hanno molto da dirsi. Come allora ha caviglie terribilmente sexy.
Fa il banchiere e domani torna a Milano.
Ricordarsi non sarà più come prima.
Peccato.

CAPITOLO 9

Ricominciamo

Ore 6.50.
«Mamma, ho fatto pipì sul matelazzo mio.» È sorprendente come la pipì di un bambino solo, per giunta piccolo, riesca ad appestare una stanza con le finestre aperte.
Ore 7.30.
«Mamma, vuoi sentire una rima?»
«Dimmela.»
«Labbra-gabbia.»
«No è una lima, è una sonantza! Velo mamma?»
«Sì, è un'assonanza ma la mattina presto va bene uguale.»
«No, non va bene pel niente.»
«Mo' ce sì psant'! Vero mamma che mio fratello è pesante come un chiummo?»
Mister Wonder gongola per la perfetta pronuncia barese, decisamente più rilevante dell'indefesso animo poetico del primogenito.
Ore 8.00.
Elasti-mamma, incurante della pancia abitata, prende la bicicletta per raggiungere la fermata del metrò più vicina a Felicity Place.
Ore 8.10.
Elasti-mamma arranca verso la metropolitana milanese. Il ciclismo non è uno sport per gestanti. Raggiunge la meta esausta, sentendosi smidollata e pure un po' idiota.
Ore 8.15.
In metropolitana nessuno sembra accorgersi che lei è incinta, sudata fradicia e boccheggiante. Quando un signore filippino con una maglietta con la scritta REBELS JUST DO IT si alza per lasciarle

il posto lei è arrivata a destinazione. Per fortuna non suda né boccheggia più.
Ore 9.00.
« Ciao Elasti, bentornata in redazione! » « Sei proprio abbronzata. » « Tirati su la maglietta che voglio vedere la pancia. » « Brava! Non ti sono venute le bracciotte da contadina pugliese in queste vacanze salentine. » « Quando vai in maternità? » « Quanti chili hai preso? » « Hai letto di Risanamento? » « Domani puoi venire alle sette? » « Faresti un pezzo su Pfizer? » « Ti si gonfiano mai i piedi? » « Se non avessi questa pancia non saresti affatto malaccio. » « Ma sei diventata più alta? Ah no, sono i tacchi. »
« Elasti, sono incinta anche io. »
Ore 18.00.
« Pronto nano, sono la mamma. »
« Okkei. Zi sentiamo dopo. Ola ho da fale. »
« No aspetta, passami almeno papà... »
Click
Ore 18.40.
Lei pedala sotto una pioggia che minaccia di diventare temporale. Si sente sempre più derelitta e sempre più idiota.
Ore 18.45.
« Mamma, zao. Fai le pompette? »
« Sì, vi preparo le polpette, ma lasciatemi sedere cinque minuti. »
« Sei calina, mamma. »
« Tu dici? »
« Monto calina... »
« Grazie, anche tu sei molto carino. »
« Mamma... devo dilti una cosa. »
« Dimmi. »
« Malìoteleso... »
« Cosa ha fatto Marìotereso? »
« Quando nasse il flatellino o la flatellina, a Natale... »
« ? »
« Malìoteleso non zi salà. »
« E perché Marìotereso non ci sarà quando arriverà il fratellino o la sorellina a Natale? »
« Pelché deve lavolale. »
« Va be', pazienza. Se deve lavorare... »

«Anche io folse a Natale devo lavolale con Malìoteleso.»
«Affrontiamo un problema per volta, nano. D'accordo?»
«Ba bene. Allola fazzamo le pompette dèzzo?»

Tre di tutto

Tre paia di gambe piene di peli non superflui, tre paia di piedi tendenzialmente maleodoranti, tre voci bianche che si trasformano in baritono dalla sera alla mattina, tre etti di pasta a testa tutte le sere, tre paia di spalle larghe per sentirsi piccola piccola, tre paia di braccia per portare la spesa, tre paia di mani grandi e grosse per tirarti fuori di peso dal pozzo nero quando ci caschi dentro, tre macchine semplici i cui pezzi di ricambio si comprano al supermercato sotto casa, tre montagne da scalare, tre piselli da guardarsi con inspiegabile orgoglio come fanno tutti i maschi del mondo.
Anche il terzo hobbit, il microbbit che nuota ignaro nell'elastipancia, è irrimediabilmente e inconfutabilmente maschio.
«Elasti, non ci sono più dubbi», ha detto laconico il dottore con lo sguardo perso dentro lo schermo dell'ecografo.
Eppure Marìotereso aveva detto, contro ogni evidenza scientifica ed ecografica, che era una *flatellina*. E ne era convinto. Talmente convinto che Elasti-mamma gli aveva creduto, almeno un po'.

Troppo facile

«Ha due zampe e un collo lungo.»
«Poi?»
«Fa uova grandi così.»
«Poi?»
«Qualche volta infila la testa sotto la sabbia.»
«Tloppo fazile! La tigle.»
Ci sono uomini che hanno solo certezze. Che non si interrogano, che non si guardano dentro quasi mai e, quando lo fanno, si compiacciono enormemente di quel che vedono. Ci sono uomini

che hanno tutte le risposte. E se ne fregano se non sono quelle giuste. Lo hobbit piccolo è uno di loro.

Come ti senti?

« Ehi, nano grande! Tra dodici giorni inizierai la scuola elementare. Non mi hai ancora detto come ti senti. »
« In che senso come mi sento? »
« Non so... emozionato, agitato, impaurito, dubbioso, impaziente, preoccupato, contento, pronto, disorientato, indifferente... insomma come ti senti? »
« Mi sento tutte le cose che hai detto. Tutte insieme. Tranne indifferente. »

Normalità hobbit

La normalità è un concetto soggettivo e multiforme. La normalità hobbit poi segue binari secondari, talvolta impervi, spesso imperscrutabili.
Per uno hobbit è normale bere acqua di mare, nuotare a delfino nella vasca da bagno, eleggere il proprio domicilio nella scarpiera, desiderare fortissimamente fare pipì nel bidet, parlare con un amico che si chiama Marìotereso e vive nel muro della cucina, innamorarsi di una borraccia, considerare il proprio pisello la chiave di volta del sistema solare, essere devoti a un paio di guanti da neve come altri lo sono a Padre Pio.
Ci sono fenomeni considerati invece universalmente normali, come una pancia abitata.
Gli hobbit poi la ritengono addirittura banale, alla lunga noiosa. Non fanno domande o osservazioni tipo: « Quanti chili hai preso? È un po' alta, un po' bassa, da maschio, da femmina, e la ritenzione idrica? Hai acidità, stitichezza? È troppo grande, anzi no, troppo piccola. Certo che cascarci per la terza volta... ma voi non avete la televisione? » Gli hobbit non si interrogano sui dettagli e della ritenzione idrica se ne fregano.

Venerdì sera.
L'elasti-famiglia è schierata sul divano. I maschi sono impegnati nell'ennesima visione del *Signore degli Anelli*, di cui conoscono ormai ogni sequenza ma da cui traggono inesauribile piacere. Elasti-mamma, annoiata a morte dai cavalieri neri, sfoglia rapita il catalogo Ikea.
«Ehi! Il microbbit qui dentro si sta muovendo tantissimo!» esclama in estasi, perché non si abituerà mai alla magia della coabitazione.
Gli hobbit tacciono, inghiottiti dalla Compagnia dell'Anello.
«Ehi! Il microbbit sta dando un sacco di calci! Sentite», insiste elasti-inascoltata.
Mister Wonder allunga una mano e le fa pat pat sull'ombelico, gli hobbit sbuffano.
«Uffa. Siete degli insensibili mostri. Peggio dei cavalieri neri», conclude lei, reimmergendosi nella contemplazione delle tende per doccia Tupplur.
«Zi penso io» (= Lascia che mi prenda cura io delle tue paturnie di gestante isterica), dice lo hobbit piccolo posando il palmo sull'elasti-pancia.
«Lo senti? Eh? Dimmi! Lo senti?» chiede elasti-ansiosa.
«Mi sto fazendo li fatti mei» (= Non turbare questa fraterna comunione con domande sciocche).
«...»
«Dà li calzi pecché ha paula. È nolmale. Ma io li fazzo colazzo e lui poi domme» (= Si agita perché è costretto a vedere un film inadatto a lui. È assolutamente normale. Ma io, con l'imposizione del mio tocco taumaturgico, gli faccio coraggio e lo ipnotizzo).
«Se lo dici tu...»
«Ekko. Ola pozziamo stale in paze» (= Ecco, finalmente si è tranquillizzato questo poveraccio qui dentro. Adesso finalmente abbiamo ritrovato la pace e possiamo proseguire nella visione del nostro film preferito. Non so come fareste senza di me in questa famiglia).

Rotolandosi nel fango, senza paradenti

I corsi sono orientati esclusivamente alla soddisfazione dei bisogni delle bambine e dei bambini partecipanti, che consideriamo nostri unici committenti.

... Sono banditi il « campionismo » e tutte quelle tensioni eccessivamente agonistiche che producono solo frustrazioni fra i bambini e le bambine. Puntiamo invece a rinforzare la loro autostima e la motivazione, facendoli partecipare al gioco in un modo per loro gratificante. ... Per questi motivi, non facciamo giocare solo i più bravi o i più forti... incoraggiamo i bambini alla condivisione delle risorse e degli obiettivi e alla assunzione di responsabilità verso se stessi e verso gli altri... uno sport completo dove si impara a correre, saltare... e tutti quegli altri gesti che fanno parte di una corretta e sana educazione motoria di ogni bambino.

« Mi sembra fantastico. »

« Sono compagni, con loro faremo la rivoluzione... »

« Adesso non esageriamo, ma mi sembrano bravi... »

« È lo sport perfetto per lo hobbit grande. »

« Li chiamo? »

« Chiamali. »

« Pronto, sono la mamma di uno hobbit. Mi piacerebbe fargli fare una lezione di prova... »

« Benissimo. Lo aspettiamo in calzoncini corti e maglietta. »

« Ma piove a dirotto... »

« Ripeto, calzoncini corti e maglietta. È la tenuta estiva e invernale. Se piove è meglio perché ai ragazzi piace rotolarsi nel fango... »

« Ah... ma... »

« Per il paradenti non si preoccupi. »

« Paradenti?! »

« Sì, finché hanno i denti da latte non serve. Se si rompono poi ricrescono. »

« Certo, se si rompono ricrescono... »

« Allora vi aspettiamo. Il vostro hobbit si divertirà come un pazzo. »

Sabato lo hobbit grande, sotto la pioggia e nel fango, ha fatto la

prima lezione di quello che Mister Wonder considera uno sport comunista: il rugby.
Quando è tornato a casa era lercio, puzzone e stravolto, aveva ancora tutti i suoi denti da latte e, effettivamente, si era divertito come un pazzo.

Effetti collaterali di un inizio

Se una domenica sera tuo marito parte per Londra inaugurando quel collaudato e massacrante pendolarismo che sarà routine nei successivi dieci mesi...
Se tu e i tuoi hobbit lo accompagnate all'aeroporto e gli fate ciao ciao con la mano e poi vi ingozzate di gelatine di frutta per non soccombere alla malinconia, riempiendo la macchina di granelli di zucchero e cartine appiccicose...
Se, messi a letto i nani, vieni assalita dal timore, o dalla consapevolezza, che quest'anno proprio non ce la farai e che questo microbbit nella pancia che si agita come un polipo impazzito, invece che il bastone della tua vecchiaia, sarà il definitivo colpo di grazia...
Se ti addormenti per puro miracolo pensando alla pensione, al fondo integrativo per giornalisti, al mutuo e all'auto che è troppo piccola e troppo lurida per una famiglia come si deve...
Se alle 3 ti svegli e, invece del marito part-time, al tuo fianco ci sono una forma di formaggio di plastica, il libro del pettirosso Pippo, un paio di calze misura ventisei, una crema contro le smagliature, la perfetta riproduzione in scala ridotta ma non troppo di Gollum che, se lo schiacci dietro la schiena, ti sussurra «*my precious*» con voce da oltretomba, e l'ultimo romanzo di Sophie Kinsella...
Se per le successive due ore resti sveglia, talmente sveglia da potere fare pulizia negli armadi o da friggere melanzane per una parmigiana per quindici...
Se alle 7.30, mentre stai preparando la prima colazione, apri il frigorifero e il cartone del latte cade per terra e una cascata bianca ti inonda i piedi nudi e tu ti illudi che almeno loro, i piedi, ne trarranno beneficio...

Se ti presenti in redazione e la tua capa, senza nemmeno darti il tempo di dire buongiorno, ti dice « fatti i cazzi tuoi » e tu vorresti piangere, o picchiarla...
Forse c'è qualcosa che non va nella tua vita.
O forse è solo un lunedì di settembre.
O più probabilmente tra soltanto una settimana comincia la prima elementare e tu non sai gestire lo stress.

Cavalleresche tenzoni

Valentina Diolabenedica è tornata a trascorrere i suoi pomeriggi con gli hobbit, dopo avere sposato il suo storico fidanzato Mattia, dopo un viaggio di nozze che sembrava non finire mai e dopo le vacanze estive.
Il suo nuovo status di donna coniugata non inibisce le avances dello hobbit grande che, da ormai tre anni, tenta di sedurre e corrompere la fedele e integerrima Diolabenedica.
« Valentina, ho pensato a un gioco bellissimo. »
« Dimmi. »
« Tu eri una principessa che doveva scegliere tra due cavalieri, che poi siamo io e mio fratello. Chi scegli? Magari poi quello che scegli lo baci in bocca. »
« Escludo di baciare in bocca uno di voi due. »
« Va be', ne parliamo dopo. Intanto scegli. »
« Non posso scegliere così, alla cieca. Voi dovete dirmi cosa mi offrite. »
« Se scegli me ti regalerò un mazzo di fiori diverso ogni giorno e poi ti insegnerò a nuotare senza braccioli perché le principesse non sanno nemmeno galleggiare. »
« Niente male. E tu, nano piccolo, cosa mi offri? »
« Un topo. Piccolo pelò » (= Io, cara la mia principessa, pensavo di offrirti un roditore. Precisamente un topo. E poiché so che gli animali domestici possono essere talvolta impegnativi e ingombranti, te lo regalerò piccino e maneggevole).
« Un topo? Ma come? Poi corre per tutto il castello. E sporca e fa la cacca dappertutto... »
« Va bene, allola di peluz » (= Poiché fai la schizzinosa – del resto

si sa che le principesse sono viziate, capricciose e incontentabili – ti regalerò un topo di peluche che al massimo attira un po' di polvere. Senza contare che si tratta di un dono semplice e senza pretese. E come ben sai, parsimonia e frugalità sono valori fondamentali per me e, per proprietà transitiva, per la mia principessa).
« ... »
« Allora? Ma quanto ci metti a scegliere? »

Il nemico alla porta

« Mamma, una zingara ha cercato di rubare un bambino. »
« ... »
« È entrata in casa di nascosto e zac! Lo ha preso ed è scappata. »
« Non è vero, nano. Sono solo stupidaggini. »
« Sì che è vero. Me lo ha detto il mio amico Giacomo ai giardini! »
« Giacomo non diceva anche che il suo papà è Spiderman? »
« Sì. Ma questa storia della zingara gliel'ha raccontata la sua mamma che l'ha letta sul giornale. Gli zingari rubano i bambini. »
« No, nano. Gli zingari non rubano i bambini. Nessuno ruba i bambini. »
« Ma... »
« Se ci mangiassimo un po' di cioccolato? »

Caro hobbit grande,
avere paura non serve a niente e trovare un nemico è rassicurante ma non ti protegge.
Sei anni sono pochi per sapere che l'orrore esiste ma è impossibile stanarlo.
Perché ti devi guardare dai tuoi simili prima che dai diversi, perché il nemico, nonostante quello che dice il tuo amico Giacomo, figlio di Spiderman, ha quasi sempre un viso familiare, troppo somigliante al tuo per riconoscerlo.
Quindi, hobbit grande, sii impavido e guarda con fiducia il prossimo, uguale o diverso da te che sia, perché la paura ti renderà vulnerabile e la diffidenza farà di te un uomo piccolo.

Sarei solo contento

Lo hobbit piccolo, a differenza del gaudente fratello maggiore che ama l'intero genere femminile e svolazzerebbe senza posa di fiore in fiore, è poco incline agli eccessi e rigidamente monogamo.
Dall'età della ragione, che risale a un momento imprecisato del suo passato prossimo in cui frequentava l'asilo nido, lui ama, riamato, Francesca.
Quest'anno, alla scuola materna lo hobbit piccolo e Francesca sono entrambi nella classe blu e condividono maestra, armadietto delle pantofole e materasso nell'angolo morbido.
Così, questa sera, a cena:
« Ma tu sei zeloso di me o di Flankezza? » (= Orsù dimmi, fratello mio, sei forse geloso di me? O piuttosto di Francesca, celestiale creatura dalle guance tonde e morbide, unico amore della vita mia?), chiede allo hobbit grande.
« Io non sono geloso proprio di nessuno, né di te né della tua fidanzata. »
« Sei plopio sicùlo? » (= Sii sincero con me. Non mi stupirei se tu covassi tale sentimento nei miei confronti. Io sono un fratello straordinario, me ne rendo conto. E capisco possa essere indigesta per te l'idea di dividermi con qualcuno, tantopiù se questo qualcuno è una donna).
« Certo che sono sicuro. Ti dirò di più: io sarei solo contento di avere presto un nipotino da voi. »

P.S. Lo hobbit grande domattina inizierà la prima elementare. Oggi lamentava un dolore sordo e diffuso tra il cuore e il colon. La sua mamma anche.

Giorno uno

Capita di prendersi un giorno di ferie e di ritrovarsi in tre per mano sotto la pioggia senza ombrello, con una cartella azzurra, un astuccio blu, le scarpe da ginnastica e pochissime altre certez-

ze. Capita di accorgerti troppo tardi che Mister Wonder indossa una maglietta arancione che spunta sotto una Lacoste bordeaux.
«Sei inguardabile, cambiati.»
«Stai scherzando? Sto benissimo e poi è tardi.»
Capita di ritrovarsi in trecento in una palestra tutti intorno al direttore, che però adesso si chiama dirigente, con la barba e il microfono che dice «siamo qui per costruire una scuola di vita, una scuola di cultura, una scuola di libertà». Capita di avere voglia di tirare su con il naso o almeno di sedersi perché una pancia abitata non consente certi eccessi fisici ed emotivi e distrarsi cercando di leggere nei pensieri di uno hobbit con gli occhi blu, i capelli come un casco di banane e una felpa verde.
Capita che il dirigente chiami i bambini, uno a uno, in ordine alfabetico: «Prima A: Abati Raffaella, Benazir Mohamed, Caballero José, Desangro Nicola...» e che improvvisamente cali il silenzio.
Capita che lo hobbit e il suo migliore amico siano insieme in classe e si abbraccino come se avessero segnato in coppia il gol della vittoria dei mondiali e allora ricominci a respirare, almeno un po'.
Capita che lo hobbit abbia due maestre, una bionda e una bruna, con i ricci e gli occhiali, «due colonne della scuola. Vedete di non romperle proprio voi, dopo tanti anni gloriosi», dice il dirigente. Due maestre un po' Dominatrix, un po' d'antan, colonne di granito, con la gonna a disegni cashmere e la camicia di seta, a cui affideresti i tuoi figli e le tue incertezze. Due maestre che la domenica cucinano l'arrosto e la torta di carote perché è sana e il lunedì mettono Desangro Nicola in castigo perché dice «siccome che» e perché a merenda ha la focaccia unta invece dello yogurt alla banana.
Capita che insieme alle maestre bionda e bruna e allo hobbit, al suo migliore amico e ai loro nuovi compagni e a tutti i genitori un po' stravolti come te, si percorra un corridoio, tra la palestra e le classi, e lungo i muri del corridoio ci siano schierati i bambini di seconda, di terza, di quarta e di quinta elementare e le loro maestre e le commesse e tutti battano le mani e dicano «benvenuti, benvenuti».
Capita, tra una videocamera e un ombrello, che ci sia una antiestetica macchia bordeaux e arancione, un pugno in un occhio,

un fazzolettino di carta e uno sguardo liquido. Capita che il giorno uno Mister Wonder si commuova come non era successo mai, o quasi.

(Inattendibili) cronache hobbit

« Be', come è andato il secondo giorno di scuola? »
« Bene. »
« Ottimo. Dai, racconta! Cosa avete fatto? Hai conosciuto qualcuno dei tuoi compagni nuovi? Avete usato i quaderni, i pennarelli? C'è qualche avviso dalle maestre? »
« Mamma, non iniziare a farmi le tue domande. »
« Va bene. Non ti chiedo niente. Ma dimmi come è andata. »
« Siamo entrati in classe. Le maestre ci hanno cambiati di posto. Non sono più vicino al mio amico Matteo in prima fila. Sono in penultima fila. Vicino a una femmina. Si chiama Roberta e mi ha dato un morso. Vedi? Ho ancora il segno. »
« Ma come ti ha dato un morso? Così? Tu cosa le avevi fatto? E dopo il morso, cosa le hai detto? E la maestra se ne è accorta? »
« Mamma... »
« Uffa. Scusa. Non faccio domande. »
« Comunque il morso me l'ha dato così, tanto per fare. E io non ho detto né fatto niente né prima né dopo. Ero troppo stupito. Poi le maestre ci hanno ritirato i quaderni e ci hanno dato una caramella. »
« Una caramella? Ma come, perché vi hanno dato una caramella? »
« Perché avevamo tutti fame. Comunque non devi fare domande. Al massimo parlo io. Ci hanno dato una caramella e ci hanno detto "adesso state con questa maestra bionda", una sconosciuta integrale. E se ne sono andate a parlare tra di loro. Poi ci hanno dato un disegno da colorare e hanno detto "adesso andiamo a vedere la scuola". Però le classi numero cinque non le abbiamo viste perché nessuno aveva un fratello o una sorella nella classe cinque che poi è al quinto piano. »
« Ma se la scuola ha solo due piani... »
« Non mi interessa quanti piani ha la scuola. La classe cinque è al

quinto e basta. Dopo siamo tornati in classe e le maestre hanno detto che era l'intervallo ma fuori pioveva e dovevamo restare in classe. Allora io sono andato da Matteo che poveraccio ha anche lui una femmina come compagna di banco e abbiamo parlato. E abbiamo fatto merenda. Io ho bevuto il succo e ho mangiato tre cracker. Poi abbiamo ricolorato e dopo la maestra ci ha detto "adesso leggiamo insieme un libro sul mondo marino" ed è suonata la campanella ed è finita. Tutti fuori. Pioveva molto. Posso andare a giocare adesso?»

Alcuni imbrogliano, altri fanno la cacca

A scuola alcuni bambini imbrogliano. Sono degli impostori: dicono di avere sei anni, ma in realtà ne hanno tre e non dovrebbero essere in prima elementare ma in prima asilo come mio fratello. Roberta, la mia compagna di banco che ieri mi ha dato un morso di cui porto ancora i segni, è una degli impostori ad esempio. Però lei di anni in realtà ne ha otto o forse nove. Comunque mi arriva all'ombelico e oggi non mi ha morsicato ma mi ha dato due sberle e io ho risposto con un pugno sul naso che glielo ha tutto stortato.
A metà mattina le maestre ci portano in bagno. Dobbiamo fare pipì e lavarci le mani. Alcuni addirittura fanno la cacca. Io la cacca in quei bagni non la farei manco morto. Piuttosto me la tengo tutta la vita. C'è un lerciume irrimediabile, pipì dappertutto e carta igienica ovunque.
Oggi nessuno ci ha dato una caramella però abbiamo disegnato le greche sul quaderno rosso e poi le abbiamo colorate di verde. Praticamente abbiamo imparato a scrivere.
A me la scuola elementare piace parecchio.

Riciclerie virtuose e chine perverse

Qualche tempo fa Mister Wonder trovò casualmente a casa di amici un volumetto informativo dell'Amsa, Azienda municipale per la nettezza urbana. Prima se lo rigirò tra le mani, poi lo sfogliò, infine si immerse nella lettura, emettendo di tanto in tanto,

rigorosamente in barese, gridolini di entusiasmo («mo'!»), esclamazioni di giubilo («mo'!») e commenti appassionati («mo'!») in un climax di gaudio e tripudio.
«Nel sacco nero rifiuti generici, nel sacco giallo plastica e metallo ma non piatti e bicchieri né rifiuti pericolosi, nel cassonetto verde solo vetro, nel cassonetto bianco carta, cartone e tetrapak. Mo', geniale!» declamava commosso.
«Si chiama raccolta differenziata. La facciamo da anni», gli spiegavano i presenti inascoltati.
Lui leggeva in visibilio, come al cospetto di un testo sacro.
Poi arrivò alla pagina dedicata alle riciclerie e il suo fervore raggiunse vette inesplorate.
«Voi non vi rendete conto! La ricicleria è aperta sempre, anche la domenica. E ci porti il vetro in lastre, lo scaldabagno, le tapparelle, i calcinacci e persino i grassi di frittura!»
«Ma noi non abbiamo grassi di frittura da smaltire, e nemmeno scaldabagni e tapparelle.»
«Non importa. È fantastico sapere che ci sono posti così. Non avrei mai pensato che un giorno questa orrenda città sarebbe stata in grado di sorprendermi», diceva con quel lampo di follia generalmente da lui riservato ai modelli econometrici per l'abbattimento dei sistemi capitalistici.
Ieri l'elasti-famiglia, trascinata dal suo invasato condottiero, si è recata al gran completo, microbbit nella pancia incluso, nella ricicleria più vicina, un capannone disperso nell'estrema periferia nord di Milano.
Mister Wonder ha trascorso un sabato mattina a lanciare negli appositi contenitori, diligentemente selezionati, un ferro da stiro, un aspirapolvere, un seggiolone rotto, pile scariche, vestiti vecchi e altre cianfrusaglie riesumate dagli anfratti più remoti dell'elasti-casa, fianco a fianco con decine di altri cittadini come lui, tutti sorridenti, solidali e virtuosi.
Gli hobbit, dopo i primi minuti di entusiasmo, in cui hanno scaraventato un phon e qualche mouse in una grande vasca bianca, hanno cominciato a litigare: il conflitto ha raggiunto il suo apice quando il piccolo ha comunicato al grande: «Malìoteleso mi ha detto nell'olecchio che sei solo un povelo cletinetti» (= Marìotereso, le cui parole sono perle di verità e saggezza, mi ha appena

confidato, sussurrandomi nell'orecchio, che tu, mio fratello, sei soltanto un povero cretinetti. Premesso che ambasciator non porta pena, desidero puntualizzare che sottoscrivo appieno).
Terminato lo smaltimento dei rifiuti, l'elasti-famiglia si è infilata nell'infernale bolgia dell'Ipercoop per l'abbrutente rito settimanale della pantagruelica spesa.
Alle 13.30 Elasti-mamma stava scolando mezzo chilo penne rigate, cercando di ricordarsi l'esatto momento in cui la sua vita ha imboccato questa china perversa e apparentemente irreversibile.

Sospetti ed ex

«Sai, mamma, ho un sospetto.»
«Che sospetto?»
«Il sospetto che Barbara mi ami.»
«Chi è Barbara?»
«Una mia compagna di scuola.»
«E cosa ti fa sospettare che ti ami?»
«Be'. Non è proprio venuta da me dicendomi "io ti amo".»
«Allora cosa ti ha detto?»
«Mi ha detto: "Sai che tu sei proprio uguale a un mio ex?"»
«Scusa, quanti anni ha questa Barbara?»
«Quanti anni vuoi che abbia? Sei, come me.»
«E ti ha detto che sei uguale a un suo ex?»
«Già.»
«Ma ex cosa?»
«Mamma, per piacere! Se fai queste domande possiamo anche smettere di parlare.»

Un rivoltante must

«Mister Wonder, perché in bagno c'è sempre un immondo puzzo di pipì?»
«Perché lo hobbit piccolo sbaglia mira e nemmeno lo hobbit grande è infallibile.»

« Be', ma non stiamo parlando dei bagni della stazione centrale. E poi a casa nostra si pulisce piuttosto spesso... »
« Allora Elasti, sia chiaro una volta per tutte: indipendentemente dal livello di igiene, in una casa con tre maschi, tra poco quattro, il puzzo di piscio è un must. Ti devi rassegnare. »
E pronunciando questa implacabile sentenza, Mister Wonder è partito per Londra, lasciando Elasti-mamma sola con due hobbit, una pancia abitata e un impietoso destino.

Non te lo ha ordinato il medico

« Sono stanca, stravolta, esausta, ho mal di schiena, sonno e i crampi, mi si chiudono gli occhi, ho la pancia, le cosciotte e il sederone, ho i piedi gonfi e mi scappa la pipì ogni tre minuti. Ah, dimenticavo. Non ho niente da mettermi. »
« Però hai dei bei capelli. »
« Cosa me ne faccio dei bei capelli se tutto il resto va in pezzi? »
« Anche le unghie non sono male. Sono sane e forti come i capelli. Devi ringraziare gli estrogeni. Vedi che non tutto va in pezzi? »
« Ma che mi frega delle unghie forti? »
« Non fare la lagna. »
« Okay. La smetto. Ma non ce la faccio più. »
« Non te lo ha ordinato il medico tutto questo. »
« No, effettivamente no. »
« È stata una tua libera, consapevole scelta. O sbaglio? »
« No, non sbagli. »
« Ecco, appunto. Allora piantala. E ringrazia. »
L'elasti-coscienza in questo periodo andrebbe soppressa, o almeno messa a tacere. Se solo Elasti-mamma sapesse come fare.

Rugbisti si nasce

Accompagnare lo hobbit grande a lezione di rugby il sabato pomeriggio, è prerogativa di Mister Wonder, ma oggi Elasti-mamma era inquieta e fuori c'era il sole.

Forse guardare quindici hobbit che corrono urlando dietro una palla a forma di uovo è un buon modo per scaricare la tensione, ha pensato.
A rugby se non fa troppo freddo si gioca scalzi e in due ore si va a bere alla fontanella tre volte.
Ci sono due istruttori ma uno, grande grosso e minaccioso, è il capo.
« Avete cinque secondi per mettervi in fila », urla. E il miracolo si compie: quindici nani scalzi e indemoniati si dispongono ordinatamente uno dietro l'altro, in silenzio.
« Se fischio vi fermate, se alzo la mano tacete, se dico "giù" vi buttate pancia a terra », ordina e i quindici ubbidiscono.
« Adesso giocate! » grida e se qualcuno si fa male lo prende in braccio, smette di gridare e lo chiama « gioia ».
Lo hobbit grande si guarda in giro, si mette in posa, fa un gran tifo e si tiene a debita distanza dalla mischia. Dà grandi pacche sulle spalle ai compagni, si sgola incitandoli e si guarda bene dall'avvicinarsi alla palla.
Lo hobbit grande a lezione di rugby si accorge che tra i quindici nani c'è Jasmine, una bambina eritrea, con le treccine, gli occhi grandi e la tuta rosa.
Lui dimentica la palla, la meta, il tifo, i compagni ammucchiati uno sull'altro in un groviglio di gambe, braccia e fango. Le si avvicina e le prende la mano. « Tu sei in squadra con me », la informa e lei lo segue a bordo campo.
« Sediamoci un po' e rilassiamoci », dice lui sempre tenendole la mano.
Quando la lezione finisce lo hobbit ha la terra nelle orecchie e lo sguardo da triglia. « Mamma, ho bisogno del paradenti e mi sono innamorato », dichiara lapidario tornando a casa in macchina, prima di accasciarsi esausto sul sedile posteriore e perdere i sensi.

Mamma, ho fatto un sogno

« Mamma, ho fatto un sogno.
« Ho sognato che il fratellino era già uscito dalla pancia. Ma non

era minuscolo come un piccolo tartarugo che dorme, mangia, fa la cacca e nient'altro. Era già grande. E parlava e correva e giocava con me. E insieme facevamo i pazzi e ci divertivamo moltissimo. Un giorno gli ho detto: "Dai, facciamo una gara fino a quell'autobus", e abbiamo fatto la gara e siamo arrivati insieme alle porte dell'autobus. Io le ho solo toccate come per dire "arrivato!". Lui invece le ha aperte schiacciando un pulsante ed è salito. Le porte si sono richiuse subito e l'autobus è partito, con il fratellino dentro. E io sono rimasto lì, a guardare. Senza potere fare niente.»

«Poi pelò è allivato Malìoteleso, ha felmato l'autobus, ha apelto le polte, ha dato un pugno al guidatole e ha lecupelato il flatellino. Sai mamma?» (= Io, che mi inserisco a cuneo nelle conversazioni, nelle vite e nei sogni altrui, senza esitazioni né timidezza, so che immediatamente dopo è arrivato Marìotereso che, come spesso accade, ha un ruolo decisivo nella nostra famiglia. Del resto non è mio amico per caso. Marìotereso ha fermato l'autobus, ha aperto le porte, è entrato e, nel dubbio, ha dato un pugno al conducente perché secondo lui con la giusta dose di violenza ogni controversia è redimibile. L'eroico amico immaginario ha infine recuperato il fratellino indifeso e – diciamolo pure – anche un po' fesso, e lo ha riportato sano e salvo a casa. Sai mamma?)

Scissioni interiori: l'elasti-massaia della domenica

Nonostante un'infanzia passata a cantare «Sebben che siamo donne paura non abbiamo», l'educazione di nonna K a base di *hop hop* e di sedute di autocoscienza femminista, nonostante gli aridi studi di economia e l'ancor più arida carriera (carriera?) nel giornalismo finanziario, Elasti-mamma, dentro, è una massaia.
Nelle recondite profondità del suo animo, lei porta un grembiulone a fiori macchiato di farina e tuorlo d'uovo e un mattarello sotto il braccio, ha origini contadine e quindici figli urlanti attaccati alla sottana che implorano di leccare l'impasto della torta marmorizzata rimasto appiccicato al mestolo di legno.
L'elasti-massaia, pur essendo una donna spavalda e volitiva tra

le mura domestiche, in pubblico è schiva e preferisce restare nell'ombra, generalmente in una tasca dell'elasti-borsa o tra le pieghe di un'elasti-camicia.

La domenica tuttavia è il suo momento.

« Ragazzi, bisogna tagliare tutto quel basilico sul balcone, altrimenti muore. E cosa facciamo di tutto questo bendidio profumatissimo e biologico? Il pesto! E poi occorre tagliare anche la salvia che ormai è diventata infestante e stasera cosa si mangia? Salvia fritta. Olé. Venite ad aiutarmi », ha detto energica e imperiosa agli hobbit ieri pomeriggio brandendo un enorme paio di forbici.

« Ehi mamma! Guarda! È gigantesco! È verde! È un super verme! » ha gridato lo hobbit grande in estasi mentre lavava le foglie odorose.

« Zi sono anke io! Fatemi vedele. Un vemme? Glande! Folse è un dlago! »

« Ma è bellissimo! Guardiamolo da vicino. Nano, domani potresti portarlo a scuola e farlo vedere alle maestre e ai compagni, che dici? Mettimelo sulla mano! »

Già, perché l'elasti-massaia non ha paura di niente e, alla bisogna, combatte a mani nude le sue battaglie contro le mostruose creature, grandi e piccole, di madre natura.

Pesto e salvia fritta hanno perso ogni appeal di fronte al vermone ipertrofico, protagonista assoluto dell'imbrunire domenicale.

La sera, prima di andare a dormire, lo hobbit grande ed elastimassaia hanno infilato il gigante verde in un *tupperware* dotato di presa d'aria, in cui hanno messo ogni genere di conforto: acqua, basilico, pane, uva e un fiore blu perché anche l'occhio vuole la sua parte.

Stamane, nella frenesia malmostosa del lunedì mattina, di quella signora con il mattarello sotto il braccio, amica della salvia e dei vermi, solare ed entusiasta, era rimasto solo uno straccio stropicciato.

« Mamma guarda! Il verme è ancora più grasso stamattina. E... ha fatto un sacco di cacca! Ci sono palline di cacca dappertutto dentro il *tupperware*! La maestra sarà contentissima! »

Elasti-mamma ha lanciato un'occhiata furtiva e disgustata all'immondo contenitore. La massaia ha ceduto il posto a un'algida e schizzinosa signorina Rottermeier: « Quell'orrido animalet-

to produttore di schifezze non è di rappresentanza. Escludo che tu possa portarlo a scuola», ha decretato arricciando il naso e gettando tutto in pattumiera.
Elasti-mamma è convinta che, prima o poi, questa scissione interiore la porterà alla follia.

Marito mio

Elasti-mamma, fino a ieri, era convinta che lo hobbit piccolo appartenesse a quella categoria di uomini che non devono chiedere mai, che si fanno poche domande e si danno molte risposte, che si bastano, che ballano da soli, che conoscono la strada e non hanno bisogno del tom tom.
E non era sicura che fosse una fortuna, per lui, per il suo prossimo e, soprattutto, per la sua prossima.
Elasti-mamma, fino a ieri, era anche convinta che Francesca, colei che con lo hobbit piccolo condivide classe blu, maestra, armadietto delle pantofole e materasso nell'angolo morbido e che ormai da un anno è stata fregiata dell'appellativo «fidantzata», fosse per lo hobbit piccolo soltanto uno status symbol, creato al solo scopo di emulare il fratello precocemente donnaiolo e cascamorto.
E tutto questo non la inorgogliva affatto.
Oggi Elasti-mamma ha visto, per la prima volta, lo hobbit piccolo e Francesca insieme ai giardinetti. E ha capito di avere commesso dei grossolani errori di valutazione.
«Marito mio, vieni qua! Marito mio, seguimi! Marito mio, raccogli i sassolini! Marito mio, dammi la mano! Marito mio, sei mio!» diceva Francesca, Dominatrix in erba.
Lui taceva ed eseguiva, adorante e interdetto, obbediente e solerte. Un altro servo della gleba al cospetto del gentil sesso.

Cedimento strutturale

Elasti-mamma ha accompagnato lo hobbit piccolo alla scuola materna, lui le ha detto «in bocca al lupo al lavolo», come fa

ogni mattina, e l'ha congedata. Poi, con lo hobbit grande per mano, si è avviata verso la scuola elementare. Nei quindici minuti di tragitto si sono raccontati storie paurose, in cui vecchie zie fanno a fette i nipoti e li mettono nell'impasto della torta di compleanno dello zio e varie altre amenità.
Lasciato lo hobbit in tuta da ginnastica all'ingresso delle prime, davanti alla porta a vetri, invalicabile per i genitori, Elasti-mamma, sempre meno aitante, è andata a prendere la metropolitana. Sul treno una signora gentile ha lasciato il posto a lei e alla pancia abitata. In cambio le ha raccontato il suo travaglio di diciotto ore culminato con un cesareo di urgenza. (« Comunque tranquilla. Io ho sofferto come un cane, ma la bambina adesso sta bene, ha sedici anni e fa pallanuoto). »
Arrivata in redazione, Elasti-mamma si è seduta al suo posto, ha acceso il computer e ha letto di Unicredit e Intesa che non faranno ricorso ai *Tremonti bond*. Poi si è alzata, ha pensato che non va bene avere già mal di schiena così presto la mattina ed è andata a fare la sua quinta pipì delle trentasette quotidiane. Si è accorta che i disoccupati in Germania in settembre sono calati di dodicimila unità, che le faceva male lo stomaco, e forse aveva anche un po' di nausea e un irresistibile desiderio di sdraiarsi sul linoleum. Ha chiuso gli occhi e ha pensato che voleva la mamma, un tè, il plaid verde di quando era piccola, il divano, un cuscino e la mela grattugiata che si dà ai malati. Ha riaperto gli occhi ed era sudata e infreddolita, aveva i brividi, le ginocchia molli e il microbbit che, incurante del traballante mondo intorno, faceva flessioni e piegamenti nelle instabili profondità dei territori occupati.
Alle 9.15 Elasti-mamma ha chiamato un taxi ed è tornata a casa, dove ha dormito per le successive quattro ore, benedicendo il suo cedimento strutturale.
Al momento i pezzi sono stati ricomposti e domani è un altro giorno.

Elastincontro 9
Irene

Elasti-mamma negli anni Settanta era una bambina pallida, timida e tremebonda.
Al circo aveva paura dei clown, al cinema si emozionava terribilmente, a casa altrui le veniva la tachicardia, con gli estranei perdeva l'uso della parola, all'asilo temeva che si dimenticassero di andarla a prendere, dal lunedì al venerdì soffriva di mal-di-mamma, sindrome comune ma nefasta.
Elasti-bambina aveva una scarsa interazione con il mondo circostante perché il mondo circostante le faceva una paura blu.
« Oggi cominci la scuola elementare! » le disse garrula un giorno nonna K, che, a differenza di Elasti, non aveva paura di niente e addentava la vita come una mela.
« Non ce la faccio! » rispose lei.
« *Hop hop!* » si limitò a dire nonna K lasciandola all'ingresso della prima D.
« Buongiorno cara! Io sono la tua maestra e lo sarò per i prossimi cinque anni. Mi chiamo Irene che in greco vuol dire pace. Ti insegnerò moltissime cose. Chiamami "signora" perché è quello che sono e dammi del lei perché il rispetto si impara da piccini », disse una signora sorridente e austera, con il gesso sulle mani e nei capelli.
Elasti tacque, deglutì, tirò su col naso e si andò a sedere.
La signora Irene le insegnò a scrivere, a leggere, a contare, ad avere meno paura del mondo e più fiducia in se stessa.
La signora Irene capì la fragilità e l'inquietudine e le insegnò a difendersi.

Un giorno Elasti-mamma era in libreria, teneva lo hobbit grande per mano e insieme cercavano un libro che parlasse di cavalieri, castelli e facesse anche un po' paura. È comparsa una signora. Aveva un bastone, a cui si reggeva, e un sorriso, che la illuminava. Elasti-mamma il bastone non lo conosceva ma quel sorriso se lo ricordava benissimo, uguale a trent'anni prima.

CAPITOLO 10

Il diabolico Marìotereso

Nel momento esatto in cui ha preso coscienza della gravidanza di Elasti-mamma, lo hobbit piccolo ha annunciato di avere non una ma due bambine nella pancia: Martina e Benedetta. Le due ospiti – pare – si agitano come marionette isteriche dalla mattina alla sera.

« Guadda mamma! Guadda! Sono due patze le mie bambine! » dice il nano compiaciuto gonfiando e contraendo i minuscoli addominali.

« Veramente impressionante! »

Martina e Benedetta, al pari del microbbit, sono entrate a pieno titolo nell'elasti-famiglia.

Stamane tuttavia Elasti-mamma ha avuto la pessima idea di chiedere chiarimenti.

« Nano, ma se tu sei il papà di Martina e Benedetta, chi è la loro mamma? »

« Io non sono il papà lolo » (= Ohibò che osservazioni fai? Ti sembra che io possa essere il padre delle bambine che porto in grembo?)

« Allora tu sei la loro mamma? »

« Io sono macchio e ho il pello. Non pozzo ezzele una mamma » (= Ti ricordo che sono maschio, consapevole della mia virilità e orgoglioso del mio pisello. I maschi non possono essere madri e non devo essere io a spiegarti queste cose).

« Ma allora di chi sono figlie queste due tizie irrequiete dentro la tua pancia? »

« Di Malìoteleso » (= Di Marìotereso. Conosci il rapporto di reciproca stima e di profondo affetto che ci lega. Mi ha chiesto un favore e, come tu mi insegni, agli amici i favori non si negano). Sono al momento ignote le intenzioni di Marìotereso una volta che Martina e Benedetta si decideranno a venire alla luce. In considerazione del suo carattere bizzoso, incostante e della sua pericolosa tendenza all'opportunismo, non è da escludere che lo sciagurato genitore abbandoni le due marionette isteriche nell'elasti-casa, in prossimità della culla del microbbit.

«Guarda, nano, che se quando escono vengono ad abitare con noi, io la cacca, a Martina e a Benedetta, non gliela pulisco.»

«Zi penselò io, povelette.»

Fenomenologia di nonna K

Tra la fine dell'estate e l'inizio dell'autunno nonna K è più inquieta del solito. Sarà la prospettiva dei primi freddi, delle tenebre che presto avvolgeranno il castello di suo marito Artù, della malinconia della pioggia fuori dalla finestra, sarà l'immotivata paura di reclusioni forzate nei mesi a venire, sarà l'indigesto e improbabile fantasma di un'esistenza quieta di nonna in pensione, scandita dalla spesa, un film con le amiche, un buon libro e pomeriggi da incubo a giocare a rubamazzetto con i nipotini. Saranno tutte queste cose insieme o magari insondabili ragioni metafisiche e metaboliche, ma nonna K in questo periodo è ingestibile.

Alla fine di agosto è andata in Toscana, «perché l'ospitalità degli amici toscani è un'esperienza meravigliosa e impagabile, perché le colline sono morbide e rilassanti, i colori inebrianti e il cibo, be' per il cibo non ci sono aggettivi adeguati».

Subito dopo ha passato una settimana in una clinica della salute in Alto Adige, «a depurarmi dentro e fuori perché non sai come ci si sente meglio dopo sette giorni di finocchi, carote e massaggi linfodrenanti. Dovresti provare anche tu».

È transitata da Milano per il primo giorno di scuola dello hobbit grande, «perché è un evento emozionante e imperdibile», per poi ripartire per Venezia dove «sai, c'è la Biennale che, come di-

ce il nome stesso, è ogni due anni e mica si può perdere che poi tocca aspettare un mucchio di tempo per quella successiva».
Dopo una breve fuga a Bologna «dove è sempre piacevole fare un salto ogni tanto», è andata a Parigi per una settimana romantica con Artù. «Non puoi immaginare che cosine deliziose prémaman si trovano a Parigi. Ah che posto meraviglioso!»
Ieri sera è tornata a Milano.
«Mamma, ci vediamo? Potremmo passare a trovarti», ha detto Elasti-mamma.
«Ehm... non so. Sai ieri sul treno ho incontrato una straordinaria famiglia di australiani, di origine egiziana. Lui è un po' noioso in verità, ma lei è una donna fantastica, insegna in un liceo di Sydney. Hanno tre figli, dagli undici agli otto anni. Due maschi e una bambina, la minore, che però mangia in testa agli altri due perché è femmina e le figlie femmine sono più sveglie, anche in Australia. Insomma sono qui per un giro dell'Europa. Erano un po' stanchi e la bambina non stava molto bene. Li ho invitati a dormire. Ora sono da me, stanno ancora riposando. Ho promesso che li porto a vedere il Duomo.»
«Hai incontrato sul treno cinque potenziali serial killer australiani e adesso bivaccano da te?»
«Uff, che esagerata. Sono sicura che ti piacerebbero. E poi, poveretti, avevano tanto bisogno di casa.»
Nonna K non è una madre. È un'iperbole.

L'insostenibile leggerezza di un giorno di ferie

Con un super-io bacchettone e censore che le impedisce di chiedere la maternità anticipata e un fisico panciuto che perde colpi e pezzi lungo la strada, Elasti-mamma ha deciso di prendersi un giorno di ferie ogni tanto per evitare a se stessa e ai colleghi il bis del miserabile spettacolo di una gestante che stramazza sul linoleum della redazione.
Ieri, alle 18.00, mentre l'allegro collega G mormorava sospirando: «La depressione è la cifra della nostra esistenza», e l'inquieta collega P cercava su Internet un avvocato divorzista in zona

Lambrate, Elasti-mamma ha esclamato garrula: «Ci vediamo dopodomani», e si è inabissata in metropolitana.
Oggi, ovvero la giornata della casalinga gaudente.
Ore 6.50 sveglia.
Ore 6.55 doccia con peeling alle alghe del Mar Morto.
Ore 7.05 mission impossible: svegliare due hobbit inanimati che giacciono riversi nei rispettivi giacigli.
Ore 7.15 mission accomplished: i due risorgono con l'unico scopo di mettere in discussione la contabilità delle elasti-coccole. «Mamma, non è giusto. A quello hai dato sette baci e quattro grattini. A me cinque baci e sei grattini ma i grattini valgono di meno dei baci.» «Mamma, io vollio ancola bazi.» «Tu taci.» «Tazi tu cakkone.» «Mo' ti romb' la cap'.» Prima che il sangue scorra tra i due ragionieri dell'amore materno, si va a fare colazione.
Ore 8.00 lo hobbit piccolo ed esibizionista fa un trionfale ingresso alla scuola materna con un enorme cappello da moschettiere calato sulla testa. «Oh guarda, un gondoliere», commenta il papà di Silvia. D'Artagnan lo guarda sprezzante e giura eterno rancore a lui e, poiché le colpe dei padri ricadono sui figli, sulla povera Silvia.
Ore 8.10 di fronte al cancello della scuola qualcuno, estremamente spiritoso, ha disegnato sul marciapiede con il gesso la scena di un delitto, con tanto di cadavere colpito al cuore, proiettili e pistola. Lo hobbit grande se ne accorge uscendo e per i quindici minuti di cammino verso le elementari fioccano ameni quesiti: «Chi è morto? Chi lo ha ammazzato? Va be', ho capito che è uno scherzo ma se fosse morto veramente? Fa male essere sparati al cuore? Perché non c'era la polizia? Ti hanno mai sparato? E a papà?»
Ore 8.30 caffè al bar con le altre mamme casalinghe. Dibattito su sessualità dopo un parto naturale, dopo un cesareo, dopo un gemellare. Esercizi per il pavimento pelvico. L'afrodisiaco accostamento zucca-salsiccia.
Ore 9.00 parrucchiere. Forum tra le clienti: il terzo figlio, solo una pazza o un'integralista cattolica può desiderarlo. E comunque questi capelli sono troppo lunghi.

Ore 11.00 rapida spesa: tre paia di calzettoni diserotizzanti taglia 36 al prezzo di due, un litro di latte, tre banane.
Ore 12.00 casa, relax, lettura, catalessi.
Ore 15.30 risveglio, solo grazie alla provvidenziale telefonata di una tizia che aveva sbagliato numero.
Ore 16.25 recupero hobbit grande alla scuola elementare. « Mio figlio Edoardo per colpa della piscina ha un'otite cronica. Me ne sono accorta perché è diventato sordo. » « Ah, bene. »
Ore 17.15 prima lezione di nuoto in piscina dello hobbit grande.
Ore 18.00 lui riemerge dai vapori di una doccia, in accappatoio. Due enormi orecchie spuntano da una cuffia rossa. La somiglianza con Yoda di *Guerre Stellari* è impressionante, ma lui è felice e il resto non ha importanza. « Il nuoto è il mio sport, altro che rugby. »
Ore 20.30 dopocena. Elasti-mamma e gli hobbit sono sul lettone. « Mamma, fammi toccale la panza. Devo sentile se zi sono petzi di flatellino », dice lo hobbit piccolo affondando l'indice nell'elasti-ombelico. « Uhi! Hai sentito qualcosa? Un piede, una mano, un sederino? » « Niente da fale, nezzun petzo di flatellino, lezzamo li Balbapapà che è mellio. »

Ci sono anche io

Lo hobbit piccolo non domanda permesso, non esita, non aspetta il primo passo, non dubita. Le porte chiuse non lo spaventano perché sono fatte per essere spalancate.
Esclama « zi sono anke io! » ed entra a gamba tesa nelle vite altrui. Punta a colpo sicuro l'obiettivo, non chiede consiglio, non si guarda intorno. Sceglie, si incunea e si accomoda. Lo hobbit piccolo si fa largo a spallate, seduttivo e conquistatore, beffardo e sfrontato, subdolo e determinato. Si insinua negli affetti e nelle conversazioni e quando ti dice « zi sono anke io! » è troppo tardi, perché la sua tenda è già piantata nel tuo giardino senza che tu abbia avuto il tempo di accorgertene.
Per questo stamattina all'alba ha chiamato a rapporto nonna K: « Nonna, io e Malìoteleso veniamo a dommile a casa tua. Ozzi! » (= Cara nonna K che giri il mondo infaticabile e irrequieta. Io ho

scelto te, perché mi stai simpatica, perché sei la mia nonna, perché al momento hai più energie di quella smidollata di mia madre che con la scusa della pancia non mi fa nemmeno più fare il mostro volante, perché mi racconti la storia del pesce Pum e di Giovannello, perché sei pasticciona e fai cadere le cose e perdi le chiavi e il telefonino un giorno sì e l'altro pure, perché sei sfuggente, perché vai di fretta, perché hai i capelli dritti come gli spaghetti e come mio fratello. Insomma, cara nonna K, sappi che il mio amico immaginario Marìotereso e io questa sera verremo da te a dormire. Lo so, è la prima volta ma una prima volta c'è sempre. E non te lo sto chiedendo ma semplicemente comunicando. Aspettaci. Anzi già che ci sei, vieni a prenderci. Marìotereso ti aspetterà nel muro della cucina, io sulla porta, con il cappello da moschettiere in testa).

«Finalmente stiamo un po' tranquilli», ha commentato questa sera lo hobbit grande, immerso nella vasca da bagno piena di bolle, insieme a Elasti-mamma.

E quando l'acqua è diventata gelida ed è scoppiata anche l'ultima bolla, «in fin dei conti però questa casa è un po' triste, senza il pazzo», ha sospirato.

In fila per tre

«Cari colleghi, domani sarà in visita in redazione il gotha dell'azienda, l'olimpo dei vertici, la *top line* del *management*. Saranno in dodici, the *golden twelve*!»

«Tutti qui dentro? E dove li mettiamo?»

«Non fate osservazioni stupide. Dodici da tutto il mondo. Qui per parlare con voi. È un'opportunità unica.»

«Praticamente ne abbiamo mezzo a testa a disposizione. Che botta di fortuna.»

«Mpf. Siate presenti, affabili, accoglienti, interessati e interessanti. E fate domande, molte domande.»

«Posso chiedere se ci danno il part-time come in Svezia, Benelux e Gran Bretagna?»

«Domande intelligenti. Non quisquilie.»

«Veramente il part-time non è proprio una...»

«Basta così. Siete giornalisti, no? Sapete distinguere domande argute da domande oziose. E poi, mi raccomando: decoro. Dentro e fuori. Decoro nell'abbigliamento, sopra e sotto i tavoli, nei desktop e nei laptop, negli hardware e nei software, nell'eloquio e nelle cassettiere. A domani.»
Questa sera era ormai troppo tardi quando Elasti-mamma ha preso coscienza di avere sulla sua scrivania al centro esatto della redazione:

- una bottiglia di Brut Chardonnay, regalo di Natale 2004,
- tre gormiti (Sommo Luminescente, Obscurio e Ombra Assassina),
- una pinta di Guinness in gomma antistress,
- un pallone da calcio griffato Unicredit,
- un pacco di taralli sbriciolati,
- un paio di pinne azzurre misura 34,
- uno shampoo per capelli ultra secchi,
- una scorta di Tampax per l'intera popolazione femminile in età fertile residente a Sesto San Giovanni,
- gatti di polvere delle dimensioni del sopra citato pallone da calcio griffato,
- quattro castagne matte.

Why do you work full-time?

I dodici membri dell'olimpo aziendale sono poi sbarcati nell'elasti-redazione per raccontare le magnifiche sorti e progressive del giornalismo finanziario globale e della società che hanno il privilegio di amministrare e per conoscere i sudditi dell'Italia, variopinta, pittoresca, a tratti grottesca, scarsamente strategica propaggine dell'impero.
Sono arrivati in aereo, carichi di valigie, soprabiti e una chitarra, hanno trovato una Milano bloccata dalla manifestazione dei metalmeccanici e una redazione ripulita (sull'elasti-scrivania Tampax, castagne matte, pinne misura 34, taralli sbriciolati e gormiti si erano smaterializzati nella notte), compunta e un po' depressa. Sono approdati festosi e chiassosi, come dodici scolari in gita, portando cioccolatini, caos e una stridente ilarità post-crisi.

Sei uomini e sei donne, quelli che non vuoi sapere quanto guadagnano, quelli che decidono, che tagliano, che limano, che elaborano *industrial plans* e *strategic guidelines*, che giocano a golf perché sui *greens* ci sono i *good contacts*. Quelli che a volte vorresti essere al posto loro, a volte no.
Hanno chiamato l'intera redazione in una grande sala e hanno illustrato piano industriale e linee strategiche, hanno incoraggiato le iniziative individuali, gli investimenti a costo zero, la condivisione, la comunicazione e l'entusiasmo.
Poi c'è stato il *coffee break*.
«Ciao, mi chiamo Johanna, sono direttore generale globale strategico, sotto di me ci sono ventimila dipendenti in tutto il mondo, sono uno dei sei bracci destri dell'amministratore delegato. Vivo a New York.»
«Piacere, sono Alicia. Mi occupo di HR che poi vuol dire risorse umane ma gli anglosassoni adorano gli acronimi. Sono responsabile degli uffici di Europa, Asia e Africa. Sto a Londra che è una città che amo, ma mi manca tanto Barcellona.»
«Salve, sono Colette. Sono un altro dei bracci destri dell'amministratore delegato. Mi occupo di bilanci e vivo a Francoforte.»
«E tu chi sei?»
«Io sono Elasti. Faccio la giornalista. Lavoro al centro della redazione e...»
«Aspetti un bambino! Che bello, io ne ho due!» dice Johanna.
«È il primo? Io ne ho tre. Non c'è niente di più bello della maternità», sospira Alicia.
«Aspetto il terzo. Ma non so bene come farò con tre bambini e il lavoro a tempo pieno. Sono un po' preoccupata... ma voi come fate?»
«Lavoro a tempo pieno!?» esclamano in coro, basite e un po' schifate.
«Mica lavorerai a tempo pieno con due bambini e uno in arrivo?!» chiede indignata Colette.
«Veramente... sì.»
«Sei pazza? Noi abbiamo tutte il part-time», dice Alicia.
«Mi state dicendo che voi, donne top manager, l'olimpo aziendale, ecc., avete il part-time?»
«Naturale. Io per esempio il lunedì non lavoro mai. Faccio yoga

e sto con i bambini e le amiche, mentre il giovedì mi connetto all'ufficio da casa», dichiara Alicia.
«Io dal lunedì al mercoledì esco alle due e vado a prendere i ragazzi a scuola», spiega Johanna serafica.
«Io non ho figli, ma ho bisogno di tempo per me. Ho molti hobby. Il venerdì non lavoro. A volte nemmeno il mercoledì mattina», spiega Colette.
«Non è difficile lavorare part-time. Basta organizzarsi e sapere delegare. A qualunque livello.»
«Immagino, ma qui in Italia... be' non esiste la cultura del part-time. C'è molta diffidenza. È difficilissimo da ottenere. A noi hanno sempre detto di no fino a ora.»
Le tre scuotono la testa perplesse e turbate. «Devi lottare baby. La conciliazione è un tuo diritto. È un diritto dei lavoratori. Coalizzatevi e fate la vostra rivoluzione, tesoro. Questa azienda, ne sono certa, vi ascolterà. Basta insistere e alzare la voce se necessario. I tempi sono maturi.»
Elasti-mamma non sa se scoppiare in una grassa risata o in singhiozzi isterici. Ringrazia, saluta e si allontana. Non è pronta per l'eventuale rivelazione che pure la dea Kalì, piena di bracci destri, amministratore delegato del gruppo, è titolare di un contratto di lavoro part-time verticale, a tempo indeterminato.

Eroi e fagiolate

Ci sono quindici nani tra i cinque e i sei anni in un campo di fango.
Lui, il capo, lancia una palla ovale e pronuncia l'incauto imperativo: «Facciamo una partitella!»
Uno di loro gli mette in mano, senza preavviso, un bavoso paradenti. «Mi dondola un dente, non riesco a tenere in bocca questo robo», dice. Prima ancora che il capo possa replicare, il nano, non pago di avergli affidato l'immondo oggetto, gli fa una proposta indecente: «Vuoi sentire quanto dondola il mio dente? Senti, senti! Non è che vuoi staccarmelo che io non ho coraggio e la mia mamma neppure?» Lui non batte ciglio e declina cortesemente l'invito.

Un altro, compreso e compunto, si ferma e annuncia che sta facendo molte puzze.
« Non devi mangiare peperoni prima di venire qui », commenta il capo, altrettanto compassato.
Un nano con le gambe nude e terrose cerca di abbassare i pantaloni a un compagno alto poco più di un metro. Il piccoletto, con le parole che inciampano nel paradenti, urla: « Non mi provocare perché non mi conosci: se mi arrabbio divento una bestia ». Il capo interviene prima che la trasformazione da gnomo in bestia si compia e il virile confronto tra under 7 degeneri in tragedia.
La cosiddetta partitella prosegue senza colpi di scena apparenti, soprattutto agli occhi di un elasti-pubblico che dopo mesi di allenamenti, non ha ancora capito le regole.
Dalla bocca di qualcuno escono volgarità inaudite che vengono istantaneamente represse dal capo, con una sintetica paternale sull'importanza della buona educazione in campo e la più efficace minaccia di una immediata espulsione a calci nel sedere.
Un nano con la maglietta rossa si rotola per terra, in lacrime.
Il capo lo prende in braccio, gli dice « Ciccio, ti sei fatto male? » e se lo tiene lì, un gigante di un metro e novanta, con un nano singhiozzante avvinghiato in quota.
Il gioco non si interrompe.
La palla scompare, in un groviglio di teste, braccia, mani, paradenti, fango e urla. La palla rotola via, il nano che se si arrabbia diventa una bestia, la raccoglie e fa meta, indisturbato.
Mentre lui esulta in solitudine, gli altri quattordici si dimenano, paonazzi e madidi di sudore, impantanati nella mischia.
« Uno gioca e gli altri fanno la fagiolata. Che tristezza », commenta il capo, scuotendo la testa. « Direi che può bastare. Facciamo un po' di lotta dei galli adesso. »
Nella personale classifica degli elasti-eroi, l'istruttore di rugby dello hobbit grande, sabato pomeriggio dopo sabato pomeriggio, si sta guadagnando il podio.

Il vampiro

Sarà l'educazione di nonna K, un po' calvinista, un po' *hop hop*, un po' senza trucco né tacchi, saranno gli ultimi quindici anni al fianco di un monaco trappista che mangia cicorie, fa docce gelide, si veste di stracci e non chiede di meglio, sarà un destino di hobbit maschi senza fronzoli, ma Elasti-mamma difficilmente si dispera per i disastri materiali minori, per gli oggetti che si rompono o la casa che va a rotoli.
Lei guarda il muro della cucina appena imbiancato e già coperto di macchie di polpette al sugo senza scomporsi, osserva lo strappo di ventisette centimetri sui calzoni nuovi dello hobbit piccolo senza batter ciglio, accoglie il nano grande con il fango nelle scarpe e nelle orecchie dopo il rugby senza neppure una smorfia, assiste al frantumarsi di piatti, bicchieri e persino del vasetto di crema all'acido ialuronico senza un gemito.
Elasti-mamma ha deciso che le cose importanti non sono quelle che si rompono se scagliate contro il muro da uno hobbit rabbioso. E vive abbastanza serena. Di solito.
«Elasti... hai visto cosa è successo alla cassettiera in camera?»
«Quale cassettiera? La *mia* cassettiera. Quella che mi ha regalato la *mia* mamma quando sono andata a vivere da sola? Quella bellissima, *mia*, di ciliegio con i cassetti che scorrono come in nessuna cassettiera al mondo? Parli di quella?»
«Sì. La cassettiera bassa, larga, di legno.»
«Cosa le è successo?»
«Vieni a vedere.»
Qualcuno, usando una penna Bic blu a mo' di scalpello, ha inciso nel legno dei cerchi enormi, per giunta irregolari. L'arma è ancora sul luogo del delitto come un avvertimento provocatorio e beffardo sulla corruttibilità dei beni terreni, cassettiere comprese.
Elasti-mamma vacilla, si avvilisce, tira su col naso, si infuria, urla.
«Hobbit piccolo! Vieni istantaneamente qui!» bercia con voce stridula, perdendo in un attimo quel materno aplomb di cui va tanto orgogliosa.
Lui arriva, scalzo, maglietta sbrindellata, una spada di plastica nella sinistra e un mestolo nella destra.

«Ke zè? Ke ho fatto?» chiede con lo sguardo a punto interrogativo, innocente come chi passa per caso, come chi ha una coscienza candida, come solo uno hobbit infido è capace.
«Chi ha combinato questo disastro sulla cassettiera preferita della mamma? Chi l'ha rovinata per sempre? Chi ha compiuto un gesto insensato e vandalico, sadico e gratuito, eh? Rispondimi! Chi è stato? E perché?»
«E ke ne so!»
«Non fare il furbo con me, sai? Perché io lo so che sei stato tu, piccolo mostro distruttore.»
«Non sono tato io. Velamente!»
«Allora chi è stato? Sentiamo.»
«L'amico vampìlo di Malìoteleso.»
«L'amico vampiro del tuo amico immaginario?»
«Zèlto! Se vuoi telefona a Malìoteleso e chiedilielo pule.»

Meno 20.160

Troppo stanca per essere simpatica, per cucinare una pasta, per fare conversazione. Troppo stanca per dire qualcosa di furbo o anche solo sensato, per lavarsi la faccia, per telefonare a Mister Wonder a Londra. Troppo stanca per impedire a uno hobbit piccolo di tatuarsi un'àncora sulla pancia ed esclamare «io sono soplattutto molto tamallo». Troppo stanca per convincere uno hobbit grande e testardo che non è possibile che la maestra di religione affermi che il primo uomo e la prima donna si chiamavano *Amedeo* tutto attaccato e non Adamo ed Eva staccato. Troppo stanca per ridere, per piangere o arrabbiarsi. Troppo stanca per fare la guerra a una zanzara che la tormenta di notte. Troppo stanca per immaginarsi che faccia avrà il microbbit che la abita. Troppo stanca persino per mangiare cioccolato.
Ma mancano soltanto 14 giorni, che poi sarebbero 336 ore o 20.160 minuti, al congedo maternità. E tutto il resto passa in secondo piano.

Due adorabili signore

« Attento, preciso, affettuoso, sereno, serio – persino troppo – simpatico, riflessivo, interessato, intelligente, spiritoso, socievole, gentile, beneducato, bello. »
Se al primo colloquio della prima elementare le maestre descrivono il tuo primogenito con i testuali, succitati aggettivi, significa che:

1. Tuo figlio è una creatura unica e straordinaria. Del resto lo avevi sempre sospettato.
2. Il tuo bambino è in balia di due pazze mitomani che hanno individuato in lui il piccolo Buddha e aspettano un tuo momento di distrazione per rapirlo e portarlo in Bhutan.
3. Le due signore mentono sapendo di mentire, ma ti hanno vista pallida, incinta, stravolta e provata dalla vita e ti tengono buona, nell'attesa di chiamare i servizi sociali.
4. Si tratta di una lista standard di aggettivi, identica per ogni scolaro, adottata in tutte le scuole elementari della Comunità europea. Si usa al primo incontro per illudere i genitori e farli stare buoni, almeno per un po'. È una tecnica antica ma sempre efficace.
5. È stata un'allucinazione.
6. Sei l'inconsapevole cavia di un esperimento del ministero dell'Istruzione che, convincendo i genitori che i loro bambini sono geniali e non necessitano di istruzione, procederà all'eliminazione dell'inutile scuola primaria, risolvendo così in modo strutturale l'annoso problema del deficit pubblico.
7. Parlavano di un altro bambino.

Elasti-mamma tuttavia si è fermata al punto 1 ed è uscita dalla scuola dello hobbit grande con un sorriso ebete stampato in volto, meditando sull'eccezionale perspicacia e l'acuta sensibilità di quelle due adorabili signore.

Quaranta

A Emma piacciono soltanto uomini con almeno vent'anni più di lei. I coetanei sono una palla, dice. Ha un destino di amante ma adesso è stufa. Emma adesso vorrebbe un bambino.

Davide aveva capelli corti, occhiali e l'andatura dinoccolata di Superpippo. Suonava la chitarra e scriveva canzoni ma aveva studiato Economia e Commercio e il suo papà voleva per lui un futuro da manager. Ora non porta più gli occhiali, ha capelli lunghi e anarchici e l'aura del santone. « Abbraccio donne », racconta, « e cambio le loro vite. Per lavoro. » A chi gli chiede se fa l'escort lui risponde: « Non proprio. Ballo il tango e mostro vie inesplorate a chi ha voglia di scoprirle ». Va in tv e fa seminari. Presto scriverà un libro.
Valentina ha una figlia di otto anni che soffre indicibili pene d'amore. « Mamma, non puoi capire quanto soffro. La mia vita senza di lui non ha alcun senso. Voglio morire », dice rotolandosi in lacrime sulle piastrelle della cucina. Valentina sta pensando di rivolgersi a uno specialista.
Kappa non è potuta venire. È nelle Filippine con il suo fidanzato. Stanno facendo un corso intensivo di combattimento con armi bianche. « Imparo a sferrare colpi mortali in grado di uccidere l'avversario. Il mio maestro si chiama *supreme master* e ha settant'anni. Non so se mi interessa veramente tutto ciò. Ma ormai sono qui e i filippini sono un popolo meraviglioso », racconta via mail. Del resto, per amore si fa questo e altro.
Alessia è scesa nel pozzo nero della malattia del suo bambino e ne è risalita, piano piano, riportandolo su con sé, stretto per mano. « Dopo il pozzo la vita ha altri colori e pochissime cose ti fanno ancora paura », dice.
Simone è innamorato. Della sua compagna del liceo, della giornalaia, della vicina di casa, della cassiera al cinema e della sua analista. È innamorato anche della signorina che sta per svoltare l'angolo e di quella che incontrerà domattina in metropolitana. Ma lui è sempre stato così e nessuno ci fa più caso.
« Sto sfiorendo », dice Elena che non è mai stata così bella ma non lo sa.
Quando si sono conosciuti avevano quindici anni. Sono stati vicini e lontani, hanno percorso strade parallele, opposte e divergenti. Ogni tanto si perdono ma si ritrovano sempre. Ieri hanno festeggiato i quarant'anni di uno di loro. Sono gli elasti-amici.

Fraterne retrocessioni

« Batta! Sono allabbiato con te » (= Ohibò, la misura è colma. Mi hai esasperato. Sono furibondo).
« Dai, non fare il pazzo e torna a giocare. »
« No! Io mi fazzo li fatti mei. Tu fatti li fatti tui » (= Non cercare di abbindolarmi con quel sorrisetto ipocrita e non assumere quell'aria di superiorità che detesto e lo sai. Lasciami solo. Ognuno per sé, Dio per tutti. La sola tua presenza mi opprime).
« Sei solo un esagitato. »
« Ho detto batta. E da ozzi tu non sei più mio flatello » (= Ho detto che ne ho abbastanza di te. E ti dirò di più: da oggi non sei più mio fratello).
« ... »
« Da ozzi tu sei mio cuzino » (= Da oggi sei stato retrocesso al miserabile rango di cugino. E con questo ho detto tutto).

Con il cuore in faccia

« Ehi nano, cosa ci fai qui? È notte, torna a dormire in camera tua. »
« Non pozzo. Il mio letto è putzone di pipì. »
« No! Hai fatto di nuovo pipì a letto? »
« Sì. »
« Ma perché? Ormai sei un bambino grande. Vieni che ci spogliamo, ci laviamo e ci mettiamo un pigiama pulito. »
« Che non putza. »
« Certo, un pigiama che non puzza, ci mancherebbe. »
Terminate le operazioni essenziali di ripristino del decoro hobbit, Elasti-mamma e la sua pancia abitata arrancano verso il lettone.
« Io devo stale con te. »
« Va bene. Ma dormi. »
Il nano piccolo si incunea tra le ormai prominenti elasti-curve e sviene, aderente come il Domopak, sudaticcio e trionfante.
Sono le quattro.
Elasti-mamma pensa al microbbit lì dentro, pensa che a un certo

punto dovrà inevitabilmente uscire e non sarà affatto piacevole ma non c'è scampo perché non si può restare per sempre uno nell'altra come *matrioske*. E mentre si angoscia sulla sua kafkiana condizione di contenitore imprigionato nel suo contenuto e la gravidanza perde ogni poesia e assume contorni sinistri, *tunf tunf, tunf!* con una sincronia degna delle gemelle Kessler, lo hobbit piccolo scalcia da fuori e il microbbit da dentro. Elasti-mamma si sente soffocare, inspira ed espira, tenta senza successo l'autoipnosi e il training autogeno e finalmente si addormenta, sognando una esperienza extracorporea.
Sono le 7.15. A colazione.
Elasti-mamma è l'ombra di se stessa, gli hobbit invece sono in grande forma.
«Mamma...»
«Dimmi, nano grande.»
«Noi, io e mio fratello, ti vorremmo... un po' più...»
«Un po' più?»
Lei si guarda dentro e fuori: stravolta, coperta da un'enorme camicia da notte blu, modello nonna Abelarda, un paio di pantofole etniche e i capelli a carciofo. Più che una donna, un disastro.
«Ti vorremmo un po' più tamarra!»
«Sì, un po' più tamalla!»
«E cosa dovrei fare per essere tamarra, come piace a voi?»
«Tatuarti un cuore, rosso, bello grande.»
«Dovrei tatuarmi un grande cuore rosso? E dove?»
«In faccia, ad esempio.»
«Sì, col cuole in fazza salesti molto calina.»

Domande hobbit e normalità

«Mamma, cosa vuol dire "omofobia"?»
«Omofobia? Dove l'hai sentito?»
«Boh, non so. Da qualche parte. Tu lo sai cosa vuol dire?»
«Ehm...»
«Se non lo sai non importa, lo chiedo alla maestra.»
«No, no, per carità. So cosa vuol dire ma ho bisogno di cinque secondi per pensare.»

«Uno-due-tre-quattro-cinque! Ecco. Spiegamelo.»
«Allora... tuo fratello è innamorato di Francesca, la mamma è innamorata di papà. Giusto?»
«Sì, ho capito. Questa è l'omofobia?»
«No, aspetta. La mamma e il papà sono di sesso diverso e anche tuo fratello e Francesca.»
«Ovvio.»
«Ma non è per forza sempre così. Anche persone dello stesso sesso si possono innamorare. Un uomo può innamorarsi di un altro uomo e volere vivere con lui e dividere con lui la cucina, il bagno, la scarpiera e l'armadio. Una donna può innamorarsi di un'altra donna e farle le coccole e i grattini. Insomma, ognuno ama un po' chi gli pare. Sono scelte libere. Sei d'accordo?»
«Mmmh... sì.»
«Però ci sono persone che pensano che non sia giusto, che hanno paura di chi fa scelte d'amore diverse. Questo si chiama omofobia. Gli omofobici odiano chi non è come loro, odiano gli uomini che amano gli uomini e le donne che amano le donne. Perché pensano che non sia normale. Ma normale è una parola che spesso non vuole dire niente. Chi può dire cosa è normale e cosa no? Non esistono i normali. Tu ti senti normale? La mamma e il papà, che pure sono una femmina e un maschio sposati, ti sembrano sempre normali? Quel pazzo di tuo fratello che parla con Marìotereso dentro il muro della cucina e ama Francesca è normale?»
«Be', io, tu, il fratellino e Marìotereso siamo normali. Quasi sempre almeno. Quindi stiamo belli tranquilli. È papà quello che mi preoccupa di più...»

Errori di valutazione

Pensava che un po', almeno un po', si sarebbe intristita.
Che avrebbe ripulito la cassettiera, la scrivania, la casella di posta elettronica e il desktop del suo computer in preda alla malinconia.
Che avrebbe sorseggiato il caffè del bar lì sotto – quello del barista Gigi – nella rassegnata consapevolezza che da domani ci sarà solo brodaglia casalinga.

Pensava che quel posto, al centro dell'open space, dove anche la telefonata a mezzavoce al ginecologo e la fugace visita al forum delle eco-mamme che dibattono di pannolini lavabili e zucchine biologiche diventano patrimonio collettivo, le sarebbe entrato nel cuore, alla lunga.
Pensava che avrebbe vissuto con struggimento l'ultimo feroce assalto mattutino ai giornali della mazzetta, l'ultima corsa selvaggia al dorso di finanza del Sole, o al «Buongiorno» di Gramellini.
Pensava che le chiacchiere in bagno con le colleghe-amiche l'avrebbero ancorata a quel pavimento di linoleum.
Pensava che abbracciare e baciare tutti quanti e dire «ciao, me ne vado per un po', mi ritiro a covare il mio terzo hobbit che nascerà a Natale e a stare un po' con i due già fuori che ora mi aspettano per festeggiare», l'avrebbero fatta sentire sola e lontana da un mondo pulsante e operoso.
E invece, quando è uscita dalla redazione ed è entrata in congedo maternità, Elasti-mamma era così felice che, insieme alla sua pancia abitata e alla sua incontenibile goffaggine, si sarebbe messa a ballare e a cantare al centro della carrozza della metropolitana che la riportava a casa.

Come in una serie tv

Bip bip.
Sms dal collega G.
«Ehilà! Già ci manchi... credo. Un po' come i personaggi che lasciano le serie tv. All'inizio pensi che non sarà più lo stesso. Poi ti abitui.»

Tutto in una notte

- In redazione la sostituisce Patsy Kensit, bionda cantante inglese che un giorno, circa vent'anni fa, ebbe un incidente con la spallina del reggiseno mentre si esibiva a Sanremo nell'indimenticabile *Will you remember* e per questo ha marchiato

a fuoco l'immaginario erotico degli adolescenti degli anni Ottanta. «Non ci manchi affatto, Elasti», ha scritto in un sms il collega G, adolescente negli anni Ottanta.
- Mister Wonder le telefona da Londra comunicandole che la rivoluzione proletaria è finalmente scoppiata. Il focolaio, le spiega, è nell'East End, alla fermata della metropolitana Bethnal Green. «Di fronte alla rivoluzione non c'è vincolo familiar-borghese che tenga. Bisogna spezzare le catene. Ci ritroveremo un giorno, forse, quando il capitalismo sarà stato rovesciato e la classe operaia sarà al potere. Addio compagna. Bacia i bambini», dice prima di riagganciare.
- Nonna K e suo marito Artù hanno adottato sei fratellini cambogiani, tra i due e i dieci anni. «Nella nostra famiglia mancava un bambino. Adesso siamo finalmente appagati. Saranno la nostra ragione di vita», annunciano garruli.
- Marìotereso, l'amico immaginario dello hobbit piccolo, gli ha regalato un cane, precisamente un mastino napoletano, non immaginario.
- Il microbbit è uscito dalla pancia: pesa 5,7 kg, ha i capelli rossi, è allergico al latte materno e si nutre solo di carne di cavallo, meglio se cruda.

Sarà colpa del congedo maternità, della protratta assenza di Mister Wonder, chiuso in una stanza polverosa dell'università di Londra ormai da giorni insieme a un economista marxista giapponese workaholic, della proverbiale inquietudine notturna delle gestanti, dei placidi ritmi casalinghi, ma nelle ultime quarantotto ore l'elasti-attività onirica ha toccato vette finora inesplorate.

Ehi tu

Ehi tu,
che stai qui dentro, stretto, compresso e irrequieto ma nel complesso a tuo agio perché laggiù è comunque casa ed è l'inizio e la fine del tuo piccolo universo, l'unico che tu conosca.
Che non ho avuto tempo, energie o coraggio di immaginare, che l'unica

volta che ti ho sognato avevi i capelli rossi e mangiavi solo carne di cavallo cruda e assomigliavi a un cucciolo di drago più che di uomo.

Che non riesco ad afferrare, su cui non riesco a concentrarmi, a cui non parlo e non canto e non faccio nemmeno ascoltare Mozart che, pare, ti farebbe diventare più intelligente.

Che sei qui, proprio al centro di me che vengo risucchiata da forze centrifughe.

Che ho desiderato con struggimento e prepotenza, a dispetto della razionalità, del quieto vivere, dell'autoconservazione, di chi domanda « ancora? Ma sei pazza? ».

Che non sai come sarà dopo, quando uscirai, ma siamo in due a non saperlo.

Che nel momento stesso in cui verrai a galla sarò io ad annegare nel tuo gorgo senza scampo, che mi prenderai la testa, il cuore e il sonno.

Che sarai diverso da tutti gli altri e mi sembrerai ugualmente straordinario o magari di più, e completamente matto perché è questo che dicono dei terzi figli.

Ehi tu,

anche se ogni tanto ti sembro distratta, anche se ancora non ci siamo parlati per bene, anche se a volte ti chiedi chi te lo faccia fare di uscire da lì, sappi che ti sto aspettando, ogni giorno di più, e che qui fuori il mondo non è affatto male.

La tua mamma,
quella che sta intorno al tuo universo rotondo.

Elastincontro 10
La storia di Anna

Anna ha i capelli corti, gli occhi blu, una bambina di sei anni, che si chiama Alice, e un bel lavoro.
Aveva un marito che era sempre fuori.
Un giorno Anna scoprì che lui stava con un'altra, da moltissimo tempo.
« Scusa, ho sbagliato. Ma ora ho deciso. Voglio stare con te », disse lui.
Anna chiuse gli occhi, fece un bel respiro e rispose: « Va bene ».
Lo faccio per Alice, pensò. E anche un po' per me.
Sembrava tutto a posto ma non lo era.
Lui non aveva deciso affatto.
« Vattene! » gli disse.
Lo faccio per Alice, pensò. E anche un po' per me.
Poi arrivarono gli avvocati.
La casa a me, il televisore a te, il computer a me, il decoder e la collezione di fumetti a te. E Alice? E la sua bicicletta? Il suo Cicciobello? La sua Barbie cavallerizza? A me. No a me. Stronzo. Sanguisuga. Fanculo. Fanculo tu.
Arrivarono la solitudine, la fatica di vivere e la pipì a letto di Alice.
« Tanto io lo so che state solo facendo finta. Poi fate pace e torniamo come i normali », diceva Alice.
No, Alice. Non stiamo facendo finta e i normali non esistono.
Alice si arrabbiava, Anna si avviliva, lui stava con l'altra. Un sabato sì e uno no arrivava leggero e sorridente e portava Alice con sé, « per un weekend da fidanzati », diceva.
Un giorno Anna fu convocata dal suo capo in ufficio.
« Sei proprio brava », le disse.
« Grazie », rispose lei.

« Vorrei promuoverti ma... »
« Ma... »
« Ma per fare carriera devi andare all'estero. »
« All'estero? »
« Già. Se non vai all'estero resterai impantanata qui e ti lascerò appassire. Perché nella vita bisogna avere coraggio e io non so se tu ce l'hai. »
Ma come? Coraggio? Ma io ho Alice, che si arrabbia, che fa pipì a letto, che ha un papà con cui gioca ai fidanzati un sabato sì e uno no.
« Io non posso andare all'estero. »
« Lo immaginavo. Pazienza. Ora scusami ma ho da fare. »
Anna è rimasta qui. Lo ha fatto per Alice e per il suo papà.
Alice non fa più la pipì a letto ma a volte sogna i normali anche se sa che i normali non esistono.
Il suo papà è stato promosso e forse si trasferirà a Chicago.
L'altra lo ha lasciato per il suo personal trainer.

CAPITOLO 11

Ha i jeans e fa le puzze

«Nano, ma secondo te com'è questo fratellino nella pancia?»
«Lassami penzale...» (= Dammi due minuti per raccogliere le idee).
«Prego, fai pure.»
«Allola: ha li zinz, fa le putze, è pelato, puta, potta cazze antisivolo, ha un cuole di dlago, è tloppo piccolo, non vuole uzzile pelché ha paula, dà fattidio, occupa tloppo patzio» (= Ecco, sono pronto e lo sto visualizzando: ha i jeans, sempre, mattino pomeriggio sera e notte, non si cambia mai. Fa le puzze, e quando senti quel ben noto afrore è inutile che tu te la prenda con noi che siamo fuori: è chiaramente lui, zitto e infido lì dentro. È pelato, sputa perché si illude che nessuno lo veda, porta calze antiscivolo che sono un must per tutti noi ragazzi in età prescolare. Ha un cuore di drago, e non è un complimento. È troppo piccolo e questo comincia a seccarmi anche perché «piccolo» è un aggettivo di cui posso fregiarmi io e una selezionata schiera di individui miei pari, a cui lui non appartiene. Si ostina a stare asserragliato laggiù, dando prova di inequivocabile viltà. È fastidioso, caratteristica dimostrata dallo stato di prostrazione fisica in cui versa quella santa donna di mia madre, un tempo vispa e scattante, ora ridotta a balena spiaggiata. Occupa infine territori non suoi e prima o poi pagherà le conseguenze della sua protervia).

Vietato salire sui treni

«V-I-E-T-A-T-O... vietato, S-A-L-I-R-E... salire, S-U-I... sui, T-R-E-N-I... treni: vietato salire sui treni!»
«Oddio oddio oddio! Ma tu sai leggere!»
«È fantastico, nano! Sai leggere! Adesso il mondo non avrà più segreti! Si spalancano porte, si schiudono tesori, si aprono nuovi orizzonti!»
«Vietato salire sui treni! Vietato salire sui treni! Vietato salire sui treni! Cosa fai mamma, mica piangi?»
«No, no. È che... be' insomma, è un momento importante. Mi emoziono vedendo Mary Jane e Peter Parker che si baciano in *Spiderman*, vuoi che non mi emozioni per te che impari a leggere?»
«È un momento epocale! Il papà e la mamma sono fieri di te!»
«Adezzo batta! È nolmale che sa lezzele. Pelché va a ccuola altlimenti?»
«Sei solo un sciur frignetti invidioso perché io so leggere e tu fai la pipì a letto.»
Tunf tunf tunf.
«Ehi fermati nano piccolo! Perché prendi a calci il treno? Siamo al museo della scienza e della tecnica! Non puoi, lo rovini! È un treno antico! Ci buttano fuori!»
«Che mi impolta? È un ploblema vostlo. Io vado via e salo anke su li tleni. Zao a tutti.»
Tunf.

In attesa

In attesa guardi fuori dalla finestra il mondo che gira. E aspetti. Mentre gli altri fanno le cose.
Intorno a te si cammina senza far rumore e prima di entrare si bussa, con delicatezza.
«Riposati, stai tranquilla, dormi e cova. Magari leggi un libro, ma che sia lieve, non troppo triste né troppo profondo. Un libro così così, che non ti travolga ma ti intrattenga.»
In attesa fuori piove e c'è la pandemia dell'influenza che se te la prendi, intanto che aspetti, «c'è un alto tasso sia di mortalità tra

le gestanti sia di aborti», dice il giornale e se ti vaccini «non si sa bene che succede ma può essere rischioso sia per la gestante sia per il feto», dicono il ginecologo e la pediatra. Fantastico. Nel dubbio aspetti, sei lì apposta.

In attesa qualcuno ti telefona dall'ufficio. «Ehi, bella la vita, vero? Qui è la follia. C'è la pandemia, le nevrosi, la pausa pranzo, il desiderio di fuga, la grande famiglia e un tempo di merda. Insomma il solito. Tu riposati.»

In attesa la vita è scandita dall'entrata della scuola («Che bella pancia, signora, quanto manca? Un altro maschietto? Oh signur benedètt!»), l'uscita della scuola («Mamma, oggi eravamo solo in undici, c'erano tredici assenti. *Zac zac zac,* cadiamo giù come birilli»), il corso di nuoto *junior* e *baby* («Io fazzo li tuffi, mamma»), la spesa, gli sms di nonna K dall'Egitto («Qui tempo meraviglioso, siamo in barca»), una mail di Mister Wonder da Londra («Scusa, devo essere breve, sono qui con l'economista marxista *workaholic* di Tokyo che mi ha invaso la stanza e la vita. Ma i giapponesi non dormono mai?»).

In attesa dovresti riordinare le vecchie foto, i libri, i documenti della banca, il tuo archivio (archivio di che?), i vestiti, te stessa («Te la metti la crema antismagliature? E quella idratante? E il *peeling,* te lo fai il *peeling*?») e fare *nesting* («Che bello il *nesting*! La culla, le tutine, i pannolini, il fasciatoio... che bei momenti») e siccome ognuna di queste attività ti mette una terribile ansia, ti volti dall'altra parte e continui a guardare fuori dalla finestra.

In attesa sei sospesa, avvolta nella tua bolla placida, aspetti che il cielo ti cada sulla testa, perché dopo sarà il caos, l'entropia, il delirio, dicono.

In attesa ti guardi lievitare e ti chiedi se dopo tutto questo aspettare ti ritroverai quella di prima.

Decoro notturno

Fino a qualche tempo fa non aveva occhi che per Mister Wonder su cui posava adorante il suo sguardo rotondo da triglia, a cui concedeva i suoi baci centellinati, le sue esclusive attenzioni e il suo virile affetto. Elasti-mamma era un second best, un'appendice familiare, affettuosamente identificata con il pronome dimostrativo «quèla».

Poi finalmente l'Edipo si è fatto largo nell'animo coriaceo dello hobbit piccolo che ha scoperto che anche guance senza peli irsuti e forme senza spigoli possono esercitare un loro insospettato fascino.

Da allora lo hobbit ha spostato il suo sguardo da triglia su Elastimamma, con cui condivide la magia di una pancia abitata, grazie a Martina e Benedetta, figlie in prestito di Marìotereso, l'incontinenza notturna (con l'unica differenza che lei va in bagno, lui fa pipì direttamente sul materasso) e sedute di baci appassionati («Dammi li bazi, mi pazzono li bazi»).

Come spesso succede tuttavia, gli amori nuovi e acerbi sono egoisti, autocentrati ed escludenti.

«Nano, questa sera torna papà da Londra. Sei contento?»

«Mpf» (= Mediamente, grazie).

«Io sono molto felice che ci sia papà con noi.»

«Allola anke io» (= Quello che rende felice te, rende felice anche me. Pertanto rivedo al rialzo il mio tiepido giudizio, cara).

«Se questa notte per caso ti svegliassi e avessi bisogno di qualcosa - che so? devi fare pipì o altro - e se per caso venisse lui e non io, tu non respingerlo in malo modo ma sii gentile altrimenti ci rimane male» (= Piccola sanguisuga, parassita di gestanti dormienti, funestatore delle elasti-notti. Dammi tregua, almeno per oggi e tormenta un po' tuo padre che deve espiare le assenze).

«Neanke pel sogno. Io vollio te» (= Non se ne parla nemmeno, sobbarcati oneri e onori dell'Edipo. Io voglio te, panciuta e devastata come solo tu riesci a essere nel mezzo della notte).

«Ma perché non può venire papà?»

«Pelké lui si plesenta sentza pantaloni» (= Ma è ovvio: non può venire perché è solito presentarsi al mio augusto cospetto incurante dell'adeguato *dressing code*. Figurati che non porta nemmeno i pantaloni ma dei boxer sbrindellati e lisi, il cui solo pensiero mi fa rabbrividire).

Il solito film

«Piove.»
«Già.»
«Non possiamo mica tenere gli hobbit in casa tutto il giorno.»
«No, rischiamo di dovere chiamare l'esorcista ora di sera.»
«Quindi?»
«Cinema?»
«Ma il piccolo è mai stato al cinema?»
«Una volta forse.»
«Non è che si annoia o si traumatizza o sul più bello dice che gli scappa la cacca?»
«Conoscendolo, lo escludo.»
«Allora cinema.»
Così l'elasti-famiglia, seguendo un flusso telepatico che ha travolto migliaia di famiglie milanesi munite di figli, è andata al cinema la domenica pomeriggio.
«È in 3D. Che facciamo?»
«Popcorn, occhialoni e via.»
Elasti-mamma, Mister Wonder e gli hobbit si sono accomodati sulle poltrone, hanno inforcato gli enormi occhiali rossi in dotazione e, seri, concentrati e compunti come per una missione spaziale, si sono immersi nella visione del film.
Un film che racconta di una grande e struggente storia d'amore, del desiderio di viaggi e avventura, di un vecchino che decide di mantenere la parola data, di una casa volante, di mille palloncini colorati e di un ragazzino solo e sovrappeso che scopre il mondo e l'amicizia.
«Sembla che il film mi viene addozzo», ha sussurrato lo hobbit piccolo un po' turbato, avvicinando il minuscolo naso che spuntava dagli immensi occhiali all'orecchio di Elasti-mamma, per poi ripiombare in un torvo silenzio.
«Che stai facendo? Cerchi qualcosa?» ha chiesto lei al nano inquieto che rovistava frenetico dentro le tasche della giacca a metà del primo tempo.
«Tu non ti pleoccupale.»
Dopo poco lo hobbit ha posato sul bracciolo gli occhialoni rossi, sostituendoli con un paio di occhiali da sole della sua misura,

portati da casa, rossi anch'essi ma con una folla di ranocchie verdi disegnate sulle stanghette.
E ha visto il resto del film così, buio nel buio, imperturbabile, come se fosse normale.
« È finito. Allora, ti è piaciuto? »
« Ela il solito film di fantazzi. »
« Ma che dici? Il solito film di fantasmi? »
« Sì, il solito film di fantazzi. Calino pelò. »

Càpita

Capita, anche quando non te lo aspetti, anche quando i colori, gli odori e i suoni sono rimasti gli stessi, anche quando non ne vedi il motivo, anche quando ti sembra di essere felice.
Capita, mentre pensi ad altro, mentre fai una lavatrice, mentre lavori al computer, mentre pensi che il tuo parco biancheria intima meriterebbe un falò e un totale rinnovo, mentre abbassi la guardia, mentre leggi un libro che ti annoia, mentre canti sotto la doccia, mentre accompagni tuo figlio a scuola o mentre pensi che un figlio lo desideri, mentre ti allunghi sul divano e vorresti dormire, mentre mangi una carota cruda perché è sana, mentre vedi un film che ti fa piangere, mentre ti guardi allo specchio e non sai cosa pensare, mentre ti piaci, mentre non ti piaci e mentre non ti importa.
Capita, che qualcosa si rompa, o si sia rotto tempo fa e che nessuno ti abbia avvisata in tempo.
Può essere troppo tardi o forse no. Ma ormai è capitato e ti chiedi dove fossi e quale vita vivessi per non accorgerti di nulla.
Capita che le fondamenta della tua casa cedano, che i bianchi diventino neri, che gli appigli scompaiano. Che pensavi di essere due e invece sei una sola.
Capita che un giorno lui ti dica: « C'è un'altra. È capitato ».

La gravidanza a volte porta con sé insicurezze e pensieri tetri e richiama dal pozzo nero antiche paure, fantasmi dimenticati.
« Queste cose non capitano, si costruiscono piano piano, accumulando disattenzioni, trascurando dettagli, concentrandosi

su altri ruoli, scordandosi di quello che si era. Queste cose sono colpose, mai casuali», dice Mister Wonder.
«E se hai una pancia sconfinata? Se ti dedichi alla panificazione e alle torte perché la maternità ti fa questo effetto? Se sei circondata da maschi e a volte ti scordi qual è quello alfa? Sei hai la ritenzione idrica? Se hai paura di non ritornare la stessa? Se sai che ti aspetta un periodo lungo e massacrante in cui magari ti sentirai vuota, in cui il sesso avrà lo stesso appeal di una puntata di *Porta a porta,* in cui ti dimenticherai di tutto, trascurerai certamente i dettagli e magari ogni tanto, come dice Valentina Diolabenedica agli hobbit, "farai la frigna"? Sarà colposo tutto questo? Potrebbe capitare? O se invece non hai nemmeno una pancia abitata, ma sei solo distratta e presa da altro? Perché io, se capita, voglio saperlo in tempo. In tempo per tornare indietro, in tempo per darti mazzate, in tempo per dare fuoco ai tuoi vestiti e soprattutto ai tuoi libri, in tempo per aggiustare tutto, magari... insomma, se capita devi dirmelo prima che capiti.»
«Va bene, adesso però dormiamo.»
«Facile dire dormiamo...»

Apparenze

Quando le vedi la prima volta, schierate tutte insieme una accanto all'altra, un po' minacciose un po' indifese, un po' in vetrina un po' sul palco, un po' emozionate un po' stropicciate, ti sembrano esseri umani ordinari, come quelli che incontri per la strada, nei negozi, al cinema, come te, come tutti gli altri, *nothing to write home about,* come direbbe Janet, la moglie inglese e slavata di Mister Wonder, senza dubbio mirabile esemplare di mediocrità anglosassone.
Ci sono la brunetta bassina con un forte accento ciociaro, la bionda giunonica e algida a cui affideresti i tuoi segreti e i tuoi risparmi, la morbida signora fresca di permanente con gli occhi che ridono e una maglietta rosa con la scritta in oro I AM SO SWEET, la provocante pin up che sbatte le lunghe ciglia e si chiede in preda al panico se questo è veramente il lavoro che il destino ha in ser-

bo per lei, la decana che è sempre stata lì e ci sarà sempre, con un'età indefinibile tra i cinquantacinque e i novanta anni.
Sono le maestre di prima elementare di tuo figlio il primo giorno di scuola: le insegnanti di inglese, italiano, matematica, religione e sostegno. Un rassicurante concentrato di apparente normalità.
«Sai mamma, Concetta è nata a New York, in America, poi da piccola si è trasferita a Londra, in Inghilterra. È venuta in Italia a settembre ma non parla italiano, solo inglese. E poi non riesce a dire le cose senza cantare.»
«Ma chi? Concetta? Veramente avevo capito che fosse di Sant'Elia Fiume Rapido, vicino a Montecassino...»
«No, no, New York-Londra. La Concetta.»
Conversando nel tragitto casa-scuola, scuola-casa scopri che la maestra bionda ha otto figli, tutti maschi, e che vive, more uxorio, con «miss so sweet» che invece non ha bambini ma molti cani.
«E stanno tutti nella stessa casa? Le due maestre, gli otto figli e i cani?»
«Certo, perché? Che male c'è? Fa allegria, no?»
Il formoso scricciolo dalle lunghe ciglia dal lunedì al venerdì racconta parabole, il sabato insegna rugby agli adolescenti.
«Mi sembra strano, nano...»
«Veramente! Ce lo ha detto lei.»
«E la maestra di sostegno?»
«Ma quale?»
«La signora anziana che segue Ernesto...»
«Ah, quella? Quella è la nonna di Ernesto... altro che maestra.»

Posso avere anche gli occhiali?

«Ciao, come ti chiami?»
«Hobbit grande.»
«Piacere, io sono Giovanni. Vuoi accomodarti sulla poltrona?»
«Quale? La sedia a sdraio?»
«Già, la sedia a sdraio.»
«È molto comoda questa sedia a sdraio.»
«Mi fa piacere. Ha anche un sacco di bottoni, vedi? Con questo

lo schienale sale, con questo scende, con quest'altro ti sollevo i piedi, con quello ti avvicino a me. A proposito, ma io cosa devo guardarti? I piedi?»
«Credo i denti, ma se vuoi guardarmi i piedi...»
«Ah, già. I denti. Hai fatto bene a ricordarmelo. A volte mi confondo. Sei pronto?»
«Pronto.»
«Allora apri la bocca come un forno.»
«Aaah.»
«Ora chiudi. Apri. Chiudi. Stai morbido. Oh! Ma qui c'è un morso incrociato!»
«?»
«Si avvicini Elasti. Venga a vedere: ecco, a destra il contatto dei denti è scorretto e causa uno spostamento laterale della mandibola.»
«Quindi?»
«Quindi bisognerebbe correggere allargando l'arcata.»
«Quindi?»
«Apparecchietto fisso, invisibile, in otto, nove mesi il problema dovrebbe essere risolto. Che ne dici hobbit?»
«Dico olé. Ho sempre sognato di mettere l'apparecchio. Me lo metti adesso? Deve essere per forza invisibile? Posso avere anche un paio di occhiali?»

Marchi di fabbrica

«Buongiorno Elasti, buongiorno Mister Wonder. E tu chi sei?»
«Sono lo hobbit grande e sono venuto a vedere mio fratello fotografato nella pancia.»
«Piacere, io sono il dottore. Sali qui su questa pedana e guarda nello schermo di questa macchina che si chiama ecografo. Adesso metto questo gel sulla pancia della mamma e poi ci passo sopra questa sonda. Sei pronto?»
«Prontissimo.»
«Questa è la testa, questa è la gamba, questa è l'altra gamba, queste sono le mani... no, veramente sono i piedi: uno, due, tre, quattro, cinque dita. Sembrano i piedi di un personaggio

di un fumetto giapponese, con le dita staccate e l'alluce enorme.»
«Sì. Sono i piedi da hobbit. Ce li abbiamo tutti così in famiglia. A parte la mamma. Dovresti vedere i piedi dello zio con l'orecchino al naso e capiresti da chi abbiamo preso.»
«Accidenti. Complimenti.»
«Grazie.»
«In questo momento si sta toccando il pisellino. Vedi?»
«Già, questa cosa di mettersi le mani lì invece l'ha presa dallo hobbit piccolo, l'altro mio fratello che ha tre anni e mezzo ed è ossessionato dal suo pisello. Andranno d'accordo, due ossessionati.»
«L'ecografo dice che in questo momento tuo fratello con i piedi da hobbit ossessionato dal pisello pesa circa 2,2 kg e sta bene.»

Parlando con il pavimento pelvico

Gli hobbit frequentano con alterne soddisfazioni rispettivamente i corsi di nuoto *junior* e *baby* della piscina comunale di zona.
«Elasti, ma tu niente?» ha chiesto la responsabile della piscina.
«In che senso niente?»
«Be', con quella bella pancia potresti frequentare il nostro corso di acquaticità in gravidanza...»
«Non saprei...»
«Su su, non fare la pigra.»
Improvvisamente è risuonato nell'elasti-coscienza l'imperativo *hop hop!* di nonna K, quello al cospetto del quale si deve scattare sull'attenti, quello che non ammette mollezze né esitazioni.
Effettivamente ti stai trasformando in bradipo: passi dal divano alla poltrona, dal libro al computer, dai Gormiti ai Bakugan, dal quaderno rosso di italiano a quello blu di matematica. Meno male che accompagni gli hobbit a scuola e vai a comprare i giornali, altrimenti ti si atrofizzerebbero le gambe. Smidollata che non sei altro... dov'è finita l'Elasti di un tempo?
«Ma non è uno di quei corsi in cui si chiudono gli occhi e si parla con il pavimento pelvico, in cui ci si prende per mano e si scambiano flussi energetici armonici, in cui si inspira ed espira ritmi-

camente insieme allo scopo di uscire dal proprio corpo? Perché io, in quel caso, non mi sento pronta.»
«Macché. È un corso di ginnastica, ginnastica per ippopot... pardon, gestanti.»
«Va bene. Se mi garantisci che è semplice ginnastica, laica e positivista, mi iscrivo.»
«Ottimo. Ti aspettiamo il lunedì e il giovedì alle 9.30.»
«Alle 9.30 del mattino!? Ma che orario è?»
«Orario per gestanti in cova. Hai da fare a quell'ora?»
«No, effettivamente no.»

Lunedì, ore 9.30.
Sei pance smisurate, coperte da altrettanti castigati costumi diserotizzanti, immerse in una pozza di acqua tiepida fronteggiano un'aitante silfide con i capelli rossi a fusillo.
«Bene ragazze. Eccoci. Questo deve essere un momento di piacere per voi e per le vostre creature. Cosa vi dà piacere: nuotare, fare ginnastica? Io sono qui per farvi sentire bene», dice la silfide con un sinistro guizzo estatico nello sguardo.
«Io vorrei passare un'ora a occhi chiusi galleggiando come in un mare di liquido amniotico.»
«Io vorrei concentrarmi sul mio pavimento pelvico che sarà la chiave di volta di quell'esperienza magica e totale che è il parto.»
«Io vorrei che ci parlassimo delle nostre paure, magari tenendoci per mano.»
«Io vorrei re-imparare a respirare, proprio come un neonato che esce dal grembo materno.»
«Io vorrei che diventassimo amiche, che inspirassimo ed espirassimo in armonia.»
«Io mi sento poco bene.»

Save private little hobbit

Gira per casa con una cuffia da piscina bianca e nera, completamente sformata, calata sul viso, come il rapinatore di una banca con una calza di nylon.

All'altezza degli occhi porta, sopra la cuffia, i suoi occhiali da sole rossi con una folla di ranocchie disegnate sulle stanghette. Indossa una tuta da Superman con gli addominali e i pettorali imbottiti. Sostiene di non potersi chinare perché ha due bambine irrequiete e ingombranti nella pancia.
Nei quaranta giorni mancanti alla nascita del microbbit, la situazione potrebbe precipitare e lo hobbit piccolo perdersi irrimediabilmente nel gorgo della follia.

Cattiva e buona

Elasti-mamma è una cattiva madre:
1. Perché detesta (ma proprio le fa schifo) giocare con i Gormiti e con tutti gli altri mostruosi personaggi che combattono, si ammazzano e risorgono, che dicono «io sono il più forte, no io, no io *sbleng, tong, gunf*».
2. Perché passare un sabato e domenica interi sola con gli hobbit, senza Mister Wonder, la getta nello sconforto e la sfinisce.
3. Perché non sa disegnare, nemmeno un gatto, un topo, un albero. Niente di niente. Produce sgorbi immondi che la imbarazzano. E per questo non incoraggia l'estro artistico dei nani.
4. Perché non ascolta musica e non la fa ascoltare ai bambini.
5. Perché non ha inventiva né manualità, non sa cucire nemmeno un cappiolino di un asciugamano o un bottone. La sola idea di creare un costume, una maschera, uno straccio di mantello per Carnevale o Halloween le provoca tremori e vertigini.
6. Perché non cucina mai il minestrone e nemmeno i legumi che dicono sono tanto sani.
7. Perché non accetterebbe di smettere di lavorare per occuparsi a tempo pieno dei figli.
8. Perché a volte si infuria e allora urla, oppure sbatte per terra fortissimo un giocattolo a caso che a volte si rompe.

È una buona madre:
1. Perché con gli hobbit ride, come con nessun altro.
2. Perché con loro canta, qualsiasi cosa, dalle sigle tv degli anni Settanta, alle canzoni inventate e spesso balla.

3. Perché li lascia parlare, senza interromperli, e passerebbe la vita ad ascoltarli. Perché i racconti hobbit la incantano.
4. Perché adora leggere loro le storie e preparare loro le torte.
5. Perché prova a mettergli dei paletti intorno, anche se a volte «sbraca» come dice Mister Wonder e qualche paletto cede.
6. Perché non è ansiosa, almeno non troppo, e non le interessa se non hanno la canottiera rimboccata nei pantaloni.
7. Perché è fiera di loro e loro lo sanno e anche per questo hanno le spalle larghe.
8. Perché pensa che il mondo sia un posto bello e vuole che lo pensino anche gli hobbit.

Fiuhhh

«Mamma, ma che tette grandi ti sono venute...» dice lo hobbit grande con tono di rimprovero e sguardo di disapprovazione.
«È normale quando si è incinta. E poi io ne sono molto fiera. Se solo non ci fosse questa enorme pancia sotto, sarebbero fantastiche.»
«Secondo me sono troppo grandi.»
«Secondo me no.»
«Senti... ma non è che poi ti restano così per sempre?»
«È quello che speravo quando aspettavo e allattavo te e tuo fratello, ma purtroppo no. Tornano come prima.»
«Esattamente come prima? Cioè normali?»
«Non torneranno "normali" perché le "tette normali" non esistono. Torneranno piccolette, come prima, più o meno.»
«Fiuhhh.»

Last minute panic

«Va tutto bene?»
«No, sono stravolto. Troppa vita mondana nel weekend.»
«Vita mondana? Non definirei "mondani" un pranzo con mio padre e una cena con una coppia di amici con bambini. Non de-

finirei "mondane" nemmeno la spesa alla Coop e la passeggiata domenicale fino all'edicola...»
«Per me abbiamo fatto troppe cose... e anche gli hobbit sono stanchi. Dobbiamo rallentare i ritmi.»
«Guarda che sono io la gestante flemmatica e narcolettica alla fine dell'ottavo mese e voi siete i baldi maschi, bastone della mia gravidanza...»
«Ripeto, dobbiamo rallentare. Così non si può andare avanti.»
Mister Wonder ha un colorito verdognolo, occhiaie da vampiro e lo sguardo annebbiato, quasi privo di traccia del suo irresistibile guizzo folle. Mister Wonder è stanco e irritabile. Al gotico fumetto *Dampyr* e all'appassionante best seller *Making sense of Marx* preferisce la lettura di *D di Repubblica.* E invece di soffermarsi sulle signorine discinte, come farebbe in tempi normali, preferisce le ricette a base di tofu.
Mister Wonder non sta bene, fa brutti pensieri ed è inquieto.
Ed Elasti-mamma, fuori tempo massimo, è assalita dal panico.
Perché il primo figlio è una impresa titanica, il secondo è il complemento a uso del primo, è la consapevolezza e il desiderio, è la normalità.
Ma il terzo figlio forse è follia, o incoscienza, o stupidità, o ottuso amore per la vita. Il terzo figlio, voluto con ardore e integralismo, è bulimia, è un giro bendati sul bordo del precipizio, è spingersi oltre le proprie possibilità, è scardinare un equilibrio faticosamente costruito. Il terzo figlio forse non fa per noi, forse ci manderà in frantumi, ci darà una botta in testa e ci lascerà esauriti e tramortiti sul pianerottolo di casa.
«Si può rimpiangere un'assenza ma mai si rimpiangerà una presenza», diceva un giorno Elasti-mamma, quando ancora non arrancava sotto il peso della sua enorme pancia e quando ancora non aveva visto le occhiaie da vampiro di Mister Wonder.
Oggi non lo sa più. Oggi c'è un tempo grigio, il verdognolo pater familias è a Londra, lo hobbit piccolo le ha funestato la notte per poi salutare Elasti-mamma, all'ingresso della scuola materna, con un «zao cuzzola» (= ciao cucciola) che le ha dato il definitivo colpo di grazia.
Però domani passa tutto. Promesso.

Marìotereso e la pancia adatta

Tunf tunf tunf.

«Che stai facendo, nano? La smetti di dare calci al muro?»

«Ma ho li pedi nudi e non spocco» (= Ti faccio notare che ho avuto l'accortezza di denudarmi i piedi prima di infierire contro la parete della cucina, al fine di non lordare il muro che, del resto, ho già provveduto in passato a insozzare a dovere).

«Non mi interessa che tu abbia i piedi nudi. Non si danno i calci al muro.»

«Ma è la casa di Malìoteleso» (= Il muro non è un semplice muro, bensì la dimora di Marìotereso. E se tento di demolirlo a suon di pedate avrò i miei buoni motivi).

«A maggior ragione: se Marìotereso è in casa in questo momento gli stai dando molto fastidio. Quindi finiscila.»

«Malìoteleso è in casa con sua mollie.»

«Ah, Marìotereso ha pure una moglie? E come si chiama questa moglie?»

«Come si deve chiamale? Maliatelesa, no?»

«Naturale, come si deve chiamare se no.»

«Che poi è la mamma di Mattina e Benedetta, le bambine che ho in panza» (= Mariateresa, moglie di Marìotereso, altro non è che la madre naturale e legittima di Martina e Benedetta, le bambine che io porto in grembo, figlie, sempre legittime e naturali, di Marìotereso).

«Scusa nano, e perché Martina e Benedetta non stanno nella pancia di Mariateresa ma nella tua?»

«Zelto, pelké Maliatelesa non ha la panza adatta.»

«E tu invece hai la pancia adatta per farci crescere le due gemelle?»

«Zelto, io vado in pizzina, senti ke muccoletti» (= Certamente. Ti ricordo che io frequento il corso di nuoto *baby* alla piscina comunale vicino a casa. E per questo sono dotato di muscoli addominali di tutto rispetto. Senti che tonicità e che vigore!)

Cattivo e buono

Mister Wonder è un cattivo padre:

1. Perché quando lavora o è immerso nella lettura dei suoi testi sacri, tipo *I love Marxian Economics* o *Econometric models for proletarian revolution*, non sente i figli che urlano, che si lanciano oggetti contundenti o che gli annunciano l'intenzione di scaraventare lo stereo e la tv fuori dal balcone per fare spazio ai Gormiti.
2. Perché fa vedere agli hobbit *Il Signore degli Anelli*, *X-Man*, *Daredevil*, *Hellboy* e altri inquietanti film senza censure, come se assistere a guerre, squartamenti e violenze varie conditi da atmosfere gotiche e ansiogene fosse uguale ad assistere alla danza dei sette nani nella miniera di diamanti.
3. Perché non sospetta nemmeno che il lunedì mattina alla scuola materna si debbano portare asciugamano, bavaglino e lenzuola puliti e che nello zaino dello hobbit grande vada infilata una merenda nuova, ogni giorno.
4. Perché, se fosse per lui, i bambini potrebbero andare in giro in maniche corte anche a gennaio, con i sandali aperti e i calzoni corti, potrebbero indossare una maglia viola e dei pantaloni a pois marroni o avvolgersi negli stracci della cucina e presentarsi così al mondo e soprattutto alle intemperie.
5. Perché non si pone il problema del cibo, dell'appuntamento con la pediatra, del pagamento della refezione scolastica e dei contributi Inps della baby sitter Valentina Diolabenedica.
6. Perché non ama i dolci e quando si trasgredisce tutti insieme, con il cioccolato, il gelato e la torta, lui scuote la testa e mangia cicorie.
7. Perché non voleva una figlia femmina. Ne sarebbe stato letteralmente terrorizzato e, come disse un giorno, l'avrebbe allevata «come il maschio che ho sempre desiderato».
8. Perché sostiene di essere «un padre perfetto».

Mister Wonder è un buon padre:

1. Perché adora gli hobbit e li guarda con sguardo da triglia innamorata, ma solo quando pensa di non essere visto.

2. Perché li coccola e fa loro il solletico e li fa ridere e gridare di gioia come nessun altro.
3. Perché pulisce con assoluta naturalezza la cacca, il vomito e le altre schifezze hobbit, e perché sa accudire un nano come e meglio di una mamma, senza sentirsi eroico o straordinario per questo.
4. Perché condivide, partecipa e interviene in tutte le cose importanti, perché è coerente, solido, presente anche quando è lontano.
5. Perché, quando c'è bisogno, fa il poliziotto cattivo, lasciando a Elasti-mamma il più comodo ruolo della buona.
6. Perché ha insegnato ai nani a dormire, con disciplina e dolcezza, come elasti-mollacchiona non sarebbe mai stata in grado di fare.
7. Perché quando Elasti-mamma allattava, si alzava spesso di notte anche lui, e si accoccolava vicino a lei, aspettando che finisse. E poi diceva «noi allattiamo» ed era un po' vero.
8. Perché trasmette le sue passioni agli hobbit e insegna loro il dialetto barese e l'amore per le cartellate e le cime di rapa, regalando loro quelle radici che a Elasti-mamma mancano.

Il barese e la sgnacchera

Ore 20.10, in cucina.
«Secondo te, quei due si amano molto?» chiede lo hobbit grande al piccolo, guardando Elasti-mamma e Mister Wonder che riempiono la lavastoviglie.
«Quali due?» domanda il piccolo con aria assente.
«Come quali due? Il barese e la sgnacchera.»
È vero:
- non è bello che un seienne usi gli aggettivi sgnacchera per definire la propria madre e barese per indicare il proprio padre, tantomeno conversando con il fratello treenne,
- è probabile e auspicabile che il seienne ignori il significato etimologico del sopra citato aggettivo singolare femminile,
- non è chiaro da quali dotte fonti il seienne abbia appreso cotanto colorito linguaggio.

Tuttavia:

- essere definita sgnacchera in un uggioso weekend novembrino mentre si armeggia tra padelle sporche di sugo, piegata sotto il peso di una pancia alla trentaseiesima settimana di gravidanza, dà un fremito di autostima nonché un senso all'oggettivamente eccessiva presenza maschile nell'elasti-casa.

Il tè di Mohammed

«Ehi, ma che fai?»
«Mi spoglio, perché?»
«E se arriva qualcuno? Devi infilarti dietro la tenda. Non siamo mica a casa nostra.»
«Ah. Non siamo soli?»
«A parte che c'è nascosto da qualche parte Mohammed, hai sentito cosa ha detto la signorina all'ingresso? E poi no, non siamo soli, potrebbero venire altre coppie.»
«Mo'... che rottura. Vabbè vado dietro la tenda.»
«Bravo.»
«Io però queste infradito con i fiori non le metto.»
«Le devi mettere, sono in dotazione.»
«Mi fanno cacare.»
«Secondo me ti donano. E poi se non le hai indosso, Mohammed si arrabbia e ti caccia via.»
«Non so se è stata una buona idea venire qui.»
«È stata tua.»
«E ora? Che si fa?»
«Aspettiamo lui. Siediti e rilassati.»
«Facile dire rilassati.»
Mohammed arriva, silenzioso come un gatto, alto, prestante, con un asciugamano intorno alla vita. Sembra che sussurri parole gentili, in realta sibila secchi ordini.
«Spalmatevi questa pasta sul corpo, evitando piedi e viso. Poi vi fate una doccia tiepida e mi aspettate, chiaro?»
I due deglutiscono. Chiarissimo.
«Che porcheria è?»

« Zitto che ti sente! È argilla. Mettitela addosso e non protestare. »
« Mo' che puzza. »
« Piantala. Fa benissimo alla pelle. »
« Le murt' dell'argilla. »
Mohammed torna, sembra ancora più grande.
« Lavatevi la testa e poi andate in quella stanza. Farà molto caldo. Se non resistete uscite e vi fate una doccia fredda. Entrate e uscite, entrate e uscite. Tra un po' vi porto il tè. Dovete rilassarvi. »
Gli ordini vengono eseguiti diligentemente. Sul rilassamento tuttavia si lavora con alterni risultati.
Lei va in deliquio. Lui si domanda se dentro la stanzetta satura di vapori, di nascosto da Mohammed, è possibile abbandonarsi all'erotismo ad altissime temperature. « Secondo te? » chiede lei.
« Sei la solita bacchettona. E poi era una pura curiosità scientifica. »
In quel momento entrano due sagome, un uomo e una donna, un costume nero e un bikini rosso. Il vapore confonde i contorni. Le due coppie si ignorano.
« Ecco, hai soddisfatto adesso la tua curiosità scientifica? »
Lui mugugna.
Gli altri tacciono. Per poco. Poi decidono di approfittare dei cinquanta gradi e del cento per cento di umidità per aprire il vaso di Pandora del loro tormentato ménage coniugale.
« Non è che voglio fare polemica, nè? Ma su certe cose non si può passare sopra », dice bikini rosso.
Costume nero è stremato prima ancora di iniziare il confronto. Costume nero si è macchiato di negligenza, trascuratezza, menefreghismo, imperizia. Insomma: è un maschio. Bikini rosso ha eletto i vapori a ring di un redde rationem epocale.
Al focoso pugliese si è spento ogni ardore.
« Andiamo a bere il tè, dai. »
Mohammed si materializza tra i marmi.
« Chi viene per primo? »
Lui, vigliacco, infila il naso dentro la tazza.
Lei, temeraria, si fa avanti.
Mohammed la solleva, come fosse un fuscello, la posa su un ta-

volaccio di pietra e la denuda un po', creandole quattro secondi di imbarazzo che viene lavato rapidamente via insieme al vigoroso trattamento con il sapone. Lei è una bambola di pezza tra le sue mani e cade in trance.

I ricordi si annebbiano. Mohammed si dilegua. Ci sono una enorme vasca idromassaggio in cui i due trascorrono oltre un'ora, una sala piena di cuscini e frutta e tè e biscotti tondi, venticinque minuti di massaggio con l'olio alle mandorle e una signorina che ti fa sentire una regina e che vorresti portarti a casa e tenerla con te per tutta la vita.

Quando i due si ritrovano, al termine del massaggio, lei ha perso l'uso della parola, l'economista marxista barese ha i capelli ritti in testa ed esclama: « Mo' mondiale! »

Lo scorso Natale Mister Wonder regalò a Elasti-mamma un percorso di coppia all'hammam. Loro, non avvezzi alla lussuria, lasciarono passare qualche mese, lei rimase incinta e non ci pensarono più, arrivò l'estate e la prospettiva di un bagno turco a cinquanta gradi non li entusiasmava. La settimana scorsa lui disse: « Io ti faccio i regali e tu li lasci scadere. Che tristezza ». Avevano ancora un mese di tempo. Lei prenotò e venerdì ci sono andati, nonostante il terzo, sempre più invadente, incomodo nella pancia e un complicato incastro di hobbit.

Ne valeva la pena.

Bambini, mamme, mostri e streghe

Ore 17.30.

Elasti-mamma porta lo hobbit grande dal dentista che gli mette l'apparecchio fisso per correggere il morso inverso. Lui, stoico, si lascia torturare per un'ora sdraiato sulla poltrona, guardando l'orizzonte oltre il soffitto al piano terreno dello studio odontoiatrico.

« Ti fa male da qualche parte? Ti dà fastidio? Devi avere pazienza due giorni, poi non lo sentirai più », dice il medico.

« Non mi fa niente. Non sento niente. Sono già abituatissimo. »

Elasti-mamma, commossa dall'eroismo del primogenito, lo por-

ta al negozio di giocattoli lì accanto e lascia che lui scelga un crociato a cavallo, bardato e armato fino ai denti. Non esattamente *politically correct* ma di suo indubbio gradimento.
«Mamma, dobbiamo pensare anche allo hobbit piccolo. Non possiamo arrivare da lui a mani vuote», dichiara il virgulto, così giovane e già così nobile d'animo.
Elasti-mamma trabocca di orgoglio. «Hai ragione, nano. Scegli tu un regalo anche per tuo fratello.»
Lui sceglie una piovra. Mostruosa.
«Sei sicuro che gli piaccia?»
«Certo mamma. Vedrai, impazzirà», commenta senza la minima esitazione.
Ore 19.00.
Lo hobbit grande entra in casa in scivolata con la sua nuova bocca metallica spalancata.
«Non zi vede nente. Non è un velo appalecchio pel li denti», dice il perfido hobbit piccolo continuando a giocare con Valentina Diolabenedica.
«È calina quetta piovla, ma non è un cavaliele. A me pazzono li cavalieli.»
Valentina saluta e torna dal suo marito Mattia, in Brianza. Elasti-mamma ha un brivido di terrore pensando a quando la colonna portante della sua vita si stuferà del pendolarismo e opterà per una elasti-famiglia brianzola, piena di hobbit femmine.
Ore 19.30, a tavola.
Lo hobbit grande non riesce a mangiare, non riesce a parlare, non riesce a deglutire per colpa dell'apparecchio. Ma sopporta, alla ricerca di un capro espiatorio.
Il piccolo si siede al posto dell'assente Mister Wonder. «Io sono papà, tu sei mia mollie, e tu sei mio fillio con l'appalecchio a li denti. Pozzo pallale solo io a tavola», annuncia prima di avviare uno sproloquio sui gusti di Marìotereso in tema di prosciutto cotto e crudo.
Lo hobbit grande è sempre più inquieto, il piccolo discetta senza tregua. La tensione tra i due monta. Elasti-mamma si distrae per sparecchiare.
Vola una forchetta. L'ha lanciata il piccolo. Il grande la schiva. Lei urla.

Per tutta risposta vola l'apribottiglie. Due piccoli selvaggi, due pericolosi criminali, il seme della violenza che germoglia.

Piccoli delinquenti. Ve ne approfittate perché sono fiaccata da questa enorme pancia, perché vostro padre è a Londra, perché siete due contro una, perché siete due maschilisti in pectore e credete di poter fare i vostri comodi. Vi faccio vedere io di cosa è capace una strega.

«Mostri. Siete solo due mostri maleducati e violenti che non meritano le mie attenzioni, non meritano la mia pazienza, non meritano niente. A letto all'istante. Non vi voglio più vedere.»
«Io vollio lezzere un liblo.»
«Il libro te lo lancio dalla finestra se non sparisci in camera.»
«Ma mamma, io soffro terribilmente in bocca...»
«Chi soffre non lancia apribottiglie. Lontano da me!»

E adesso sono qui. Loro piangono di là. Chiedono scusa, implorano perdono. E io sono qui, che fingo di non sentirli.
Il microbbit nella pancia penserà di essere atterrato all'inferno.
Sono qui dilaniata, tra un poliziotto cattivo e un poliziotto buono, tra il dovere di educarli e il desiderio di infilarmi nei loro letti tiepidi e dire loro che non importa, che tutti sbagliano, che sono, nonostante tutto, i miei due uomini preferiti, a parte Mister Wonder che però ho trovato già fatto ed è stato un po' più facile o più difficile, non so.
Loro continuano a piangere, probabilmente non si addormenteranno mai più, sono mortificati. E uno è piccolo e ha l'Edipo alle stelle. E l'altro ha solo sei anni e già l'apparecchio ai denti.
Però potevano finire in ospedale con una forchetta e un apribottiglie conficcati in un occhio. Però devono imparare la disciplina e il rispetto. Altrimenti poi diventeranno maschi orrendi, che picchiano le fidanzate e intonano cori razzisti negli stadi.
Ops. Sssht.
Di là si tace, forse si dorme.
Di qui, nell'antro della strega, c'è un silenzio che assorda.

L'amico di papà

« Sai chi arriva questa sera quando noi dormiamo, nano? »
« No. »
« Come non lo sai? Arriva papà! »
« No, papà non alliva. È a Londla. »
« Ti assicuro che arriva. Prende l'aereo e arriva. »
« Ti azziculo che non alliva. Sta a Londla con il suo amico. »
« E chi sarebbe il suo amico? »
« Il sinnole de li lubinetti. »
« Il signore dei rubinetti? Chi è costui, un altro amico immaginario? Non bastavano Marìotereso, Mariateresa, il signore della frutta, il signore della spazzatura, l'eroe Chivalà e tutti gli altri? »
« Il sinnole de li lubinetti non è amico mio. È amico solo di papà. Stanno a Londla e pallano inglese tutto il zolno. »
« Parlano inglese tutto il giorno, papà e il suo nuovo amico... capisco. »
« Adezzo il sinnole de li lubinetti che azzusta tutte le cose lotte come li lubinetti e le lavatlizi è malato, ha il gomito. E papà deve stale con lui pel dalli le medizine. »
« Certo. Quindi il papà non può tornare a casa. »
« No, non tonna più. Dèzzo zi sono io che sono tuo malìto. »
« Tu non sei mio marito, nano. Sei il mio bambino. »
« No, sono tuo malito e devo dolmile nel tuo letto. Antzi, nel nostlo letto. »

In medio stat virtus

Nella vasca da bagno.
Lo hobbit grande si rilassa. Silenzioso, meditabondo e impermeabile.
Lo hobbit piccolo parla, parla, parla. A ruota libera, irrefrenabile e disinibito.
« Quando il flatellino esse dalla panza della mamma a natale, tu sei il più glande, lui è il più piccolo, io sono il più medio. »
« ... »
« Zà... il più medio... beato me! »

Santa subito

Giovedì ore 18.00.
« Ma dove lo mettiamo? »
« Chi? »
« Come chi, Elasti!? »
« Ah, scusa, lui. Il microbbit. »
« Già, dove pensi di sistemarlo, poveraccio? »
« In camera con gli altri due. È così che germoglia l'amore fraterno, condividendo stanza, vasca da bagno, gabinetto e la puzza dei calzini, no? »
« Già, ma qui non c'è spazio, a meno che tu non voglia farlo dormire nella cesta dei giochi o sotto al letto dello hobbit grande o nello sgabuzzino dei vestiti. O magari sul balcone... »
« Effettivamente non è che ci sia proprio tanto spazio qui dentro. »
« Appunto. Tra meno di un mese lui arriva e tu? Sei qui che leggi quello stupido libro sul divano. »
« Non è uno stupido libro. È *La montagna incantata*, di Thomas Mann. Certo, con tutti questi tisici in sanatorio mette un po' di ansia, ma è un capolavoro. Dovresti leggerlo pure tu... »
« Non ho tempo di leggere. E in teoria non ce l'avresti nemmeno tu. Qui bisogna razionalizzare gli spazi, riorganizzare, risistemare, riordinare, eliminare. Vogliamo accogliere come si deve questo ragazzo? »
« Sì. Hai ragione. »
« Domani pomeriggio porto te e gli hobbit all'Ikea! »
« No, ti prego. L'Ikea al nono mese no! Potrei stramazzare tra una tenda Tupplur e uno sgabello Forsiktig. »
« Sì invece. Qui c'è il catalogo. Ho già visto quello che ci serve. Ora devi solo prendere le misure della camera. »
« Valentina, per piacere, abbi pietà di me! »
« Non fare la frigna. »
Venerdì ore 19.00.
Sulla tangenziale est, di ritorno dall'Ikea. Un traffico infernale.
« Mi scappa la pipì. »
« Ho il gomito e devo fale la cacca. »

«Ho qualche contrazione, non vorrei entrare in travaglio proprio di fronte al centro commerciale di Carugate...»
«Smettetela tutti voi. Quando avremo montato i nuovi mobili che razionalizzano gli spazi e fanno posto al microbbit mi ringrazierete», dice Valentina Diolabenedica, al volante, serafica, lungimirante, paziente, santa subito.

Ehi tu, ti sbrighi?

Ehi tu, lì dentro.
Sì, proprio tu. Sto parlando con te.
Strano vero? Non capita molto spesso.
Sono ancora io. Quella intorno a te, di cui senti il battito del cuore, il brontolio dello stomaco e il gorgoglio degli abissi.
Volevo dirti che sono stufa.
Lo so che fino a poco tempo fa ti tenevo chiuso qui, come in una cassaforte di cui avevo buttato la chiave. Lo so che mi piaceva averti lì, a nuotare nell'acquario, tutto e solo mio, protetto e prigioniero.
Lo so che prima stavo bene così, il contenitore e il suo contenuto, la casa e il suo inquilino, una bella coppia, in fin dei conti.
Ma ora sono stufa.
E non soltanto perché non riesco più ad allacciarmi le scarpe, perché sono schiava del sonno, perché non sono più io, perché hai occupato ogni centimetro del mio spazio, perché ti sei fatto largo, protervo e invadente.
No, non solo per questo, che pure non è poco.
Sono stufa di non sapere chi sei, stufa di immaginarti, stufa dei tuoi silenzi, della tua vita da pesce. Quindi sbrigati.
Ho bisogno di guardarti in faccia, di toccare le tue manine rugose e le tue cosce di pollo spennato. Perché, non ti illudere, non sarai un adone appena uscito. Sarai un tartarugo, come tutti gli altri. Con gli occhi chiusi, i movimenti a scatti e quell'aria perplessa e diffidente.
Il trascurabile dettaglio che io ti troverò irresistibile dal primo momento non ti renderà meno tartarugo agli occhi del mondo.
E ho bisogno di annusarti perché, forse non lo sai, profumerai di buono. E non saranno il sapone, la crema, l'olio o qualche altro intruglio che ti metteranno addosso per renderti presentabile. Sarai proprio tu, che saprai di zucchero filato e bucato steso al sole, di miele e caramelle. È una

magia di voi tartarughi, che dura poco ma quel tanto che basta per farci vostre schiave. È la natura, dicono.
E poi ho bisogno di dirti: « Piacere, sono la tua mamma. E tu chi sei? » È vero, sono una mamma in sharing, come alcune automobili e alcuni file, ma mi innamorerò perdutamente di te perché per me sarai unico e speciale. È una magia, come la tua del profumo. Ognuno ha la sua.
Insomma, sono qui, un po' stufa.
Ma tu non ti preoccupare, non me ne vado. Ti aspetto.

Piccoli ingrati crescono

« La verità è che tu ti sei stancata di me. »
« Stancata di te? Cosa stai dicendo? »
« Sì, ormai non mi vuoi più bene, non mi guardi più, non mi consideri. »
« Ma se ultimamente sono sempre a tua disposizione? Sempre, come non era mai successo da quando ci conosciamo. »
« Non vuol dire niente. Tu non mi coccoli più come un tempo. »
« Non è vero! Sei tu che sei più autonomo, hai i tuoi amici, i tuoi interessi. E io lo trovo giusto e lo rispetto ma sai benissimo che quando vuoi sono sempre qui pronta a sbaciucchiarti. »
« Allora baciami. Qui. Subito. »
« Siamo in macchina, io sto guidando e tu sei legato dietro. Aspetta almeno che arriviamo a casa! »
« Se mi vuoi veramente bene, strapazzami di baci al prossimo semaforo. »
« Non posso. Con questa pancia poi, fatico a uscire dalla macchina, figuriamoci a tuffarmi sul sedile posteriore per una sessione di baci in pausa semaforo. »
« Ecco, lo sapevo. Che tristezza. »
« Che fai? Piangi? No! Nano! No! »

Per anni esci di casa alle otto del mattino e torni alle sette di sera, li lasci a scuola correndo, come lanceresti una palla in un canestro, e li ritrovi a casa devastati da una giornata che per te è un buco nero. Per anni ti ritagli illusori « attimi di qualità », deleghi, latiti, arranchi. Per anni te li godi solo nel weekend e pensi che sei una sciagurata.

Per anni loro sono sereni, non fanno una piega, ti accolgono festosi, a volte stanchi, a volte capricciosi, ma grati e pacificati con se stessi e con il tuo essere madre lavoratrice a tempo pieno.
Poi aspetti il terzo hobbit. E ti fermi a covare. Ti concedi una maternità letargica e casalinga, come non hai mai fatto in passato. Fai le torte, organizzi giochi, inviti i loro amici a casa, sorridi, sei rilassata, presente e avvolgente. Li accudisci, li scruti, li porti a nuoto e a spasso. Fai la mamma come si deve, o almeno come pensi che si debba.
E loro, i piccoli mostri, invece di gioire per questo idillio, per questa straordinaria congiuntura astrale che vi unisce come le cozze al loro scoglio, cosa fanno?
Ti colpevolizzano. Orrendamente. Per dei reati che, almeno questa volta, sai di non avere commesso.

Ma il più tamarro è il vento

Tempo fa incauti amici regalarono agli hobbit un grazioso oggetto dalle innocue sembianze libresche che riscosse un travolgente successo. Sotto mentite spoglie si celava un contenitore di decine e decine di tatuaggi, o decalcomanie per i figli degli anni Settanta.
« Sono tamallizzimi! » aveva esclamato estatico lo hobbit piccolo.
« Io mi faccio subito un teschio sul petto », aveva pragmaticamente dichiarato il grande.
Da allora, settimana dopo settimana, i virili torsi hobbit hanno visto passare serpenti, draghi, squali, spade, pirati, velieri, armature in una corsa virtuosa all'unico canone estetico degno di essere perseguito: la tamarraggine.
La repressiva educazione di nonna K che, ai tempi di elasti-bambina, liquidava con un « che orrrrrore », qualsiasi guizzo trash della sua angelica creatura, fa sì che adesso Elasti-mamma lasci che la vena tamarra degli hobbit si esprima nelle sue forme più elevate.
Al momento sul polso dello hobbit piccolo campeggia il guanto di un'armatura che porge con grazia una rosa rossa, mentre la pancia è occupata da un cannolicchio di mare e da un polipo (è pur sempre barese al cinquanta per cento).
Lo hobbit grande mostra invece con grande orgoglio un cuore

fiorato con la scritta I LOVE MUM sul petto e, sul bicipite, una signorina hawaiana che balla la hula.
«Mamma, li tatazzi sono velamente belli, velo?»
«Già, sono piuttosto belli e anche eleganti, direi.»
«Sai che anche Malìoteleso ha un tatazzo?»
«Veramente? Anche lui è tatuato?»
«Zà.»
«E dove?»
«Su tutto il colpo.»
«Ha un solo tatuaggio che gli copre tutto il corpo?»
«Sì.»
«E che tatuaggio è?»
«Il tatazzo più tamallo del mondo: il tatazzo del vento!»

L'oscurità semantica del verbo vivere

«Blave, così. Tlanquille sentza paula.»
«Con chi stai parlando, nano?»
«Con Maltina e Benedetta, le bambine nella mia panza.»
«Ah! Come stanno?»
«Bene. Stanno lezzendo delli libli.»
«E quali libri leggono le tue bambine dentro la pancia?»
«Maltina lezze li tle polzellini, pelché zè il lupo. Benedetta lezze cappuzzetto lozzo, pelché anche lì zè il lupo.»
«Allora a Martina e Benedetta piacciono i lupi.»
«No, mamma! Maltina e Benedetta il lupo... lo vivono!»
«Vivono il lupo? Cosa vuol dire?»
«Se non capizzi non capizzi.»
«...»
«Mamma?»
«Dimmi.»
«Mi dai li bazi?»
«Certo che ti do i baci.»
«Sai pelché io vollio li bazi?»
«Perché?»
«Pelché io li tuoi bazi... li vivo! Capito dèzzo?»

Digiuna, evacuata e con valigetta

«Bene Elasti, allora la aspettiamo il 29 dicembre alle 7.00 del mattino per il cesareo.»
«Come il 29? Mi avevano detto il 28...»
«La sua non è un'urgenza. Pertanto la sala operatoria è disponibile solo il 29... preferirebbe un cesareo d'urgenza?»
«No, no, per carità. Va bene il 29.»
«Bene. Venga digiuna ed evacuata.»
«Evacuata?»
«Certo evacuata! Capisce la parola evacuata?»
«La intuisco.»
«Bene.»
«Bene.»
«E mi raccomando la valigetta. L'ha già preparata la valigetta?»
«Veramente no. Il concetto di valigetta mi ha sempre messo molta ansia, anche prima di partire per le vacanze, figuriamoci in questo caso.»
«Su, Elasti. *Hop hop!* Comunque per facilitare il compito alle nostre pazienti, abbiamo redatto questo vademecum per la preparazione della valigetta. Così non dimenticate nulla.»
«Ah. Grazie mille.»
«Mi raccomando, segua fedelmente il vademecum.»
«Cercherò.»
«Ci vediamo il 29, allora. Digiuna ed evacuata, mi raccomando!»
«D'accordo. Digiuna, evacuata e con valigetta.»
«Brava Elasti.»

Si fa presto a dire valigetta. Perché i non addetti ai lavori potrebbero avere una percezione distorta del fondamentale oggetto, e soprattutto del suo fondamentale contenuto, che accompagneranno la tapina quasi-madre nella ineluttabile trasformazione da gestante in puerpera.
Qualcuno potrebbe pensare a una vezzosa valigia rosa, rigida, con il manico in morbida pelle e il fondo esterno, sempre rosa, protetto da eleganti piedini di metallo. Qualcuno potrebbe pensare a un contenuto candido e profumato, addirittura sexy: im-

macolate camicie da notte di seta, eleganti vestaglie ricamate, acqua di colonia, creme, unguenti, un iPod con dentro i rumori della natura, un librino di poesie, una trousse per il trucco per non sfigurare nelle fotografie post parto, completi intimi di pizzo per non perdere mai la propria femminilità e poi un corredino rigorosamente *gender-oriented* (o tutto rosa o tutto azzurro), nuovo di zecca e fresco di bucato, e un enorme fiocco con il nome del neonato e un tenero animaletto a punto croce, da appendere alla porta della stanza nel momento esatto in cui la gestante diventa puerpera.

I romantici e sprovveduti non addetti ai lavori potrebbero non immaginare neppure lontanamente che nel vademecum dell'ospedale, in quello che viene asetticamente definito «occorrente per la mamma» figurano:

- camicie da notte aperte, per l'allattamento: a scelta, delle informi palandrane, spesso di flanella, a volte con disegni cachemire, dotate di bottoni di madreperla a fiore o a cuore, oppure dei mini-abiti impietosi, aderenti e scollacciati, bianchi o rosa, chiusi da gancetti in stile Dominatrix o perversa Lolita,
- reggiseno da allattamento: la sadica creazione di uno stilista frustrato e misogino che ha preso ispirazione da Venus, la fidanzata di Mazinga che lanciava i razzi dalle tette,
- coppette assorbilatte: il must della puerpera che le guarderà inizialmente distaccata e diffidente e ne scoprirà l'utilità solo quando si sveglierà nel mezzo della notte con la palandrana in flanella o il mini-abito da Lolita completamente fradicio e scoprirà con sgomento che un essere umano di sesso femminile può produrre, in talune circostanze, un litro di latte al giorno,
- mutandine di rete monouso: la definizione parla da sola e la parola rete non deve trarre in inganno i più fantasiosi,
- calze anti-trombo: autoreggenti bianche fosforescenti, senza dita dei piedi che prevengono trombosi e pensieri impuri.

A Elasti-mamma e al microbbit non resta che puntare tutto sul corredino, certamente *gender oriented*, sperabilmente fresco di bucato, irrimediabilmente di terza mano.

Alla deriva

Se fra le tre e le quattro del mattino scrivi email di Buon Natale a parenti e amici lontani, se per strada i passanti ti guardano come guarderebbero il giubbotto esplosivo di un kamikaze, se la dirimpettaia ti chiede ogni mattina: « Ma come signora? La lasciano andare in giro da sola? », se riesci a scoppiare in singhiozzi guardando il limone agonizzante sul terrazzino o ripensando al primo incontro tra Barbapapà e Barbamamma.
Se al supermercato sei attratta dallo sciroppo di lamponi e dalle tette della cassiera, se con due gradi sopra lo zero ti togli il giaccone perché « ti fa un po' caldo », se riesci a smettere di pensare a comando, se ti senti indistruttibile come *Jeeg robot d'acciaio* e l'unica cosa di cui hai bisogno è una maleodorante crema al burro di Carité.
Allora forse l'inquilino nella pancia ha preso il sopravvento ed è giunto il momento di affidarsi alla scienza medica.

Remì senza famiglia

« Che fine falà il flatellino quando esse dalla panza tua? »
« Come che fine farà? Verrà a casa, con te, lo hobbit grande, la mamma e il papà. »
« Non è pozzibile. »
« E perché mai non è possibile? »
« Pelché il flatellino non ha una mamma e un papà. »
« Ma... »
« No, il flatellino ploplio non ze li ha la mamma e il papà. Al mazzimo ha dei nonni, ma non cledo. »

Domande sbagliate

« Bene Elasti. Adesso che abbiamo fatto l'ultima ecografia e abbiamo visto che il microbbit più che un bambino è un abbacchio, adesso che hai ritirato gli ultimi esami e l'elettrocardiogramma, adesso che l'anestesista ha detto che nulla osta alla spinale, vatti pure a comprare la fascia post operatoria in cui ti strizzerai non appena liberata dell'inquilino, e le calze bianche autoreggenti antitrombo, ciliegina sulla tua già irresistibile carica erotica. Poi non mancherà niente, ma proprio niente. E ti aspettiamo tra esattamente dodici giorni, alle sette del mattino, digiuna ed evacuata – ti ricordi, no? – sempre che gli eventi non precipitino prima. Altre domande?»

«Mmm. Direi di no.»

«Ottimo. Puoi andare allora.»

«...»

«Ho detto che è tutto a posto. Puoi andare. Non sei l'unica gestante a termine qui e io avrei parecchie cose da fare...»

«In verità una domanda ce l'avrei...»

«Dimmi.»

«Il *wi-fi*...»

«Il uai cosa?»

«La connessione a Internet... insomma. Non è che qui in ospedale avete una connessione a Internet? No, sa com'è. Dovendo stare qui quattro giorni, per giunta da sola a Capodanno, con gli hobbit, Mister Wonder, Towanda e Mister Brown venuti da Bari, lo zio con l'orecchino al naso e la zia matta che fanno baldoria a casa, sarebbe bello poter... mi chiedevo se fosse possibile... usare il computer. Ecco l'ho detto.»

L'ostetrica è impallidita, ha fatto tre passi indietro e ha scosso ripetutamente la testa, turbata, come se le fosse stato chiesto il permesso di guardare film pornografici o di celebrare una messa nera durante il travaglio.

A insaputa dell'indignata signorina tuttavia, Elasti-depravata si presenterà all'appuntamento, con la fascia post operatoria, le calze autoreggenti da maliarda e, soprattutto, una chiavetta Internet nascosta tra le mutande di rete monouso.

Ehi tu, alla paura ci penso già io

Ehi tu,
sono sempre io, il buio e il rumore intorno a te, quella che ti aspetta,

quella che è stufa e scalpita, quella che per colpa tua non si vede più i piedi e non si allaccia più le scarpe. Insomma la tua mamma.
Ci sono cose che non si possono dire a chi sta fuori. Non si possono dire al tuo papà barese perché si mette a fare gli scongiuri e i gestacci e mi guarda come se fossi pazza. Non si possono dire ai tuoi fratelli perché il loro mondo è solo a colori ed è così che deve essere. Non si possono dire a nonna K perché la mia vulnerabilità è il suo tallone d'Achille. Non si possono dire a nonno A perché userebbe parole troppo sagge e razionali per essere rassicuranti. Non si possono dire a un'amica perché risponderebbe « lo so » e non aiuterebbe, oppure « non fare la scema » e aiuterebbe ancora meno.
Quindi lo dico a te anche se, come dice il ginecologo, suscitando in tuo padre virile compiacimento e in me una curiosa sensazione di déjà vu, « hai lo scroto » e quindi sei maschio e pertanto dotato di sensibilità ridotta, anche se sei lungo solo cinquanta centimetri e non ti meriti tanta franchezza, anche se probabilmente, laggiù nel tuo acquario, sei troppo concentrato sulla tua vita da pesce per farti carico delle paturnie materne.
Lo dico a te perché è a te che sto pensando ora, perché saremo tanto vicini ancora per poco, perché un giorno vorrei che ridessimo insieme dei nostri fantasmi.
Ho paura.
Ecco, l'ho detto.
Ma non paura di un taglio, dei punti, del mal di pancia, di quel po' di dolore che qualcuno ritiene persino utile e giusto e che in fondo passa presto.
Ho paura per te.
Paura che si spenga un interruttore, che qualcosa si rompa, che tu non pianga e non urli la tua sorpresa al mondo. Paura della tua fragilità di pesce che diventa uomo. Paura che si perdano pezzi per strada. Paura che tu non sia.
Ecco, non solo l'ho detto ma te l'ho anche spiegato.
Ed è per questa paura che fatico a immaginarti, che non mi chiedo di che colore avrai i capelli e se li avrai, che non penso alla tua voce d'aquila e al tuo profumo di zucchero filato. Per questo non ti ho ancora comperato i pannolini e per questo oggi, stendendo il bucato dei tuoi vestiti di terza mano, facevo finta di giocare alle bambole.
Ehi tu, piccoletto, unico uomo in grado di mettere in fuga i miei mostri,

fai il bravo in questi nove giorni che ci separano, e, soprattutto, non avere paura. Ché a quella ci penso già io.

La tua pavida mamma

Allo specchio

Sabato sera l'Elasti-famiglia è stata invitata a una cena di Natale. Di quelle cene con un rassicurante menu sempre identico, decennio dopo decennio, con rassicuranti parenti che si incontrano un giorno ogni trecentosessantacinque e che guardando la tua pancia abitata chiedono: «Ma come, ancora?», un po' sorpresi, un po' allarmati, un po' increduli. Di quelle cene in cui bambini sono diventati adulti dandoti la misura della vita che scorre. Di quelle cene in cui qualcuno guarda lo hobbit piccolo ed esclama: «Ma è tutto il suo papà», e un altro dice: «Stai scherzando? È identico alla sua mamma!» e alla fine qualcun altro chiede: «Ma tu, nano, quando ti guardi allo specchio, chi vedi?»
E lo hobbit piccolo alza un sopracciglio e si fa serio. Lancia uno sguardo torvo ai parenti lontani in ascolto, tace, riflette e alla fine dichiara: «Io vedo a vonte un le, a vonte un impelatole, a volte un patzo» (= A volte specchiandomi vedo un re, a volte un imperatore, a volte un pazzo).

Sogni d'oro

Questa notte Elasti-mamma ha partorito sette volte con il cesareo.
La prima volta le è toccato un intervento d'urgenza nella *Emergency Room* del Policlinico universitario di Chicago. Alla fine ha ricevuto un conto di ventisettemila dollari.
La seconda volta il suo ginecologo era in ritardo per colpa della neve e del traffico intenso sulla Milano-Meda. Al suo posto è comparso Bigiotti Filippo, il suo fidanzato delle elementari, perito elettrotecnico travestito da chirurgo.
La terza volta mancava l'anestesista ma il ginecologo, finalmente

giunto dall'inferno della Milano-Meda, le ha spiegato che con l'ipnosi si affronta qualsiasi cosa, basta lasciarsi andare.
La quarta volta era Natale e per festeggiare gli hobbit sono stati ammessi da una suora ostetrica ad assistere al lieto evento in sala operatoria « perché così si ricorderanno del loro fratellino tutta la vita ».
La quinta volta era completamente sola, sul divano di casa. Ascoltava *Brothers in arms* dei Dire Straits e aveva sedici anni.
La sesta volta si è ricordata troppo tardi di non avere fatto la ceretta e di avere una foresta di mangrovie al posto delle gambe. Per l'imbarazzo ha chiesto di potere indossare un burqa.
La settima volta era stremata dalle precedenti sei e non si è accorta che il microbbit era in realtà una bambina con i capelli rossi e le trecce, come Pippi Calzelunghe.
Alle gestanti a termine dovrebbe essere interdetta l'attività onirica.

La chiamavamo Maria e stavamo tranquilli

« Mamma, io plefelivo che nella panza tua inveze di un flatellino velo z'ela una bambola finta. La chiamavamo Malìa e stavamo belli tlanquilli. E inveze... »

Meno due

A meno due giorni sono arrivati da Bari Towanda, la nonna, Mister Brown, il nonno, e la zia matta.
« Sei magra! » mente Towanda sapendo di mentire. « Sei solo pancia. »
« Ti sei ingrossata il giusto », dice Mister Brown che in presenza della famiglia allargata cade in un'estasi di beatitudine e contemplazione, fa un uso smodato dell'aggettivo « straordinario » e compra Gratta e Vinci con più lena e fiducia del solito.
« Ho un nuovo fidanzato. Il passato è archiviato e sono pronta per un luminoso futuro », annuncia la zia.

Nonna K è inquieta e impaziente, non troppo diversa pertanto dalla sua condizione normale.
Suo marito Artù dichiara impietoso guardando Elasti: « Sei ogni giorno più enorme ».
« La mia mamma nella vita fa i bambini, li coccola ed è intelligente. Il mio papà... be', il mio papà è barese », afferma lo hobbit grande.
Lo hobbit piccolo non è pervenuto perché lui è una prima donna e in mezzo a tutto questo vociare ritiene che il silenzio si noti di più.
Mister Wonder fa lavatrici e lavastoviglie, scopa per terra in modo compulsivo lamentandosi della produzione industriale di sporcizia dell'elasti-famiglia. Nelle situazioni di stress emotivo alcuni economisti marxisti baresi si trasformano in massaie ossessive.
Lo zio con l'orecchino al naso arriverà domani, insieme al prozio implacabile e alla prozia che parla al telecomando e cambia i canali della televisione con il cellulare.
Elasti-mamma è acquattata nelle retrovie, nella sua bolla. Di giorno panifica, prepara crostate, inspira ed espira. Di notte partorisce cinque, sei, sette volte, sogna il suo ginecologo vestito, nudo, presente, latitante, puntuale e in ritardo, con il bisturi in mano, con gli sci ai piedi, con il colbacco in testa e con l'iPod nelle orecchie.
A meno due giorni Elasti-mamma vorrebbe che fosse già dopodomani, è intorpidita, frastornata e annebbiata, vorrebbe non esserci.
A meno due giorni dalla nascita del microbbit, fuori c'è il caos, dentro anche. E il tempo si è fermato.

Arrivato

Il ginecologo è arrivato puntuale, con il camice e non con il colbacco, né con l'iPod o con gli sci, non nudo né vestito da Barbie cavallerizza o nelle numerose altre fogge in cui Elasti-mamma lo aveva sognato nelle ultime settimane.
L'anestesista aveva la barba incolta di Indiana Jones nel tempio

maledetto, l'ostetrica quella levità rassicurante e avvolgente che hanno solo le ostetriche e le maestre d'asilo nido. Il capo della sala operatoria era una suora cattivissima che ha scatenato la sua ira contro un infermiere brasiliano, ignorando per fortuna Elasti-mamma che era già abbastanza impaurita per i fatti suoi perché non è affatto vero che « la terza volta sai già come funziona e quindi non devi avere paura di niente », semmai il contrario.

Faceva un freddo terribile in mezzo a quei camici verdi, quelle enormi cuffie e quelle lampade tonde come dischi volanti.

Poi è arrivato lui. E sono scomparsi tutti: l'ipersognato ginecologo, l'anestesista incolto, l'osterica con la voce flautata, la suora carnefice e l'infermiere vittima.

È arrivato lui che era pesce ed è diventato bambino, in uno strillo d'aquila. Ed Elasti-mamma ha perso il senno.

Semplicità

« Allora, nano grande? Che impressione ti fa questo microbbit? »
« ... di semplicità. »
« E a te, nano piccolo? Come ti sembra il microbbit? »
« È un bambino calino. Mi pazelebbe avele un flatellino così. »
« ... ma lui è tuo fratellino. »
« Ba bè, ba bè. Io sto pallando di un flatellino velo. »

Dentro un acquario rotondo

Elasti-mamma e il microbbit sono rientrati dall'ospedale il 1º gennaio perché insieme hanno convenuto che cominciare una nuova vita il primo giorno di un nuovo anno potesse essere di ottimo auspicio.

Hanno fatto un trionfale ingresso a casa – lei ancora un po' accartocciata, lui irresistibile nella sua acerba virilità e nella sua tutina blu da abominevole uomo delle nevi – scortati da un Mister Wonder stropicciato, perché i padri quando partoriscono si stropicciano parecchio.

Sono stati accolti da poesie ermetiche dello hobbit grande disseminate per casa (una per tutte: «Microbbit sei più bello dell'arcobaleno»), da una caccia al tesoro senza tesoro e senza senso orchestrata dallo hobbit piccolo («Dèzzo venite in cuzina. Blavi! Dèzzo venite in sala... dèzzo in bagno, bene. Dèzzo siete allivati.» «Arrivati dove, nano?» «Boh»), da Towanda, la nonna garrula e sfrenata come quattro nonne insieme, da Mister Brown, il nonno, silenzioso e commosso, ripetutamente redarguito da Towanda per non manifestare gaudio, tripudio e gioia con sufficiente entusiasmo («Sei un uomo freddo e indifferente! Di' qualcosa! Urla al mondo la tua felicità di nonno per la terza volta! Ecco, vedi? Non sei capace. Non sai esprimere le tue emozioni»), e dalla zia matta che immortalava l'evento con la macchina fotografica che vede come un pesce e restituisce immagini folli dentro un acquario rotondo.

Orgoglio medio

«Ehi nano, tu sei il mio amore grande!»
«No, io sono il tuo amole medio. Non mi vedi come sono medio?»
Lo hobbit piccolo, dopo la nascita del microbbit, ha ufficialmente inaugurato la stagione dell'orgoglio medio.

Prove di weekend a cinque

Lo hobbit grande ha trascorso gran parte del fine settimana dentro una cesta di vimini, coperto di peluche. Quando non occupava la cesta, si aggirava per casa travestito da Dart Fener, il cattivo di *Guerre Stellari* passato al lato oscuro della forza, maschera nera e respiro asmatico compresi.
Lo hobbit piccolo ha trascorso gran parte del fine settimana con un cordless rotto attaccato all'orecchio, conversando con Mariotereso, temporaneamente trasferitosi dal muro della cucina a Londra, «dove aveva da lavolale». Ogni tanto interrompeva la telefonata per andare a fare *pat pat* sulla testa del microbbit. A

Elasti-mamma sembrava un *pat pat* affettuoso fino alla domanda « mamma, pozzo stlappale tutti i capelli al flatellino? »
Il microbbit, ignaro dei desideri di scalpo fraterni, ha trascorso gran parte del fine settimana dormendo, più di quanto non si possa chiedere a uno hobbit di meno di quindici giorni, e facendo la cacca, anch'essa in quantità molto superiore a quanto ci si possa aspettare da un neonato.
Mister Wonder, sempre più stropicciato, ha trascorso gran parte del fine settimana a fare lavatrici, a stendere e a piegare il bucato, in modo compulsivo e nevrotico, con lo sguardo stralunato e *Analytical Foundations of Marxian Economic Theory* sotto il braccio, come la coperta di Linus. « Abbiamo una lista infinita di cose da fare, il microbbit è una lista infinita di cose da fare, la nostra famiglia è una lista infinita di cose da fare », farneticava a intervalli regolari.
Elasti-mamma allattava, cambiava il microbbit, faceva vani tentativi per fare uscire lo hobbit grande dalla cesta o per interloquire con Dart Fener, preferibilmente non a suon di respiri asmatici, e ascoltava le telefonate tra lo hobbit piccolo e Marìotereso.
Ci sono certamente ampi margini di miglioramento per ognuno dei cinque.

Elastincontro 11
Ehi tu, qui fuori

Ehi tu, qui fuori,
tu che fai le puzze, fai la cacca, dormi e mangi, esattamente in quest'ordine.
Sono io, quella su cui tu punti il tuo sguardo famelico, quella che su di te punta il suo sguardo adorante, quella che hai ridotto in schiavitù in meno di una settimana: la tua mamma, insomma.
Adesso che sono tranquilla, che il Naviglio non è esondato sommergendo la sala operatoria durante il parto, che il ginecologo non mi ha squartata in un momento di follia e l'anestesista non mi ha usata come cavia per un cocktail letale di sua invenzione, che ho visto che hai due mani, due orecchie un po' pelose, due occhi e un cuore che batte forte, che il cielo non ci è caduto sulla testa, che sono ancora qui, nonostante i mille fantasmi che popolavano i miei sonni.
Adesso che siamo noi due e il resto del mondo intorno, posso guardarti, un pezzettino per volta, posso annusarti e ubriacarmi di quel profumo di caramelle e zucchero filato, uguale a quello che mi ricordavo e forse persino più buono, posso toccarti, o smanacciarti o mantrugiarti, come direbbero i tuoi fratelli.
Posso perdere il senno, come non mi era mai successo perché, devi sapere, quando è nato lo hobbit grande avevo troppa paura di lui e della mia inadeguatezza per lasciarmi andare e quando è arrivato lo hobbit piccolo avevo troppa paura di fare un torto al grande per concedermi il lusso di un colpo di fulmine.
Ora che sei arrivato tu, con quei piedi lunghissimi, troppo grandi per qualsiasi tutina della tua misura, con quegli occhi liquidi, stupiti e perplessi, con quella lingua da tartaruga con cui mi fai le boccacce, non ho nessuna paura.
Ora che sei arrivato tu mi concedo un amore folle e sfrenato. Un amore

da invasata. Di quegli amori che se fossimo grandi ti sfinirei di sms e di email alla melassa. Di quegli amori che se fossi la tua fidanzata mi considereresti pazza e mi lasceresti subito, senza rimpianti, per una strega che ti maltratta.
Mi devi sopportare così, con il privilegio della consapevolezza, l'arroganza dell'esperienza e lo sguardo da triglia. Prima o poi mi passerà, almeno un pochino. Ma adesso cerca di portare pazienza.

La tua mamma dissennata

INDICE

Fotocomposizione Editype s.r.l.
Agrate Brianza (Milano)

Finito di stampare
nel mese di settembre 2010
per conto della TEA S.p.A.
dal Nuovo Istituto Italiano d'Arti Grafiche - Bergamo
Printed in Italy